Lotte R. Wöss

Weihnachtsglück auf Sylt

Über die Autorin:

Lotte R. Wöss, geboren 1959 in Graz, absolvierte nach der Matura die Ausbildung zur Diplom-Krankenschwester.
Schon als Kind schrieb und dichtete sie, es folgten Artikel und Gedichte für kleine Zeitungen, doch erst im reiferen Alter fand sie zurück zu ihrer Leidenschaft, dem Schreiben, und veröffentlichte ihren Debütroman »Schmetterlinge im Himmel« als Selfpublisherin. Mittlerweile hat sie zahlreiche Liebesromane, Krimis und auch Kurzgeschichten veröffentlicht, sowohl als Selfpublisherin als auch in Verlagen. Ihr bevorzugtes Genre bleiben aber Liebesgeschichten mit Tiefgang. Die Entwicklung, die ein Mensch machen kann, die Möglichkeit, an sich selbst zu arbeiten und einen Reifeprozess durchzumachen – das ist für Wöss Thema Nummer eins.

Lotte R. Wöss

Weihnachtsglück auf Sylt

Magic Christmas

Band 3

Liebesroman

Bibliografische Information der Deutschen Nationalbibliothek:
Die Deutsche Nationalbibliothek verzeichnet diese Publikation in der Deutschen Nationalbibliografie; detaillierte bibliografische Daten sind im Internet über http://dnb.d-nb.de abrufbar.

Empire-Verlag OG, Lofer 416, 5090 Lofer

Carolin Wenner

https://www.die-zeilenschleiferei.de/

Korrektorat: Heidemarie Rabe

Cover: Chris Gilcher

https://buchcoverdesign.de/

Illustrationen: Adobe Stock ID 438771716, Adobe Stock ID 281923508, Adobe Stock ID 316881867, Adobe Stock ID 52603924

Buchsatz: Samantha Halama

http://www.samanthahalama.com/

gesetzt aus der Garamond Libre

erstellt mit Affinity Publisher

Bestellung und Vertrieb: Nova MD GmbH, Vachendorf

1

Leonie

»Verfolgen Sie mich?«, schrie Leonie. Der eisige Novemberwind stach unangenehm in ihre Wangen. Jeden Tag kostete es sie mehr Kraft, sich zu ihrer Morgenrunde aufzuraffen. Es war eine sternenklare Nacht, in Sylt ging die Sonne Ende November nicht vor halb neun Uhr auf.

Der Mann war ihr bereits seit Wochen aufgefallen. Auch er war frühmorgens unterwegs und spazierte über den breiten Strand. Bis heute war er nur eine Silhouette in der Dunkelheit gewesen, denn Leonie wählte ihren Weg stets mit einem weiten Bogen um ihn. Sie wollte keinen Kontakt, zu niemandem. Bisher schien er das akzeptiert zu haben.

Doch heute hatte er umgedreht und war zu ihr aufgerückt. Schließlich lagen nur noch zehn Meter zwischen ihnen.

Viel zu nahe! Sie atmete schneller. Würde sie jemand hören, wenn sie schrie?

Er kam ein paar Schritte näher, blieb dann jedoch stehen. »Da wir uns nun so oft begegnet sind, wird es

Zeit, dass wir uns bekannt machen. Ich bin Matties Jorgensen.«

Sie sah kurz auf seine ausgestreckte Hand. In einem anderen Leben hätte sie ihn anziehend gefunden, im Halbdunkel konnte sie ein perfektes Gebiss aufblitzen sehen. Unter seiner Wollmütze stand strubbeliges Haar hervor, hell, wie sie erkennen konnte. Die Nase vielleicht ein klein wenig schief, sonst ein attraktiver Kerl.

Doch sie war immun gegen Männer. Alle Männer.

Daher drehte sie sich um und ließ ihn stehen. Den Kopf gesenkt ging sie zügig weiter.

»He, ich hab dich nur um deinen Namen und nicht um ein Date in meainem Bett gebeten.« Sein Lachen drang warm durch die Kälte. Der Bursche ließ sich nicht abschütteln, war ihr nachgekommen und schritt neben ihr her.

Sie presste ihre Lippen aufeinander. Ihr Haus war nicht mehr weit, dann wäre sie ihn los.

»Weißt du, wie man dich in Kampen nennt? Die Eiskönigin. Aber ich glaube, das stimmt nicht. Du bist ein Mensch aus Fleisch und Blut.«

Ohne ihn anzusehen, beschleunigte sie ihr Tempo ein weiteres Mal.

»Ich weiß, dass du Leonie heißt.«

Abrupt blieb sie stehen. »Und? Erwarten Sie nun ein Honorar für Ihre detektivischen Fähigkeiten? Oder ein Lob? Bitte, melden Sie sich als Watson bei Sherlock an, aber lassen Sie mich in Ruhe.«

»Du sprichst! Halleluja! Wer hätte das gedacht!« Er schlug seine Hände zusammen. »Ich möchte dich gerne einladen. Meine Eltern geben den traditionellen Watten-Eiszauber mit Meeresbuffet und Tanzmusik. Und danach gibt es noch ein großes Lagerfeuer am Strand. Am 20. Dezember.«

»Bis dahin sind es gut vier Wochen.« Der Wind blies unangenehm unter ihre Jacke, die sie enger um sich zusammenzog. »Außerdem sind wir nicht per Du.« Ihre Stimme wurde eine Oktave höher, das ärgerte sie. »Und ich gehe bestimmt nicht auf ein Fest. Und nun lassen Sie mich in Frieden.«

Er zuckte nur mit seinen Schultern. »Wir duzen uns hier alle, daran musst du dich gewöhnen, Eiskönigin. Außerdem würde dir eine Abwechslung guttun, du hockst die ganze Zeit nur im Haus. Na ja, von deinen Morgenwanderungen abgesehen. Du könntest mal die Insel erkunden und ...«

»Was sind Sie? Ein gottverdammter Stalker? Haben Sie noch nicht begriffen, dass Sie stören?« Leonie hätte am liebsten mit dem Fuß aufgestampft. Was bildete sich dieser Kerl eigentlich ein? »Ich bin hierhergekommen, weil ich meine verdammte Ruhe möchte. Und ich dachte, das hier sei eine gemütliche Insel. Bis jetzt war es das auch.« Was redete sie so lang mit ihm? Das Sprechen strengte sie an, sie musste möglichst rasch heimkommen.

»Du hast das Haus vom alten Jasper Blaicken gekauft.«

Sie antwortete nicht und beschleunigte ihre Schritte. Lange würde sie dieses Tempo nicht durchhalten können.

»Es ist nicht riesig groß, aber doch einigermaßen. Wir alle dachten, es würde eine Familie einziehen.«

Verdammt, das tat richtig weh. Wenn er wüsste, wie sehr sie sich immer Kinder gewünscht hatte! Und dann sah sie Franks Kind vor sich. Sie blieb stehen und musste ein paarmal nach Luft schnappen, ehe sie ihm antwortete. Es sollte ein scharfes Anbrüllen werden, leider kam es hysterisch weinerlich heraus.

»Es haben nicht alle das Glück, eine Familie zu haben. Ich lebe allein, das heißt aber nicht, dass ich von jedem Natur-Cowboy hier belästigt werden möchte. Scheren Sie sich endlich zum Teufel.« Zu ihrem Schreck liefen ihr nun Tränen über die Wangen, die Demütigung war perfekt. Sie musste weg. Sofort.

Abrupt rannte sie los, konzentrierte sich auf ihre Atmung und ignorierte den Druck in ihrem Brustkorb. Wie ferngesteuert setzte sie einen Fuß vor den anderen, riss die Gartentür auf. Nur noch wenige Meter, dann hatte sie es geschafft. Fast brach sie vor ihrem Haus zusammen. Ihr war schwarz vor Augen. Mit letzter Kraft schaffte sie es, die Haustür aufzuschließen. Sie stürzte hinein, fiel im Flur keuchend auf den Boden und stieß die Tür mit den Füßen zu. Erleichtert hörte sie das Einschnappen des Schlosses. Das Gefühl zu ersticken war übermächtig.

Die Panikattacke hatte sie voll im Griff. Dabei hatte sie geglaubt und gehofft, alles überwunden zu haben.

Sie wusste nicht, wie viel Zeit verflossen war, bis sie es endlich schaffte aufzustehen, Jacke und Stiefel auszuziehen und sich ins Wohnzimmer zu schleppen. Aufatmend legte sie sich lang gestreckt auf die Couch.

Ihr Arzt hatte sie gewarnt, dass die räumliche Trennung allein nicht die komplette Heilung bringen würde. Aber für sie war es die einzige Möglichkeit gewesen, den Demütigungen und Herabsetzungen zu entkommen. Die letzten Monate seit Franks Tod waren der nackte Albtraum gewesen. In knapp zwei Wochen, am 7. Dezember, war es ein Jahr her, dass er plötzlich gestorben war.

Sie wollte nicht daran denken. Nicht jetzt, da sie zum ersten Mal, seit sie hier war, eine Panikattacke gehabt hatte.

Was musste ihr der Kerl so zusetzen? Hätte er sie nicht in Ruhe lassen können?

Bewegungslos lag sie da und sah zur Holzdecke.

Das Häuschen war zu ihrem Rückzugsort geworden. Weit weg von ihrer Heimat. Den Sommer über hatte sie es renovieren lassen, im Inneren war es komplett neu ausgestattet. Sie hatte nichts aus ihrer Villa, in der sie mit Frank gelebt hatte, mitgenommen.

Wie hatte er sie so täuschen können!

Nach seinem Tod hatte sie feststellen müssen, dass sie den Mann, den sie fast zehn Jahre geliebt hatte, offenbar nicht gekannt hatte.

Ihr Handy riss sie aus ihrem Dämmerzustand. Ihr Vater.

»Wie geht es dir?« Die obligatorische Frage.

»Gut.« Die unehrliche Antwort.

»Wir machen uns Sorgen um dich. Du wohnst nicht mehr in St. Florian, hat mir deine Tante gesagt.«

»Nein.«

»Leonie, du hättest jederzeit zu uns kommen können und …«

»… und das fünfte Rad am Wagen sein? Was soll das, Papa?« Sie spuckte das Wort förmlich aus. »Du hast dich nie um mich gekümmert, jetzt ist es zu spät.«

»Leonie, ich weiß, dass ich Fehler gemacht habe. Bitte – du bist meine Tochter und ich würde dich gern wiedersehen.«

»Aber ich dich nicht. Mach's gut.« Sie beendete das Gespräch, es raubte ihr zu viel Kraft.

Weshalb sollte ihr Vater ausgerechnet nach dem Tod ihres Mannes Interesse an ihr haben? Wegen des Geldes, das sie geerbt hatte? Es reichte ihr, dass Katharina, Franks ältere Schwester, sie ständig mit Nachrichten bombardierte, in denen sie mitteilte, ihr stünde das Erbe nicht zu. Wenigstens ihre Anrufe hatten aufgehört, seit sie ihr österreichisches Handy abgemeldet und ein deutsches angemeldet hatte.

Nur Richard Berg, ihr Anwalt, hatte ihre Nummer.

Aber auch der wurde ein wenig lästig, weil er versucht hatte, ihr vorzuschreiben, wie sie das Geld anlegen sollte. Das Haus hier hatte sie sich auf jeden Fall nicht ausreden lassen.

Sie hasste es, sich immer wieder neu rechtfertigen zu müssen.

Nein, sie hatte nichts gewusst.

Nein, sie hatte keinen Einfluss auf Franks Testament gehabt.

Nein, sie würde nicht auf ihr Erbe verzichten.

Nach neun Jahren Ehe stand ihr das zu. Und nachträglich gesehen sogar als Schmerzensgeld.

2

Matties

Das hatte er nicht gewollt. Die Frau war in Tränen ausgebrochen und war vor ihm geflohen.

Was stimmte nicht mit ihr?

Matties ging ihr langsam nach und beobachtete, wie sie hektisch in ihren Garten stürzte, ihr Haus aufschloss und förmlich hineinfiel. Das schlechte Gewissen plagte ihn. Weshalb hatte er sie angesprochen? Wochenlang hatte er sie bereits wahrgenommen, wie sie in der morgendlichen Dunkelheit den Strand entlanggewandert war. Der Bevölkerung von Kampen war sie ein Mysterium, niemand hatte mehr als einen kurzen Blick auf sie werfen können, wenn sie in ihrem Wagen vorbeifuhr.

Nur er.

Da war etwas in ihm, das ihn zu ihr hinzog. Eine vertraute Seele, die vermutlich ebensolche Wunden in sich trug wie er selbst. Nun wusste er es konkret. Niemand zog in dunkler Einsamkeit seine Kreise, wenn er nicht von Dämonen verfolgt wurde.

Langsam wandte er sich dem Dorf zu. Seine Eltern führten ein Fischlokal auf der anderen Seite des Ortes.

Sein Bruder Jonte würde es einmal übernehmen, er hatte eine Ausbildung zum Koch gemacht und war der geborene Wirt. Matties selbst hatte sich im letzten Jahr mit einem Fahrradverleih sesshaft gemacht. Zudem leitete er Touren, vor allem übers Watt, aber auch kleine Wanderungen durch die Dünenlandschaften der Insel.

Eine Stunde später, es war gerade acht Uhr, traf er Jonte in der Küche an, der in ein Notizbuch schrieb und eine Tasse Kaffee vor sich hatte. »Guten Morgen.«

Jonte sah nicht auf. »Morgen. Ich werde nie verstehen, was dich um diese verrückte Zeit hinaustreibt. Mann, es ist immer noch stockdunkel.«

»Ich brauche die Bewegung, würde dir auch nicht schaden.« Matties klopfte seinem Bruder auf die Schulter und deutete auf das Notizbuch vor ihm. »Neues Rezept?«

Jontes »geheimes Kochbuch« konnte niemand außer ihm lesen. Jonte nickte kurz. »Was hältst du davon, wenn ich für unseren Watten-Eiszauber einen neuen Eintopf ausprobiere?«

»Mann, das ist doch erst in vier Wochen!« Leonies Worte fielen ihm ein. Hätte er anders mit ihr reden sollen? Er rieb über seine Stirn.

»Man kann nie früh genug anfangen. Ich habe da das Rezept einer meiner Kollegen ein wenig abgeändert und nehme statt – wie siehst du denn aus?« Er hatte den Kopf gehoben. »Was ist dir über die Leber gelaufen?«

Matties streifte seine Jacke ab. »Kaffee?«

»Da du mich so liebenswürdig bittest.« Jonte wies mit dem Kopf zur Anrichte, auf der eine Kanne Kaffee stand. Seine Eltern bevorzugten immer noch Filterkaffee.

Matties goss sich eine Tasse ein und ließ sich seinem Bruder gegenüber nieder. »Ich habe die Frau heute angesprochen.«

»Ah, die Eiskönigin.« Jonte trank aus seiner Tasse. »Ich hab dir abgeraten, du erinnerst dich?«

»Die Zeiten, in denen ich auf meinen großen Bruder gehört habe, sind lang vorbei.«

»Bedauerlich.«

Matties lächelte kurz, wurde jedoch gleich wieder ernst. »Sie ist ...« Er nahm einen Schluck und überlegte, wie er es seinem Bruder gegenüber formulieren sollte. »Sie ist nicht okay. Ich mache mir Sorgen.«

»Was kümmert sie dich?«

»Ich weiß nicht, warum. Aber ich habe das Gefühl, dass ich ihr helfen muss. Sie ist dünn, blass und war abweisend. Dahinter habe ich eine tiefe Traurigkeit gespürt. Schließlich ist sie weinend weggerannt.«

»Weinend?« Sein Bruder runzelte die Stirn. »Was um Himmels willen hast du denn gesagt?«

Er versuchte sich an seine letzten Worte zu erinnern, aber er konnte sich nicht erklären, was Leonie so aufgebracht hatte.

Natürlich kannte er ihren Namen. Kampen hatte knapp sechshundert Einwohner. Die meisten lebten von den zahlreichen Touristen, welche fast ganzjährig eintrudelten. Der alte Jasper Blaicken war schon jahrelang krank gewesen. Da sein einziger Sohn in den USA wohnte, war anzunehmen, dass dieser das Anwesen verkaufen würde.

Nur eine reiche Person hatte es kaufen können. Die Preise auf Sylt waren horrend. Leonie hatte das Reetdachhaus nicht nur erworben, sondern auch komplett renovieren lassen. Da mussten riesige Beträge über den Tisch gewandert sein.

Die Frau am Strand hatte nicht nach steinreicher Tussi ausgesehen. Reserviert hatte sie sich benommen, allerdings nicht arrogant. Sie hatte eher panisch gewirkt. Als ob sie Angst hätte.

Sein Beschützerinstinkt war geweckt. Aber nicht nur das. Sie faszinierte ihn. Zuerst hatte er sich gewundert, dass er jemand anderen in der Früh am Meer sah. Die Frau, die da jeden Tag allein über den Strand streifte, strahlte eine Melancholie aus, die ihn trotz der Entfernung nicht kaltließ. Aus diesem Grund hatte er sie ansprechen müssen.

Jonte sah ihn immer noch erwartungsvoll an. Matties zuckte mit den Schultern. »Wenn ich das wüsste. Es muss irgendwas sein, was ich von mir gegeben habe. Daher werde ich zu ihr hingehen und mich entschuldigen.«

»Keine Glanzidee von dir.«

»Warum?«

»Offenbar möchte sie ihre Ruhe. Und«, sein Bruder tippte mit dem Finger auf ihn, »ich sage es nur ungern, aber es kann sein, dass sie dich einfach nicht mag.«

»Ich werde sie dazu bringen, zu unserem Watten-Eiszauber zu kommen.«

»Träum weiter.«

»Wollen wir wetten?«

Jonte runzelte die Stirn. »Wow, dich hat es ja ordentlich erwischt. Okay!« Er streckte ihm die Hand hin. »Wenn du verlierst, hilfst du mir einen Tag in der Küche.«

»O Mann!«

»Ist dir der Einsatz zu hoch?«

»Auf keinen Fall. Aber, wenn ich gewinne, dann«, er überlegte kurz, »dann kochst du für mich und sie ein romantisches Dinner.«

Jonte lachte laut heraus. »Gebongt.« Er sah auf die Uhr. »Ich muss in die Küche. Aber ich will mal nicht so sein und mache dir noch ein Frühstück. Was hältst du von einem Käseomelett?«

»Du bist der Beste.«

Während er die Akkus der Elektroräder überprüfte, ließ er in Gedanken noch einmal das Frühstück Revue passieren. Auch seine Eltern waren dazu gekommen. Jonte, dieser abscheuliche Bruder, hatte seine Klappe nicht halten können, während er die Omeletts servierte. Ein dummer Spruch und bevor er selbst etwas erwidern konnte, war Jonte in der Küche verschwunden. Welcher Teufel hatte Matties bloß geritten, ihm von Leonie zu erzählen? Selbst wenn er Leonie überreden konnte, mit ihm auf das Fest zu gehen, war noch lange nicht klar, dass sie auch mit ihm essen würde.

»Halt dich fern von dieser Frau, du kriegst bloß Ärger!«, hatte ihn sein Vater gewarnt.

Die Ladentür öffnete sich.

»Morgen, Matties.«

Überrascht hob er den Kopf. Vor ihm stand Astrid, seine Ex-Freundin. Sein Magen verkrampfte sich.

»Sigrid und ich würden gerne ein wenig radeln.«

Er sah hinaus. Draußen vor der Scheibe stand ihre Freundin und rieb sich die Hände. »Habt ihr warme Kleidung?«

»Natürlich.« Sie musterte ihn. »Wie geht es dir?«

»Interessiert dich nicht wirklich.« Matties ging an ihr vorbei zur Tür hinaus.

»Hi Matties. Das Wetter ist schön, da wollen wir ein wenig radeln.« Sigrid streckte ihm die Hand hin. »Mit Elektrorädern geht's ein wenig schneller.«

»Soll so sein.« Matties richtete zwei Fahrräder und erklärte kurz, wie sie funktionierten.

»Wir könnten uns mal treffen«, sagte Astrid leise. »Und reden.«

»Worüber?«

»Harald und ich haben uns getrennt.«

»Hab ich gehört, aber geht mich nichts an.« Er klang schroff, doch er wollte sie so rasch wie möglich loswerden. Noch immer hatte er das Gefühl, sie erwürgen zu müssen, obwohl schon so viele Jahre vergangen waren.

Matties ging hinaus, grüßte Sigrid kurz und machte zwei Räder startklar.

Astrid sagte nichts mehr. Erleichtert sah er zu, wie die beiden ein paar Minuten später davonradelten.

Matties schob die Gedanken an seine Ex beiseite und machte sich seufzend über den Papierkram her.

Jetzt in der kalten Jahreszeit war es etwas ruhiger in seinem Geschäft. Fahrräder wurden weniger ausgeliehen, dafür kamen häufiger Anfragen für seine Vorträge. Und er veranstaltete auch Wintertouren. Obwohl er lange fort gewesen war, kannte er Sylt immer noch wie seine Westentasche und konnte daher individuell auf die Touristen eingehen. Vielleicht konnte er damit bei Leonie punkten?

Sein Blick fiel auf seinen Terminplaner, bereits am 2. Dezember, in neun Tagen, musste er den Vortrag im Hotel Adler in Westerland halten. Einerseits liebte er es, die Bilder zu zeigen und sich an seine Zeit als Bergsteiger zurückzuerinnern. Andererseits brachte das auch die schlimmen Erlebnisse, die ihn dazu gebracht hatten, aufzuhören, in Erinnerung. Um vier Uhr würde ihn Bente, seine Angestellte, die jeweils ein paar Stunden in der Woche aushalf, ablösen. Heute würde er die freie Zeit nützen, um ein wenig zu entspannen und seinen Vortrag vorzubereiten. Viel Arbeit hätte er damit nicht, denn er hatte ihn schon öfter gehalten. Zum Glück musste er Astrid auch nicht mehr begegnen. Wenn sie und Sigrid die Fahrräder zurückbrachten, würde Bente sie entgegennehmen.

Das Telefon läutete. Er suchte, bis er es auf einem Stuhl fand, wo er es abgelegt hatte, als er den beiden Frauen half, die Fahrräder anzupassen.

»Mama?« Was konnte sie wollen? Er hatte sie doch gerade erst beim Frühstück getroffen.

»Matties, kannst du heute nach der Arbeit kommen? Tante Emmeline ist aus St. Peter Ording angereist. Sie übernachtet bei uns und ...«

»Tut mir leid, aber das möchte ich mir nicht antun.« Die redselige Tante ertrug er kaum.

»Matti, es ist so viel angenehmer, wenn du dabei bist. Dann vergisst sie ihre Gicht.«

Natürlich, weil sie ihn über seine Bergbesteigungen und vor allem über das Unglück ausquetschen wollte, um es brühwarm ihren Freundinnen zu erzählen.

»Mama, ich habe heute Abend schon was vor.«

»Und was, wenn ich fragen darf?«

»Darfst du nicht.«

»Du schwindelst, ich kenne dich! Ich frage Ole, ob in deiner Wohnung Licht brennt und wehe ...«

»Ja, ja.« Er legte auf. Zu blöd, jetzt musste er sich am Abend irgendwo herumtreiben, nur damit seine Mutter nicht merkte, dass er sich vor Tante Emmelines Besuch drückte. Sie war wirklich imstande, seinen Cousin Ole, der auf der anderen Straßenseite wohnte, anzurufen.

Er würde nach Westerland fahren und durch den Weihnachtsmarkt schlendern, ein Glühwein schmeckte immer.

Leonie ging ihm den ganzen Tag nicht aus dem Kopf. Warum war sie so unzugänglich und verschlossen? Anfang September war sie eingezogen und hatte sich seitdem kaum im Dorf blicken lassen.

Und sie war völlig aufgelöst vor ihm davongerannt, weil er – was gesagt hatte?

Er hatte den Drang, sich bei ihr zu entschuldigen, und das wunderte ihn. Jede andere Frau hätte er als Zicke abgetan. Aber sie strahlte etwas aus, das um Hilfe zu schreien schien.

Am Abend verfolgte er das gesellige Treiben rund um ihn. Überall blinkte und glitzerte es. Der Weihnachtsmarkt war gut bevölkert, obwohl es ein Wochentag war. Er schlenderte an den beleuchteten Hütten vorbei und sog den speziellen Duft nach Zimt, Lebkuchen und Gebackenem ein. Es war einiges los, Gelächter ertönte von den bewirteten Ständen.

Er sah wiederum Leonies blasses Gesicht vor sich. Verdammt, weshalb ging sie ihm nicht aus dem Kopf? Plötzlich wurde ihm der Trubel zu viel und er zog sich in eine Seitengasse zurück. Ungefähr zehn Meter vor ihm befand sich ein Laden, dessen Eingang mit bunten Weihnachtsbaumkugeln geschmückt war. Und darin stand ein wohlbeleibter Weihnachtsmann.

Den Laden hatte er nie zuvor gesehen, der musste neu sein.

»Junger Mann«, rief ihm der Weihnachtsmann zu. Die Stimme passte ebenfalls, sie war angenehm tief. Da hatten sie wirklich den perfekten Mann für die Verkleidung gefunden. Aber er war zu engagiert. Matties hasste Verkäufer, die meinten, die Leute durch Rufe anlocken zu müssen.

»Ich bin nicht interessiert«, wehrte er ab und drehte sich um.

Auf einmal stand der Mann direkt vor ihm. Wie ging das? War er nicht gerade weiter weg gewesen? Tiefblaue Augen glänzten im Licht der Weihnachtsbeleuchtung hinter einer Halbbrille, die keck auf der Nase saß. »Ich sage jetzt nicht Hohoho, weil das ist albern, nicht wahr?« Er zwinkerte ihm zu.

Der Kerl war perfekt verkleidet, man könnte ihn fast für echt halten. Am auffallendsten waren die Knöpfe und Gürtelschnalle, beides in Gold auf dem roten Samtjanker mit den weißen Flauschbesätzen. Und die schwarzen Stiefel mit den Stulpen – richtig authentisch.

»Wegen mir musst du nicht so schauspielern, ich bin kein Kind mehr.« Matties' Worte kamen amüsiert heraus, irgendwie wollte er den alten Mann nicht verletzen.

Falls er überhaupt alt war! Was wusste man schon, wer unter der Verkleidung steckte?

»Wer sagt denn, dass nur Kinder mich brauchen?« Die tiefe Stimme hatte etwas Gewinnendes. »Du solltest das tun, was du dir für heute vorgenommen hast, nicht wahr?«

»Wie bitte?« Wer war der Mann? Er konzentrierte sich, um zu erraten, wer hinter der Verkleidung stecken könnte. Schließlich kannte er viele Menschen auf Sylt. Aber der Kerl musste ein Fremder sein, ein Schauspieler oder Ähnliches, engagiert von – ja, von wem eigentlich? Er warf einen Blick zum Laden hin. Es war nicht zu erkennen, von welcher Firma er war.

»Die junge Frau braucht dich, sie will es sich nur nicht eingestehen.«

»Woher wissen Sie davon?« Automatisch kam er zum »Sie« zurück. Der Weihnachtsmann war ihm unheimlich geworden. Hatte sein Bruder geredet und erlaubte sich nun einen Scherz? Suchend sah er sich um, doch da war keine Spur von Jonte. Wie auch, um die Zeit stand er in der Küche des Familienrestaurants.

»Der Weihnachtsmann sieht alles, nicht wahr?« Er rückte nun näher und halb erwartete Matties, Alkohol zu riechen. Der Mann musste betrunken oder verrückt sein. Doch da war nichts. »Komm mit in meinen Laden, ich habe etwas, das dir helfen wird.« Er wandte sich um und ging voraus.

Matties folgte ihm spontan. Weshalb tat er das? Das Ganze war doch bloß ein billiger Verkaufstrick!

»Santas Art & Craft« stand über dem mit Weihnachtskugeln und Girlanden reichhaltig geschmückten Eingang. Beim Öffnen der Ladentür ertönte eine Melodie. *Kling Glöckchen, klingelingeling* ... erkannte er sofort.

Das Geschäft war größer als erwartet. Regalreihen führten ins Innere, mit allen Arten von Weihnachtsschmuck, Tischdekorationen und Lichterketten. Matties fühlte sich auf einmal wie ein Kind in einem verzauberten Land. Der Laden war ihm komplett unbekannt.

»Ist das Geschäft neu?«

»Nicht neu, aber man übersieht es manchmal. Es gibt meine Läden überall auf der Welt.«

»In allen Ländern?« Wahrscheinlich übertrieb der Mann, das Kostüm war ihm wohl zu Kopf gestiegen. Niemals war er der Manager einer internationalen Kette!

Der Alte lächelte, seine Augen zwinkerten über der Halbbrille. »Kann man so sagen, nicht wahr?« Er wandte sich wieder ab und ging tiefer ins Geschäft hinein.

Matties drehte sich staunend rundum. Er musste unbedingt seine Mutter fragen, ob sie den Laden kannte. Das Lied erklang erneut hinter ihm und eine Gruppe älterer Damen kam herein.

»So niedliche Sachen!«

»Ein richtiger Weihnachtsshop.«

»Sieh das hier!« Begeistert erkundeten sie den Laden.

»Ich habe hier genau das Richtige für dich, das bringst du ihr,« ertönte Santas Stimme hinter ihm.

»Nicht am falschen Ende sparen!« Er wandte sich zu ihm um und der Weihnachtsmann drückte ihm etwas in die Hand. Matties erkannte eine Schneekugel. »Der Sockel ist handgeschnitzt, auch das Innere ist von einem bekannten Künstler.« Der alte Mann drehte sich um und ging behäbigen Schritts zu der Gruppe. »Echte Handarbeit«, pries er seine Waren an. »Diese Sterne hier sind mundgeblasen und die Engel Origami von unserem Damenkränzchen hier, der Erlös kommt ...«

Die Worte um ihn wurden leiser. Matties sah auf den Gegenstand in seiner Hand. Es war wirklich eine Schneekugel mit einem Leuchtturm darin. Der Sockel war aus Holz geschnitzt, das Muster bildete eine Rose.

Mann, was sollte er damit? Diese Kugeln gab es bestimmt auf ganz Sylt en masse, weshalb sollte so ein Kitsch Leonie beeindrucken? Und sie zu einem Gespräch bewegen?

Er hob den Kopf. Die Damen bewunderten immer noch ein paar der Stücke. Den Weihnachtsmann entdeckte er jedoch nicht mehr. Er ging an der Gruppe vorbei nach vorn. Neben dem Ausgang war eine Kasse, an der saß nun ein Mädchen, die eine leuchtende Weihnachtsmütze auf dem Kopf hatte. Komisch, die hatte er beim Hineingehen gar nicht bemerkt.

Vermutlich hatte sie den Weihnachtsmann abgelöst.

»Darf's die Schneekugel sein?«, fragte das Mädchen. Ihre Zahnspange glänzte im gedämpften Licht der Weihnachtsbeleuchtung.

»Ja«, sagte er spontan. Er wäre sich blöd vorgekommen, das Ding zurückzubringen. »Wo ist denn Ihr Kollege, der Weihnachtsmann?«

Sie sah ihn groß an. »Ich bin heute allein hier. Aber ich bin nur Aushilfe und kenne nicht alle, die hier arbeiten.«

Das Mädchen nahm ihm die Kugel ab. »Komisch, die habe ich hier noch nie gesehen. Wo ist denn der Preis?« Nach einigem Drehen fand sie ein Etikett. »Dreißig Euro.«

»Wie bitte?« Da hatte er sich schön was aufschwatzen lassen. Nicht am falschen Ende sparen – jajaja!

Doch er bezahlte.

Die Weihnachtsmütze wippte auf und ab, während die Angestellte die Kugel in Seidenpapier einwickelte und ihm in die Hand drückte. »Viel Freude damit.«

Kurze Zeit später stieg er in den Bus nach Kampen, das Päckchen auf dem Schoß.

Es war bereits Viertel nach sieben, als er ankam.

Unschlüssig starrte er den Rücklichtern des Busses nach und dann erneut auf die Schneekugel. Schließlich bewegten sich seine Füße wie von selbst in Richtung Leonies Haus. Sollte er zu Fuß gehen? Das war mindestens eine halbe Stunde.

Er dachte an seine zahlreichen Bergbesteigungen, da war es wesentlich kälter gewesen – daher machte er sich auf den Weg.

3

Leonie

Leonie hatte gedacht, gehofft und auch erwartet, dass es ihr in der fremden Umgebung und dem nach ihren Wünschen renovierten Haus sofort besser gehen müsste. Niemand, der sie kannte, der ihr auf der Straße Obszönitäten nachrief und kein Beruf mit gehässigen Kolleginnen, zu dem sie sich täglich aufraffen musste. Doch das Gegenteil war der Fall. Waren die ersten Wochen noch von einer Euphorie begleitet gewesen und hatte sie mit einem gewissen Enthusiasmus ihr neues Heim bewohnbar gemacht, so schien nun von Tag zu Tag die Energie aus ihr zu weichen. Den Menschen in Kampen war sie ausgewichen. Doch anfangs war sie mehrmals wöchentlich nach Westerland gefahren, hatte sich in einem Café oder Restaurant etwas Leckeres gegönnt oder war durch die Straßen flaniert, hatte eine Inselrundfahrt mitgemacht und sogar das Wattenmeerinstitut in List besucht. Je kälter die Tage wurden, desto mehr hatte sie sich ins Haus zurückgezogen und als einzige Aktivität war der morgendliche Spaziergang übriggeblieben. Und natürlich die notwendigsten Einkäufe, zu denen sie stets nach Westerland fuhr. Auch ihr Appetit war wieder in sich zusammengefallen und sie brauchte keine Waage, um zu wissen, dass sie abgenommen hatte.

Am schlimmsten waren jedoch die Albträume, die sie erneut fast jede Nacht verfolgten. Meist war sie allein unterwegs, mehrere Verfolger im Nacken, die sie beschimpften, näher kamen, und sie einkreisten. Leonie glaubte immer, ersticken zu müssen. An dieser Stelle erwachte sie meistens schweißgebadet.

Warum hatte Frank ihr das angetan?

Und ihre Freunde? Pah, sie hatte keine Freunde, nie gehabt. Das wusste sie nun mit Sicherheit. Wie sie alle scheinheilig ihr Beileid ausgedrückt hatten, um ihr nur ein paar Tage später ihre Schadenfreude ins Gesicht zu spucken.

Ihr Telefon klingelte. Hoffentlich nicht wieder Richard, mit einer neuen Idee für Investitionen. Weshalb konnte man sie nicht in Ruhe lassen?

Es war Laurella, ihre Cousine. »Laurella, wie schön, dass du anrufst«, zwang sie sich zu sagen. Es war zwar keine Lüge, dennoch strengte sie momentan alles an. Sogar das Telefonat mit ihrer Cousine, die neben ihrer Tante Nora ihre einzige Vertraute in St. Florian geblieben war.

»Kennst du Sylt schon in- und auswendig?«

»Fast.«

»Wie geht es dir mit den Medikamenten? Hast du einen vertrauenswürdigen Arzt gefunden?«

»Noch nicht. Ich telefoniere öfter mit Doktor Huber.« Allerdings war das letzte Gespräch auch schon zwei Wochen her.

»Du brauchst weiterhin eine Therapie, Leonie, bitte versuche, jemanden zu finden.«

»Das ist nicht so einfach, Sylt hat gerade mal achtzehntausend Einwohner.« Es war eine Lüge. Natürlich gab es hier Therapeuten, sie hatte nur noch keinen angerufen.

»Ich weiß. Und auch, dass es eine Vertrauenssache ist. Aber Leonie, niemand sollte das durchmachen, was du erlebt hast. Du bist nicht schuld an dem Ganzen.«

»Das sahen alle anderen aber nicht so.«

»Vergiss sie alle zusammen, dass du aus St. Florian weg bist, war das Beste, was du tun konntest. Du musst nach vorn schauen und du hast zum Glück genug Geld, dass du …«

»Ja. Aber es hilft nichts.« Geld war ein kalter Wegbegleiter. Leonie wollte nicht undankbar sein, ohne ihr Erbe wäre sie niemals hier gelandet in diesem toll renovierten Reetdach-Haus auf der feudalen Insel in einem Nobelort. Mit eintausend Quadratmeter Grund. Kampen war die Heimat vieler Reicher und Prominenter.

Das half jedoch nicht gegen die Einsamkeit. Die Albträume. Die Hoffnungslosigkeit.

»Magst du nicht über Weihnachten zu uns kommen?«

»Zu dir und Erik?«

»Nein, das weißt du ja noch gar nicht. Erik und ich haben uns getrennt. Ich wohne bei Mama.«

Auf keinen Fall! Im letzten Moment konnte Leonie die barschen Worte zurückhalten. »Danke, das ist lieb von dir, aber auf keinen Fall, Laurella, kehre ich in diesen Ort zurück.« Keine Chance. »Außerdem ist hier auf Sylt gerade an Weihnachten so viel los, da freue ich mich schon darauf.« Sie log ohne Reue. Lügen war ihr immer fremd gewesen, von kleinen Notlügen abgesehen, wenn man jemanden nicht kränken wollte. Aber im letzten Jahr, da wurde ihre Linie zwischen Wahrheit und Unwahrheit verschoben. Man hatte sie belogen, betrogen, hintergangen. Weshalb sollte sie Skrupel haben, es genauso zu machen?

Sie erkannte sich selbst nicht wieder.

»In diesem Fall hast du schon ein wenig Anschluss gefunden? Das freut mich für dich!« Laurella schien nichts bemerkt zu haben.

»Das tut mir leid, wegen Erik, meine ich. Was ist passiert?«

Laurella schluchzte und erzählte. »Wir wollten uns nach seiner Rückkehr aus Japan eine größere Wohnung suchen, aber stell dir vor, jetzt hat er doch tatsächlich ...« Leonie hörte zu und es gelangen ihr ein paar aufmunternde Worte. Laurella beruhigte sich und Leonie hatte ein gutes Gefühl, weil sie ausnahmsweise ihrer Cousine helfen konnte und nicht umgekehrt. Viel zu lange hatte sie sich nur mit sich selbst beschäftigt.

Es klingelte.

»Kriegst du Besuch?«

»Ja, ich muss aufmachen.«

»Alles Liebe für dich, melde dich bald.«

»Mache ich.« Wieder die Unwahrheit. Es war immer Laurella, die anrief, niemals sie.

Schwerfällig erhob sie sich und blickte auf den Monitor der Kamera ihrer Torschließanlage. Vor der Gartentür stand der Kerl von heute Morgen. Wie war sein Name? Mathias, Martin, Manfred? Sollte sie sich taub stellen? Es war schließlich Viertel vor acht.

Es klingelte ein zweites Mal.

Der Mann blickte direkt in die Kamera. Seine Lippen bewegten sich. Er sollte sie in Ruhe lassen, war das zu viel verlangt? Das war doch eine Insel, auf der zahlreiche Prominente lebten. Das täten sie vermutlich nicht, wenn sie dauernd Belästigungen ausgesetzt wären.

Was zum Teufel wollte Matties von ihr? Matties, richtig, jetzt war ihr der Name wieder eingefallen.

Das dritte Mal schrillte die Glocke in ihren Ohren. Sie könnte den Sicherungskasten suchen und sie abstellen, dann konnte er sich da draußen zu Tode frieren.

Stattdessen nahm sie den Hörer. »Was wollen Sie?«

»Mit dir reden.«

»Aber ich nicht mit Ihnen.« Wieso duzte er sie noch immer? War er so dumm, dass er nicht bemerkte, wie unwillkommen er war?

»Bitte, Leonie, mach auf.«

»Weshalb in drei Teufels Namen sollte ich das tun?«

»Drei Teufels Namen? Den Spruch kenne ich gar nicht ...« Seine Stimme war so angenehm, weich und doch tief. Sie ließ Saiten in ihr erklingen, die sie mit Gewalt zum Stillstand gebracht hatte. Mit aller Kraft kämpfte sie dagegen an, nie wieder würde sie einem Mann vertrauen. Und auch keiner Frau.

»Auf jeden Fall kommen mir keine Fremden in mein Haus.«

»Ich habe mich heute vorgestellt, von fremd kann keine Rede sein.«

»Bitte, lassen Sie mich in Frieden.« Leonie ärgerte sich über den fast flehenden Tonfall. Das konnte doch nicht sein, dass sie darum betteln musste, nicht behelligt zu werden!

»Ich möchte dir etwas bringen. Und wenn du es nicht willst, dann setze ich keinen Fuß über deine Türschwelle.«

Darauf würde sie sich nicht einlassen! Wäre er erst mal auf ihrem ummauerten Grundstück, dann käme er auch ins Haus.

Er wickelte etwas aus und hielt auf einmal einen Gegenstand in die Linse. Geschockt trat sie einen Schritt zurück und drückte automatisch auf den Öffnungsknopf.

Was tat sie da?

Der Fremde konnte doch nicht wissen, dass ...?

Ihr Hals wurde eng. Sie beobachtete, wie das große Tor auseinanderglitt und der Mann mit langen Schritten hereinkam. Offenbar war er zu Fuß hermarschiert oder aber er ließ seinen Wagen auf der Straße stehen.

Es dauerte nur wenige Augenblicke, ehe er über den Kiesweg das Haus erreicht hatte. Mechanisch öffnete sie die Tür.

Sie standen einander gegenüber und sahen sich an. Eine Ewigkeit verging.

»Wer sind Sie?« Ihre Stimme klang wie ein rostiges Reibeisen.

»Matties Jorgensen. Meinen Eltern gehört das ›Kapitän Seppe‹ in den Dünen, das beste Fischrestaurant von Sylt.«

»Sagt mir nichts.« Ihr Blick war bereits zu dem Gegenstand in seinen Händen gewandert. Eine Schneekugel mit einem Leuchtturm darin. »Woher haben Sie das?« Sie deutete auf die Kugel. Auch aus der Nähe sah sie genau so aus, wie … es war so lange her!

»Wenn du mich reinlässt, erkläre ich es dir.«

In diesem Moment kam ein starker Windstoß und die eiskalte Luft ließ sie frösteln. »Okay, komm rein.«

Was hatte sie zu verlieren? Wie ein Massenmörder sah er nicht aus. Obwohl sie natürlich nicht wusste, wie ein solcher aussehen musste.

Er trat in den Windfang und klopfte seine Schuhe ab, ehe er herausschlüpfte, was sie mit Wohlwollen bemerkte. Sie nickte zu den Garderobenhaken an der Wand. »Die Jacke kannst du dort aufhängen.« Unwillkürlich war sie auch zur vertrauten Anrede gewechselt.

Er folgte ihr in die Stube und riss Augen und Mund auf. »Hier sieht es komplett anders aus als beim alten Jasper. Als Kind war ich mal bei ihm, er hat nie irgendwas geändert. Du hast die Einrichtung komplett erneuert.«

»Ja, war alles schon ein wenig in die Jahre gekommen.«

»Das ist nett ausgedrückt.« Er lachte. »Wow, du hast ein richtiges Schmuckstück aus dem Häuschen gemacht. Diese Couch und der Kamin – klasse.«

»Kanntest du ihn gut? Jasper, meine ich?«

»Ein wenig. Zum Schluss war er etwas schrullig. Wenn du verstehst, was ich meine. Er war ja auch schon weit über achtzig. Als ich ein Kind war, hat er öfter mal bei uns gegessen, meine Eltern könnten dir mehr über ihn erzählen.«

»Wozu?« Sie zuckte mit den Schultern. »Ich kannte ihn schließlich gar nicht. Mein Anwalt hat das Haus in meinem Namen von seinem Erben erworben.« Was erzählte sie das alles? Es ging ihn überhaupt nichts an. »Sag mir lieber, was die Schneekugel für eine Bedeutung hat.«

»Wollen wir uns setzen?« Er schaute sich um. »Es sieht so gemütlich aus bei dir, dass ich sehr gern deine Gastfreundschaft in Anspruch nehme.«

»Ich habe dich nicht eingeladen.« Leonie bereute es bereits, ihn hereingelassen zu haben. Sie hatte einfach keine Kraft für Besuche und dreimal nicht für männliche Besucher.

Er zuckte nicht zurück, nickte langsam und sah zur Küche hin. »Hast du überhaupt was Essbares da? So dünn, wie du aussiehst, hätte ich dir wohl besser etwas zu essen aus dem Restaurant mitbringen sollen. Mein Bruder ist der Koch und ich muss zugeben, das kann er wirklich gut.«

»Ich brauche nichts.« Leonie ging zur Sitzgarnitur, ihre Wolldecke lag unordentlich am einen Ende der Couch. Vermutlich ahnte er, dass sie bis vor Kurzem noch darauf gelegen hatte. Sie setzte sich auf die Kante der Couch und verschränkte ihre Finger.

Matties zögerte nicht, nahm den Stuhl ihr gegenüber und stellte die Schneekugel auf den Tisch. »Welche Bedeutung hat sie für dich?«

Wie magisch bewegten sich ihre Hände darauf zu und griffen sich die Kugel. Ein kurzes Schütteln und der Leuchtturm war umgeben von weißen Flocken.

Vor ihren Augen erschien das Antlitz von Frank und sie hörte seine Stimme: »Irgendwann fahren wir hin, versprochen.«

Es war nie dazu gekommen.

»Leonie?« Ein anderes Gesicht war plötzlich nah. Blaue Augen umrahmt von etwas zu langem blondem Haar. »Geht es dir nicht gut? Du bist käseweiß geworden. Ich hole dir ein Glas Wasser.« Matties verschwand. Sie hörte ihn in der Küche hantieren. Kurz darauf kam er zurück und hielt ihr ein Glas mit Wasser hin. Automatisch griff sie danach und trank.

Als sie es wieder absetzen wollte, nahm er ihr das Wasser behutsam ab, stellte es auf den Tisch und setzte sich auf seinen Platz zurück.

»Ich war in Westerland auf dem Weihnachtsmarkt«, sagte er leise. »Eigentlich habe ich mich gedrückt, weil meine Mutter wollte, dass ich zu ihr komme. Meine Tante hat sich angekündigt und die ist echt anstrengend.« Er fuhr sich durchs Haar. »Okay, ich schweife ab. Also in Westerland, da war so ein Laden mit Weihnachtskram, ich habe ihn nie zuvor gesehen. Und ein Weihnachtsmann, der sah wirklich aus wie der Echte. Und der hat mir die Schneekugel quasi aufs Auge gedrückt. Und irgendwie wusste ich, dass sie für dich sein muss.« Er holte zum ersten Mal, so schien es ihr, Luft. »Klingt wahrscheinlich irre für dich, nicht wahr?«

Er schwieg und weil er geduldig wartete, gab sie ihm nach ein paar Minuten eine Antwort. »Mein Mann hat mir so eine Schneekugel geschenkt. Ich habe ihm erzählt, dass ich gerne mal an die Nordsee fahren würde, er selbst war ein Fan von heißen Gegenden. Malediven, Gran Canaria, Bahamas.«

»Und bei deinem Besuch hast du dich in Sylt verliebt, daher jetzt das Haus gekauft?«

»Nein. Wir waren nie zusammen hier. Er leitete eine große Firma und für Urlaub war selten Zeit. Wenn wir verreist sind, war es meist mit Geschäften verbunden.«

»Und jetzt? Du bist allein hier.« Es war mehr eine Feststellung als eine Frage. Dennoch konnte sie nicht schweigen. »Er ist tot.«

Sie erwartete eine Floskel des Beileids, abgedroschene Worte, die sie hundertmal gehört hatte. Selten waren sie von Bedeutung gewesen, oft sogar gelogen.

Stattdessen legte er seine Hände über ihre Finger, die immer noch die Schneekugel hielten. »Ich habe es bereits vermutet. Als ich dich bei deinen Morgenrunden beobachtet habe, wusste ich, dass du etwas verloren hast.«

Der Kloß in ihrem Hals wuchs, sie konnte nichts sagen.

Einige Minuten vergingen. »Wo hast du deine Schneekugel?« Matties sah sich suchend um, als erwarte er, das Teil irgendwo in einem der Regale zu entdecken. »Die von deinem Mann?«

»Sie ist kaputt.«

»Das tut mir leid.«

»Ich habe sie zerstört, habe sie aus dem Fenster unserer Wohnung geworfen. Sie ist auf dem Asphalt in tausend Teile zersplittert und ich habe gelacht.« Es war allerdings ein hysterisches Lachen gewesen.

Wieso plapperte sie hier alles aus?

Sie sprang auf. »Ich möchte, dass du gehst.« Ihre Stimme zitterte. Hoffentlich tat er, was sie wollte, denn sie hatte nichts, um ihm zu drohen.

Er erhob sich sofort. »Leonie, ich möchte dich gerne näher kennenlernen. Ohne Verpflichtung. Und vielleicht magst du dann doch zu unserem Watten-Eiszauber kommen.«

Die Tränen saßen direkt unter der Oberfläche. Matties hatte keine Ahnung, was er da verlangte. Auf keinen Fall würde sie an einem Fest teilnehmen mit fröhlichen Leuten und so tun, als wäre alles in Ordnung.

»Vielleicht«, hörte sie sich sagen. Erleichtert registrierte sie, dass er seine Schritte zur Tür lenkte.

»Ich hab den Fahrradverleih am Ortseingang. Komm vorbei, wann immer du möchtest.«

»Ich fahre kein Fahrrad.«

»Zum Plaudern meine ich. Bei mir gibt's einen passablen Kaffee und gleich gegenüber eine tolle Konditorei. Da hole ich immer meinen Kuchen. Jetzt zu Weihnachten haben sie eine spezielle Lebkuchentorte. Die musst du probieren.«

»Matties, du scheinst ein netter Bursche zu sein.« Sie schluckte. »Und attraktiv, bestimmt laufen dir die Mädchen scharenweise nach. Was willst du von mir?«

Er zwinkerte kurz, dann beugte er sich zu ihr. »Ich weiß es nicht, Leonie. Aber da ist etwas, das mich zu dir hinzieht. Du bist viel zu dünn, zu blass und unendlich traurig. Und ich werde erst wieder glücklich sein, wenn ich das geändert habe.«

Ehe sie etwas erwidern konnte, war er aus der Tür.

Sie blickte ihm nach, wie er den Kiesweg zurück bis zum Gartentor ging, das sich von innen immer öffnen ließ.

Erst als er es hinter sich zuzog, spürte sie den eisigen Wind auf ihrer Haut und schloss die Haustür.

In der Hand hielt sie immer noch die Schneekugel. Sie würde sie nicht behalten. Niemals. Es hatte einen Grund gegeben, weshalb sie die erste zerstört hatte. Auch hatte sie nur wenige Erinnerungsstücke an Frank mitgenommen. Ein paar liebevolle Briefe von ihm, sofern man kurze Nachrichten auf Zetteln so nennen konnte, seinen vergoldeten Brieföffner und Fotoalben.

Aber das hieß, dass sie Matties besuchen musste, um ihm die Kugel zurückgeben zu können.

Er wollte sie kennenlernen? Vermutlich hatte sich herumgesprochen, dass sie reich war.

War es wirklich Zufall, dass er ausgerechnet diese Schneekugel gekauft hatte?

4

Matties

Matties konnte nicht einordnen, ob sein Besuch ein Erfolg gewesen war, oder nicht. Seine Worte am Schluss hatten ihn selbst überrascht. Irgendetwas zog ihn zu Leonie hin. Und er konnte ihr nicht verübeln, dass sie misstrauisch war. Ohne die Schneekugel wäre er niemals hereingekommen.

Wie hatte Santa das wissen können?

Weshalb hatte sie die erste Schneekugel absichtlich zerstört? Was war zwischen ihr und ihrem Mann vorgefallen? Hatte er zuerst gedacht, dass sie um ihren verstorbenen Ehemann trauerte, so war er sich nun unsicher. Der Tod ihres Mannes musste zumindest ein paar Monate her sein. Jasper Blaickens Haus wurde im Frühling verkauft und den Sommer über renoviert. Soviel er wusste, war sie da noch nicht hier gewesen.

Sie musste steinreich sein. Kaum jemand konnte sich ein Haus auf Sylt leisten, geschweige denn, es auch noch aufwendig renovieren lassen. Aber sie war nur wieder einmal der lebende Beweis dafür, dass Geld nicht glücklich machte.

Matties erreichte den Fahrradverleih, im Haus hatte er im oberen Stock eine kleine Wohnung. Sie war ganz anders als Leonies Haus, nüchtern, zweckmäßig und nur mit dem Minimum ausgerüstet. Das war er von seinen zahlreichen Touren gewohnt. Auf den Berg konnte man nicht den gesamten Hausrat mitschleppen. Diese Einstellung hatte er beibehalten, weswegen sich in seinem Wohnbereich keine Dekoration oder Pflanzen befanden. Lediglich Bilder zierten die Wände. Aufnahmen, die er in den Bergen geschossen hatte, und jede einzelne verband er mit Erinnerungen. Nur das eine aufzuhängen, das hatte er nicht fertiggebracht. Durch die Begegnung mit Leonie wollte er sich heute auch seinen Dämonen stellen.

Wie konnte er ihr helfen, wenn er selbst eine Leiche im Keller hatte?

Er zog das gerahmte Bild aus der Schublade und strich mit dem Finger darüber. Aufgenommen vor zwei Jahren im Basislager des Mount Everest. Insgesamt viermal hatte er den Riesen bezwungen. Ausgerechnet bei dieser Tour war so viel schiefgegangen.

Von den elf Personen auf dem Bild waren drei tot.

Er hatte sich wiederholt gesagt, dass er keine Schuld hätte, trotzdem hatte er die Ereignisse wieder und wieder in seinem Kopf durchgespielt.

Hätte er Jacques und Tim abhalten müssen?

Hätte er mit Gewalt auf der Umkehr bestehen sollen?

Hätte er den Diebstahl verhindern können?

Es hatte Monate gedauert, bis er wieder halbwegs atmen konnte, ohne sich jeden Moment an die schrecklichen Szenen am Berg zu erinnern.

Was mochte Leonie erlebt haben?

Sein Blick fiel auf ein anderes Bild. Es zeigte ihn und seinen Freund Sven, der ihn mehrfach auf Touren begleitet hatte. Wie unbeschwert jung sie damals gewesen waren. Sven mit seinem dunkelblonden Haar und von der Sonne ausgebleichten Strähnen, von denen ihm immer eine in die Stirn hing. Das Foto strahlte Lebensfreude aus.

Automatisch wählte er Svens Nummer. Sein Freund aus Kindertagen hatte ihm am meisten helfen können, stundenlange Telefonate hatten ihn geerdet. Er rechnete es ihm hoch an, dass er fast Tag und Nacht für ihn da gewesen war.

»Hi, schön von dir zu hören.« Es klang humorvoll ohne eine Spur Vorwurf.

Dennoch plagte Matties ein wenig das schlechte Gewissen. Jetzt, da es ihm besser ging, meldete er sich nicht mehr so häufig.

»Irgendwie habe ich gerade an dich gedacht, als ich unser Foto an der Wand gesehen habe.«

»Waren tolle Zeiten damals. Und ich habe viel von dir über den Umgang mit der Natur gelernt. Das kommt mir jetzt hier zugute.« Sven war mit seinen Eltern nach Norwegen gezogen, als er zwölf war, doch jeden Sommer hatten sie zusammen verbringen dürfen.

»Ich weiß, du hast es weit gebracht. Studium, eigene Firma gegründet – ich hingegen ...«

»Nun stell dein Licht nicht unter den Scheffel! Der berühmte Abenteurer und Bergkletterer! Wem sind denn die Mädels in Scharen nachgelaufen? Doch nicht einem Computerfreak wie mir?«

»Gerade das finden viele sexy.« Ein Gespräch mit Sven hob seine Laune immer enorm. »Apropos, wie sieht es mit deinem Liebesleben aus? Gibt's da was Neues an der Front?«

»Was denkst du denn? Du weißt doch, dass ich seit Anouk von den Frauen geheilt bin. Aber sollte sich das einmal ändern, bist du der Erste, der ...« Das amüsierte Grinsen hörte Matties fast durch! Was für ein Jammer, dass sein Freund so weit weg wohnte. »Ich bin übrigens gerade in Wien, denn ich möchte eventuell eine Fusion mit der Firma PTS eingehen. Da laufen jetzt die Verhandlungen an. Mein Team und ich haben ein neues Produkt entwickelt und das soll auf den Markt gebracht werden - am besten weltweit und dazu brauchen wir PTS. Aber das erzähle ich dir später einmal. Und wie schaut's bei dir aus?«

Was sollte er darauf antworten? Dass ihm eine Frau gefiel, doch er wusste nicht warum? Wie zum Teufel sollte er das einordnen?

»Also da ist schon was im Busch?«, folgerte Sven sofort.

»Vielleicht.«

»He, mir kannst du es doch sagen!«

»Da ist eine Frau hergezogen, eine Österreicherin. Sie hat das Haus vom alten Jasper Blaicken gekauft, du erinnerst dich noch an ihn? Wir haben damals mit Steinschleudern auf seine Gläser mit eingelegtem Gemüse geschossen ...«

»Ach du liebe Güte! Klar, ich erinnere mich. Seine Frau hat sie zum Abkühlen auf den Tisch vor die Tür gestellt und wir sind auf die Mauer geklettert ...«

»Weißt du noch, wie erschrocken wir waren, weil wir wirklich eines getroffen hatten?«

»Klar! Und der Alte hat uns schreiend verfolgt, aber zum Glück ...«

»... nicht erwischt.« Sie lachten nun beide.

»Und da ist nun jemand eingezogen?«, fragte Sven, nachdem sie sich beruhigt hatten.

»Ja. Er war zum Schluss noch grantiger, erst ist sein Sohn in die USA abgehauen und als vor ein paar Jahren seine Frau gestorben ist, war er nur noch griesgrämig.«

»Traurig, wenn man am Ende so allein ist.«

»Stimmt.«

»Aber du wolltest mir von der Frau erzählen?«

»Leonie. Sie ist auch einsam und sie muss Schlimmes erlebt haben. Offenbar hat sie niemanden.«

»Steigere dich nicht zu sehr hinein.« Sven klang besorgt und Matties sah ihn fast vor sich, wie er seine Brille auf und ab schob, wie immer, wenn er nervös war. »Du bist kein Psychotherapeut und kannst dich nicht so gut abschirmen.«

»Sven, manchmal braucht ein Mensch einfach einen anderen Menschen, der zuhört und da ist. Und nicht gleich eine Therapie. Ich kann das am besten beurteilen, denn du warst derjenige, der mich aus meinem Tief geholt hat, nicht irgendein Psychodoktor.«

»Du bist mein Freund.« Svens Aussage war schlicht und sagte doch so viel aus. »Und ich hoffe, dass wir uns bald wieder mal sehen können.«

»Norwegen ist leider nicht der nächste Weg.«

»Ist aber ein tolles Land.«

Sie tauschten noch ein paar Belanglosigkeiten aus, ehe sie das Telefonat beendeten. Matties war gerade dabei, sich ein Fischbrötchen zu machen, als es an der Tür klingelte.

Komisch, es war schon nach zehn, um diese Zeit erwartete er keinen Besuch mehr. Er öffnete die Tür. Und stand Astrid gegenüber. Zum zweiten Mal an diesem Tag.

Nachdem sie sich vor zehn Jahren getrennt hatten, hatten sie sich lange nicht gesehen. Die Trennung war nicht im Guten verlaufen. Sie hatte ihn angeschrien und beschimpft und bei ihrem letzten Wiedersehen vor drei Jahren da war es dann umgekehrt gewesen.

Für ihn war die Sache vorbei. Die Rückgabe der Fahrräder hatte seine Angestellte Bente übernommen. Was wollte Astrid nun schon wieder von ihm?

»Das ist eine Überraschung«, sagte er laut.

»Ich muss mit dir reden.« Selbstbewusst und forsch war sie immer gewesen.

»Dafür hast du dir eine ungewöhnliche Zeit ausgesucht. Was ist mit Harald?«

»Wir haben uns getrennt, habe ich dir vorhin schon gesagt! – Es ist kalt.« Astrid schob ihn einfach zur Seite und betrat seine Wohnung.

»Komm doch rein«, sagte er sarkastisch.

»Schön hast du es hier!«. Sie schälte sich bereits aus ihrer Jacke, zog sich das Stirnband über den Kopf – soweit er sich erinnerte, hatte sie nie Mützen getragen, immer nur Ohrenschützer – und streifte ihre Stiefel ab. Darunter trug sie einen eng anliegenden Angorapullover und schwarze Hosen, die ihre Figur perfekt zur Geltung brachten.

Was konnte sie von ihm wollen?

Er konnte sie immer noch nicht ansehen, ohne dass der alte Groll in ihm hochstieg. »Du musst es dir hier gar nicht gemütlich machen. Sag, was du loswerden willst, und dann geh.«

»So wenig gastfreundlich kenne ich dich gar nicht.« Sie ging in den Wohnraum und setzte sich auf die Couch. »Du bist immer noch so ordentlich wie früher.«

»Weshalb sollte ich mich ändern?«

»Hast du was zu trinken da? Etwas mit Alkohol? Ich brauche ein wenig Mut ...«

»Seit wann denn das?« Er verschränkte die Arme über der Brust und lehnte sich an den Türstock.

Astrid strich sich ihre Haarsträhne zurück, eine Geste, die er früher mal erotisch gefunden hatte. Aber das war in einer anderen Zeit gewesen. »Bitte, sei nicht so. Es ist mir nicht leichtgefallen, hierherzukommen.«

»Dann frage ich mich, weshalb du diese Qual auf dich genommen hast?«

»Ich möchte mich entschuldigen, Matties. Es war falsch von mir, dass ich dich damals nicht informiert habe und alles allein entschieden habe. Aber ...«

»Wenn du ein Aber dranhängst, weiß ich, was ich davon zu halten habe.« Er konnte und würde ihr nicht verzeihen.

Niemals.

»Verdammt, ich will es nicht schönreden.« Ihre Stimme nahm an Schärfe zu. »Ich möchte nur, dass du auch einmal ein kleines bisschen meine Seite verstehst. Du warst weg, bist höchstens zwischendurch mal für ein paar Tage heimgekommen. Denkst du, dass man so eine Beziehung führen kann? Du wärst nicht da gewesen, mich zu unterstützen. Oder hättest du deine Ausbildung abgebrochen und wärst zurückgekommen?«

»Was bringt es jetzt noch? Du hast für mich mitentschieden.« Matties wollte das Ganze nicht wieder aufrollen, die Wunde war nie komplett verheilt und würde sie auch nicht. »Wir hatten das alles schon. Heute möchte ich von dir nur wissen: Was willst du jetzt hier?«

Astrid stand auf und trat vor ihn hin. »Uns«, sagte sie leise, »eine zweite Chance für uns beide. Das mit Harald war ein Fehlschlag.«

»Immerhin wart ihr vier Jahre zusammen.«

»Ja, aber nachdem er von der Sache mit dir erfahren hatte, wurde unsere Ehe zu einer Farce.«

»Soll ich jetzt Mitleid mit dir haben?«

»Matties, wir beide haben uns mal geliebt. Ich war dumm und unreif zu der Zeit. Mittlerweile sehe ich die Sache klarer. Du bist auch allein, seit fast zwei Jahren bist du wieder hier und es gibt keine Frau in deiner Nähe.« Ihr Parfüm umspielte seine Nase, er mochte den Duft. Dennoch empfand er für die schöne Frau vor sich nichts mehr.

Überraschend legte sie beide Arme um seinen Hals und drückte ihre Lippen auf seine.

Eine Zehntelsekunde fühlte es sich vertraut an, ehe er energisch ihre Hände löste und sie von sich schob. Sanfter, als sie es verdient hätte. »Astrid, das zwischen uns ist lange vorbei.«

»Matties, ich war damals viel zu jung, um begreifen zu können, was ich tat. Nun bin ich erwachsen geworden und wir ...«

»Du begreifst immer noch nicht, dass das, was du getan hast, nicht rückgängig zu machen ist?« Er trat ein paar Schritte zurück. »Geh jetzt, bitte. Es ist spät.«

Zu spät.

Ihre großen graugrünen Augen füllten sich mit Tränen. »Du bist immer noch sauer.«

Sauer? Das war nicht das richtige Wort für seine Gefühle.

»Astrid, wir hatten eine schöne Zeit zusammen, viele erinnerungswürdige Momente, von denen ich keinen bereue. Aber die Uhr lässt sich nicht zurückdrehen, wir sind beide unsere Wege gegangen, und zwar in getrennte Richtungen ...«

»Das heißt doch nicht, dass sich Wege nie wieder kreuzen können ...«

»Kreuzen schon, aber nie mehr nebeneinander weiterführen.«

Sekundenlang sahen sie sich in die Augen und offenbar begriff sie, dass er sich nicht würde umstimmen lassen. Ihre Miene wechselte zu tieftraurig, Matties kannte niemanden, der das so perfekt beherrschte. Astrid hätte eine gute Schauspielerin abgegeben. Als Jungverliebter war er noch bei ihren offen zur Schau gestellten Emotionen dahingeschmolzen, jetzt rührte sich nichts in ihm.

Schweigend zog sie sich Jacke und Schuhe an. Ihr geflüstertes »Ich liebe dich immer noch, Matties« war gerade in der richtigen Lautstärke gesprochen. Sehr leise und verschämt. Um dem Satz den Anschein von Wahrheit zu geben, aber laut genug, dass er es deutlich verstehen konnte.

Er erwiderte nichts darauf, schloss die Tür hinter ihr und lehnte sich mit dem Rücken dagegen. Der alte Schmerz drohte ihn kurz zu überwältigen.

Er hatte es verdrängt, aber nie verzeihen können.

5

Leonie

Ich würde mich freuen, wenn du mich heute auf den Weihnachtsmarkt begleitest. Ich bin um 17 Uhr dort, Matties.« Es war ein Zettel aus einem Notizblock gerissen, den Leonie überrascht aus ihrem Briefkasten gezogen hatte. Schließlich hatte sie seit über einer Woche nichts mehr von Matties gesehen, nicht einmal von Weitem bei ihrer Morgenrunde. Heute war bereits der erste Dezember.

Die Schneekugel hatte sie ins Regal gestellt und sie ertappte sich dabei, dass sie sie mehrmals täglich in die Hand nahm und schüttelte. Obwohl die Kugel genauso aussah, wie die von Frank, hatte sie überraschenderweise nicht das Bedürfnis, sie auf den Boden zu schmettern. Im Gegenteil, jedes Mal, wenn sie sie berührte, schien ein wenig Energie in sie überzugehen.

Sie war hier an ihrem Sehnsuchtsort. Es war ein Risiko gewesen, ein Haus auf einer Insel zu erwerben, die sie nur von Bildern gekannt hatte. Am fünften Dezember waren es drei Monate, dass sie hier lebte. Der Umzug hierher war eine gute Entscheidung, weil sich ihr, abgesehen von Matties, niemand aufdrängte und man sie nicht in Gesellschaft zwang. Und dennoch, ewig verstecken konnte sie sich auch nicht. Nur aus diesem Grund wollte sie heute den Weihnachtsmarkt, der an diesem Wochenende im *Kaamp Hüs* stattfand, besuchen. Sie mochte das Haus im Zentrum von Kampen, dessen Eingang einen eigenen spitz zulaufenden Giebel hatte, der fast wie ein Kirchturm herausragte. Und natürlich fehlte das Reetdach nicht, das den Häusern hier ein besonderes Flair gab. Auch der großzügig angelegte Innenraum gefiel ihr. Im Foyer mit den offenen Galerien fanden oft Kunstausstellungen, von denen sie eine im Herbst besucht hatte, statt. Jetzt war sie gespannt auf den Weihnachtsmarkt. Matties würde sie aus dem Weg gehen, sie wollte keinen Kontakt zu ihm.

Oder machte sie sich etwas vor?

Sie war bereits angezogen, als ihr Handy klingelte. Richard! Ohne Begeisterung nahm sie das Gespräch an.

»Leonie, ich möchte nur rasch nachfragen, wie es dir geht?«

»Es geht mir gut, danke.«

»Du mochtest Weihnachten immer so gern, hat mir Frank erzählt. Hoffentlich kannst du es dort feiern?«

»Auch hier ist Weihnachten.« Leonie wünschte sich, er würde zur Sache kommen, sie wollte endlich los.

»Dann ist ja alles in Ordnung.« Ein Räuspern. »Es ist nun bald ein Jahr her und daher habe ich an dich gedacht, ob ...«

»Mir geht es wirklich gut, Richard. Gibt es irgendein Problem?« Sie war ihm dankbar, dass er sich um ihre Finanzen kümmerte, aber nun wollte sie endlich starten.

»Ich mache mir Sorgen um dich«, kam es überraschend. »Du bist so allein und weit weg …«

»Richard, ich fühle mich wohl, wirklich.« Sie holte ihren Haustürschlüssel vom Haken. »Ich bin gerade auf dem Weg zum Weihnachtsmarkt.«

»Dann halte ich dich nicht länger auf. Du weißt ja, wenn irgendwas ist, bitte melde dich bei mir. Für dich habe ich immer Zeit.«

»Natürlich.« Nicht, fügte sie in Gedanken hinzu. Richard war ihr Anwalt, nicht ihre Vertrauensperson.

Obwohl es erst vier Uhr am Nachmittag war, dämmerte es bereits. Sie wanderte durch das Villenviertel von Kampen, die Heimat vieler Reicher. Hinter den bewachsenen Mauern erspähte sie die Reetdächer der Häuser, die um einiges größer waren als ihres. Fast nirgends brannte Licht, sie wirkten dunkel und ausgestorben. Leonie hatte schon gehört, dass es Zweitwohnsitze waren, deren Besitzer höchstens im Sommer einige Wochen hier lebten. Gerade deswegen hatte sie sich diese Gegend ausgesucht, weil sie Abgeschiedenheit und Ruhe gesucht hatte. Dennoch war es ihr nun fast zu still.

Viele Einheimische waren weggezogen, weil sie sich den teuren Wohnraum hier nicht mehr hatten leisten können. Es gab nicht einmal einen Lebensmittelladen in Kampen.

Dies alles hatte sie bereits vor dem Hauskauf gewusst und es war ihr recht gewesen. Die letzten drei Monate hatte es sie nicht gestört, sie war zweimal in der Woche zum Einkaufen nach Westerland gefahren und hatte sich sonst im Haus eingeigelt.

In ihrem alten Leben hatte sie sich nicht zur Wehr gesetzt. Sie hatte den Kopf eingezogen, statt selbstbewusst über all das verlogene Gesindel hinwegzusehen. Anstatt sich zur Wehr zu setzen, war sie aus ihrem Wohnort geflohen.

Das sollte ihr nicht noch einmal passieren. Sie hatte einen Neustart verdient.

Nach einer halben Stunde erreichte sie das Ortsinnere.

Der Weihnachtsmarkt erstrahlte in wundervoller Beleuchtung. Niemand kannte sie hier, niemand würde mit dem Finger auf sie zeigen, hinter ihrem Rücken lachen oder sich wegdrehen, sobald sie kam. Trotzdem hatte sie den Schal über das halbe Gesicht gezogen. Lediglich wegen der Kälte. Doch da war dieses Minimum an Furcht, das sie nicht abschütteln konnte. Kurz blieb sie stehen. Ihr Herz klopfte und sie holte ein paar Mal tief Luft, ehe sie weitergehen konnte.

Hier war niemand, der sie bedrohte.

Warum war sie heute hierhergekommen? Wollte sie Matties doch treffen?

Unsinn. Sie hatte eben gerade heute Lust gehabt. Doch Leonie war ehrlich genug, sich einzugestehen, dass ein Teil von ihr sich über Matties' Zettel - formlos oder nicht – gefreut hatte.

Die Musik erfüllte Kampens gesamtes Zentrum und war schon von Weitem zu hören. Mit jedem erklingenden Ton rieselte ein Stückchen Freude durch Leonies Körper. Sie liebte Musik und ganz besonders die Weihnachtslieder. Schließlich erreichte sie den großen Vorplatz vor dem Kaamp Hüs. Es war einiges los. Vor dem Gebäude waren Hütten aufgebaut, es wurden Glühwein und ähnliche Heißgetränke angeboten. Sie war extra eine Stunde früher gekommen, damit es nicht so aussah, als wollte sie Matties' Einladung oder vielmehr Aufforderung annehmen. Mittlerweile war es dunkel geworden und durch die kunstvolle Weihnachtsbeleuchtung rührte sich etwas in ihrem Inneren. Sie hatte Weihnachten immer geliebt. Der Keks- und Tannenduft, der in der Adventszeit in der Luft lag, die glitzernden Kugeln und blinkenden Lichter. Am liebsten mochte sie den Kerzenschein, der den Räumen ein samtig glimmerndes Ambiente gab.

Das letzte Weihnachten war kalt und trostlos gewesen. Franks Beerdigung hatte am 19. Dezember stattgefunden, fast die gesamte Bevölkerung von St. Florian war anwesend gewesen, so schien es ihr. Frank war schließlich ein angesehener Bürger gewesen, im Gemeinderat ein bedeutendes Organ und als Eigentümer der größten Firma der Umgebung der wichtigste Arbeitgeber im Umkreis. Also wurde auch sein Abschied pompös gestaltet. Dem bescheidenen Mann, der trotz allen Reichtums auf dem Boden geblieben war, dem, den sie gekannt hatte, hätte das nicht gefallen. Aber hatte sie ihn gekannt? Nach all dem, was passiert war, offenbar überhaupt nicht. Nach seinem Tod hatte sie feststellen müssen, dass er ein Fremder für sie war.

Energisch verbot sie sich, an das vergangene Jahr zu denken. Für sie war es ein Spießrutenlauf gewesen und es war Zeit, nach vorn zu schauen.

Sie betrat das hell erleuchtete Kaamp Hüs und war sofort gefangen von der Atmosphäre ringsum. Hatte es ihr bereits gefallen, als sie die Kunstausstellungen besucht hatte, so war sie nun überwältigt. Die freischwebende Weihnachtsbeleuchtung war an der Brüstung der Galerie im ersten Stock befestigt, die den großen Raum im Parterre umrahmte. Unzählige Weihnachtsgirlanden hingen an den Wänden. Es glitzerte überall. Leonie drehte sich um sich selbst. Seit Langem war sie das erste Mal wieder unbeschwert und fröhlich. An zahlreichen Tischen wurde Handwerkskunst angeboten. Da sie ein Faible für schöne Dekorationen hatte, blieb sie gleich beim ersten hängen und betrachtete die Sterne aus verschiedenen Materialien. Leonie sah Schmuckstücke aus Perlen und Salzteig, Tongefäße, geflochtene Körbchen und Kränze. In Behältern fand sie Glasschmuck, Strohsterne und Girlanden sowie Weihnachtsmänner und Engel aus Filz. Sie ärgerte sich, keinen Korb oder eine Tasche mitgenommen zu haben. Wider Erwarten juckte es sie in den Fingern, ihr Haus zu dekorieren. Wozu und für wen?

Frank lebte nicht mehr. Er hatte sie immer bewundert, weil sie das Haus je nach Jahreszeit angepasst, geschmückt hatte. »Ich freue mich jedes Mal aufs Heimkommen, denn du verstehst es, aus einer Wohnstätte ein Heim zu machen.«

War das auch gelogen gewesen? Wie so vieles andere?

Als Grundschullehrerin hatte ihr das Basteln immer Spaß gemacht, doch seit sie im Sommer die Schule verlassen hatte, hatte sie keine Handarbeit mehr angerührt.

Dass Frank ihr auch ihren Beruf kaputtgemacht hatte, gehörte zu den schlimmsten Dingen, die er ihr hatte antun können. Dass sich alle ihre Kolleginnen – an ihrer Schule hatten nur Frauen unterrichtet – in gehässige Schlangen verwandelt hatten, hätte sie niemals erwartet.

Verdammt, sie dachte schon wieder daran. Sie musste sich ablenken. Ihr Blick fiel auf ein Plakat an der Wand. »Mount Everest – ein Berg mit vielen Facetten. Dynamischer Vortrag mit Extrembergsteiger Matties Jorgensen.« Das war unverkennbar Matties auf dem Plakat. Das verwegene Grinsen war offenbar sein Markenzeichen. Er war in Bergsteigerkleidung mit einem roten Trekking-Rucksack auf dem Rücken. Wie von Fäden gezogen trat sie näher. Matties hielt Vorträge? Sie sah auf das Datum. Das war ja bereits morgen!

Wie kam ein Sylter, der Meer und Flachland gewohnt war, in die Berge?

Leonie war immer schon neugierig gewesen und genau diese Eigenschaft war es nun, die sie beschließen ließ, das Date – so man es so nennen konnte – einzuhalten. Aber es war ohnehin noch zu früh, also schlenderte sie weiter.

Am nächsten Stand wurden Teelichter in bunten Gläsern angeboten, Weihnachtsmänner, Strohsterne und Engel. Eine der Figuren stach heraus. Es war ein Engel in Bergsteigerkleidung, mit festen Schuhen, auf dem Rücken einen roten Rucksack, der fast gleich groß wie er selbst war. Die Flügel sahen auf der Seite heraus. Noch nie hatte sie einen solchen Engel gesehen.

»Der passt zu ihm, nicht wahr?«, sprach sie jemand von hinten an. Überrascht drehte sie sich um und stand einem Weihnachtsmann gegenüber. Er wirkte, als ob er direkt einer Cola-Werbung entsprungen sei: beleibt, rote Backen, weißer Vollbart und sommerblaue Augen über der Halbbrille. Noch nie zuvor hatte sie so leuchtend blaue Augen gesehen, und das bei dieser diffusen Beleuchtung. Seine goldenen Knöpfe glänzten im Licht. Er nickte in Richtung des Plakats, das den Vortrag von Matties anpries.

Offensichtlich duzten sich hier alle.

Sie drehte den Engel zwischen ihren Fingern. Er konnte doch nicht wissen, dass sie Matties kannte?

»Sie müssen schwitzen in dem Kostüm«, sagte sie spontan.

Sein tiefes Lachen vibrierte bis in ihren Körper. »Das bin ich gewohnt. Ich bin nicht temperaturempfindlich, musst du wissen. Und bitte sieze mich nicht. Ich bin Santa oder Claus, was immer du vorziehst.«

»Ah ja.« Klar. Ein Schauspieler, der in seiner Rolle aufging.

»Kauf den Engel, er ist ein Unikat.«

Der Kleine gefiel ihr tatsächlich. Sie könnte sich bei Matties für die Schneekugel revanchieren. Doch in einer Aufwallung von Trotz wollte sie ihn zurücklegen. Nur weil der Kerl im roten Kostüm offenbar angestellt war, Leute zum Kauf zu animieren, würde sie nicht brav folgen. Eine ältere Dame mit einer Schicht Puder im Gesicht rief erfreut: »Was für ein entzückendes Souvenir, darf ich mal?« Ihre Finger griffen bereits nach dem Engel, in letzter Sekunde zog Leonie ihn fort.

»Tut mir leid, aber der ist schon vergeben.« Sie reichte ihn über den Tisch der Verkäuferin, einer Frau in ihrem Alter, die lächelte. »Da haben Sie Glück, das ist mein Einziger dieser Art.«

»Das ist aber schade«, bekundete die gepuderte Dame und wanderte bereits weiter.

Die Verkäuferin beugte sich nun vor. »Mein Großvater war Bergsteiger, er ist auf dem K2 in den neunzehnsiebziger Jahren verunglückt. Ich habe ihn nie kennengelernt, daher wollte ich ihn als Engel zum Leben erwecken.«

»Und Sie wollen ihn nicht selbst behalten?«, fragte Leonie erstaunt.

»Erst wollte ich das wirklich, aber«, sie beugte sich vor, »der Weihnachtsmann hat mir gesagt, dass es da jemanden gibt, der genau diesen Engel wird kaufen wollen.«

Der Weihnachtsmann zwinkerte ihr zu. Kopfschüttelnd zückte sie ihre Geldbörse, bezahlte und nahm den in Seidenpapier verpackten Engel entgegen, den sie in ihre Tasche steckte. Sie verabschiedete sich von der liebenswerten Verkäuferin und wollte weiter ins Innere des Kamp Hüs, doch der Weihnachtsmann zupfte sie am Ärmel. »Du wirst draußen schon erwartet. Vor der Crêpeshütte. Du solltest ihn erlösen.«

Matties?

Unschlüssig sah sie zum Eingang. Es war erst halb fünf. In diesem Fall war auch er früher erschienen. Woher wusste der Mann das? Und was meinte er mit »erlösen«?

Sie drehte sich wieder um, sah jedoch keine Spur mehr von ihm. Das gab's doch nicht! So schnell konnte der beleibte Mann nicht aus der Halle gelaufen sein?

Ihr Blick schweifte über die Menge, nirgends konnte sie seine rote Kleidung erkennen.

Sie musste sich ein wenig anstrengen, in die Gegenrichtung zu gehen. Ihre Neugierde hatte gesiegt, sie musste sehen, ob Matties wirklich auf sie wartete.

Die kalte Luft war angenehm auf ihren erhitzten Wangen. Unentschlossen sah sie nach links und dann nach rechts. Sie erinnerte sich nicht mehr, wo der Crêpesstand gewesen war.

Da entdeckte sie ihn. Er trug seine blaue Jacke, die dicke Mütze und den Schal. Trotz der Entfernung von ungefähr fünfzehn Metern erkannte sie, dass er sich nicht wohl fühlte. Seine Stirn war gerunzelt, seine Augen zu Schlitzen verengt. Er sprach mit einer jungen Frau, die einen eleganten weißen Mantel trug und gelackte Stiefel, die bis zu den Knien reichten und eher schick als wärmend wirkten. Ihr langes schwarzes Haar war durch ein wollenes Stirnband aus dem Gesicht gehalten. Beim Näherkommen musterte Leonie ihre Gesichtszüge. Sie schienen perfekt geformt. In diesem Moment legte die Fremde ihre Hand auf Matties' Brust. Sie hatte extrem lange, manikürte Fingernägel.

Ärger stieg in ihr hoch. Wer war die bildschöne Frau? Seine Freundin? In ihr erwachte etwas Wildes – war es tatsächlich Eifersucht? – und mit energischen Schritten ging sie auf die beiden zu.

»Hallo Matties«, flötete sie. »Das ist aber nett, dass du schon hier bist.«

Es war, als würde ein Vorhang von seinem Gesicht gezogen. Matties schob die Hand der Unbekannten fort, tat einen Schritt auf sie zu und zog sie in seine Arme. Zuerst versteifte sie sich, doch nach einer Sekunde fühlte es sich wunderbar richtig an. Sein Flüstern kitzelte sie am Ohr. »Spiel mit.« Gleich darauf drückte er seine Lippen auf ihre.

Es traf sie wie ein Blitz. Ihre Lippen berührten sich nur einen winzigen Moment. Doch Leonie hätte sich am liebsten innig an ihn geschmiegt und mehr verlangt.

Was war los mit ihr?

Es war Matties, der sich von ihr löste. Die Umgebung um sie herum nahm wieder Formen an. Die Schwarzhaarige wirkte, als habe sie in einen sauren Apfel gebissen. Der verzogene Mund und die Falten um die Augen waren plötzlich alles andere als vorteilhaft und schmälerten ihre Attraktivität.

»Das ist nicht dein Ernst, Matties.« Auch ihre Stimme hatte ihren wohltuenden Klang verloren. »Seit wann lässt du dich mit Touristinnen ein?«

»Leonie, das ist Astrid, wir waren vor Urzeiten mal ein Paar.« Matties hielt sie fest an sich gedrückt.

»Urzeiten?« Astrids Wangen hatten sich gerötet, sie wirkte aufgebracht.

»Es ist Jahre her. Und Leonie ist keine Touristin.« Er drückte sie an sich.

»Nein. Ich wohne seit September in Kampen. Sind Sie auch von hier?« Leonie gelang es, einen desinteressiert gelangweilten Tonfall vorzutäuschen.

»Nein, ich wohne in Westerland.«

»Eigentlich in Berlin«, warf Matties ein.

»Mittlerweile bin ich wieder fix hier.«

»Tatsächlich?« Matties drehte sich zu Leonie. »Sylt war Astrid nämlich immer zu langweilig.«

»So wie dir!« Astrids Ton nahm an Schärfe zu. »Du bist es doch, der durch die halbe Welt gestromert ist, dem es hier zu eng wurde, wie du immer betont hast. Der große Matties Jorgensen, Bezwinger aller Höhen und Gipfel, der Bindungen scheut wie der Teufel das Feuer.«

»Weihwasser«, sagte Leonie automatisch.

»Wie bitte?«

»Der Teufel fürchtet das Weihwasser, nicht das Feuer.«

»Astrid, du kennst mich überhaupt nicht.« Matties' Stimme wurde nun ebenfalls scharf. »Wenn du darauf anspielst, dass ich dir damals nicht gleich einen Heiratsantrag gemacht habe, als du achtzehn und ich zwanzig war, dann ...«

»Wie auch immer!« Sie fuhr mit der Hand durch die Luft. »Auf jeden Fall hast du keinen Grund, jetzt so herablassend auf mich zu schauen, du warst damals genauso jung und dumm wie ich.« Die nächsten Worte sprach sie direkt zu Leonie. »Und dir rate ich, halt dich fern von ihm. Er bricht Herzen nicht nur, er foltert sie.« Mit einer eleganten Bewegung warf sie ihr Haar zurück und drängte sich in die Menge.

Was war denn das?

»Das nenne ich mal einen gelungenen Abgang.«

»Stimmt.«

»Offenbar möchte sie dich zurückhaben.«

»Aber ich sie nicht.« Matties zog seinen Arm zurück. Sofort fühlte sie sich nackt. »Danke für deine

Hilfe. Und ich glaube nicht, dass sie mich wirklich wieder als Freund möchte. Es reizt sie nur, weil sie mich nicht mehr um den Finger wickeln kann.«

»Hat sie dir oder du ihr das Herz gebrochen?«

»Ich musste Sylt für meine Ausbildung als Bergführer verlassen, das hat sie mir krummgenommen. Und später ...«, er winkte ab, »ist so lange her.« Offenbar wollte er nicht mehr erzählen und Leonie hakte nicht weiter nach.

»Und nun seid ihr beide wieder hier.«

»Ja.« Er straffte sich. »Aber es bringt nichts, olle Kamellen aufzuwärmen. Darf ich dich auf eine Crêpe oder belgische Waffel einladen?«

6

Matties

Astrid wurde ziemlich lästig. Was für ein Glück, dass Leonie früher gekommen war und das Spiel mitgemacht hatte. Doch Matties wusste, dass Astrids Hartnäckigkeit nicht gebrochen war. Sie würde es wieder versuchen.

Er verstand Astrid nicht. Glaubte sie wirklich, dass er wieder Gefühle für sie entwickeln könnte? Gewiss nicht.

Die Frau neben ihm ließ so viel mehr in ihm erklingen, als Astrid es je gekonnt hatte. Sie besaß eine Faszination, die er sich nicht erklären konnte, denn er kannte sie schließlich noch nicht richtig.

Sie holten sich belgische Waffeln und er freute sich, dass es Leonie schmeckte.

»Wart ihr lange zusammen, du und Astrid?«, fragte sie.

»In der Schulzeit.« Er hob seinen Zeigefinger und entfernte damit einen Tupfen Schlagsahne von ihrem Kinn. Er führte ihn zum Mund und leckte ihn betont langsam ab. Dabei sah er ihr unverwandt in die Augen.

Diese intime Geste ließ auch sie ganz offensichtlich nicht kalt. Sekundenlang standen sie einfach da und versanken im Blick des anderen. Die Welt verschwand aus Matties' Wahrnehmung.

Das Prickeln war eindeutig beiderseitig.

Lautes Gelächter vom Nachbartisch riss sie aus der Trance, in der sie sich gerade noch befunden hatten.

Leonie senkte ihren Blick und steckte hastig ein weiteres Stück ihrer Waffel in den Mund. »Und danach bist du fortgegangen? In die Berge?«

»Woher weißt du das?« Da fiel ihm ein, dass vermutlich bereits die Werbung für seinen Vortrag überall hing. »Ah, du hast ein Plakat gesehen.«

»Ja, es hängt im Kaamp Hüs.« Sie leckte ein paar Krümel von ihren Lippen, was ein Ziehen in seiner Lendengegend verursachte. Schon lange nicht mehr hatte er dermaßen überzogen auf eine Frau reagiert. Er war schließlich kein notgeiler Teenager! »War das der Grund eurer Trennung?«

Redete sie immer noch von Astrid? »Lassen wir Astrid mal weg, sie ist nicht mehr wichtig in meinem Leben.« Er schaufelte sich ein Stück Waffel mit Nüssen in den Mund.

»Einverstanden.« Mit der Gabel spießte sie eine Kirsche auf und tunkte sie in Schlagsahne. »Aber erkläre mir, wie es zu deiner plötzlichen Liebe zu den Bergen kam.« Die Kirsche verschwand zwischen ihren Zähnen.

O Mann!

»Ich hatte eine Tante, die in Tirol gewohnt hat. In Hall bei Innsbruck, um genau zu sein. Ihr Lebensgeführte hat mir das Klettern beigebracht zusammen mit seinem Sohn Christoph. Als wir beide erwachsen waren, war unser Plan, eine Agentur zu gründen. Nach dem Abitur habe ich die Ausbildung zum staatlich geprüften Bergführer gemacht. Und gemeinsam mit Christoph haben wir Adventure's Kick gegründet. Die Agentur besteht immer noch.«

»Aber du bist ausgestiegen? Warum?«

Darüber wollte er heute nicht sprechen. »Wirst du kommen?«

»Zum Vortrag?«

»Ja.«

»Vielleicht.« Sie legte den Kopf schräg.

»Ah, deine Standardantwort.«

Sie lächelte. »Worüber wirst du sprechen?«

»Steht auf dem Plakat.«

»Schon klar.« Sie stupste ihn an und führte das letzte Stück ihrer Waffel in den Mund, kaute und schluckte. »Was höre ich bei deinem Vortrag, was ich nicht bereits in jeder Doku gesehen hätte?«

»Du hast Dokus über den Mount Everest angeschaut?«

»Ist ungefährlicher, als selbst da oben herumzukraxeln.«

Er musste lachen. »Schon klar.«

»Also?«

Ihm gefiel der neckische Zug um ihren Mund. Ihm gegenüber saß eine komplett andere Frau als diejenige, die er am Strand gesehen und in ihrem Haus besucht hatte. »Mach Werbung für deinen Vortrag, sag mir, weshalb ich hingehen sollte.«

»Matties, was für eine Überraschung! Seit wann besuchst du den Weihnachtsmarkt?« Eine blond gelockte Dame rempelte ihn an und hätte bald ihren Becher mit Glühwein auf seinen Ärmel gekippt.

»Claudia, auch wieder hier?« Was für ein dummer Zufall! Vor Jahren einmal hatten sie eine alkoholselige Nacht miteinander verbracht, das war nach dem gewaltigen Streit mit Astrid gewesen, als er erfahren hatte … nein, daran wollte er nicht schon wieder erinnert werden. Beide hatten das Erlebnis rasch vergessen wollen. Claudia war schließlich verheiratet. »Wo ist denn Thorsten?«

»Er kommt zu Weihnachten nach, du weißt ja, die Arbeit.« Natürlich wusste er Bescheid. Während Thorsten das Geld verdiente, genoss Claudia das Jet-Set-Leben. »Normalerweise sind wir an Weihnachten immer in St. Moritz zum Skifahren, aber der Arme hatte einen Bandscheibenvorfall und darf noch nicht auf die Piste. Daher sind wir heuer bis nach Silvester hier.«

»Das ist schön«, meldete sich Leonie. »Dann ist das Viertel nicht so verwaist. Ist ein wenig gruslig, dass die meisten Villen leer stehen, finden Sie nicht auch?«

Claudia schenkte ihr nur einen kurzen Blick, der ausdrückte, dass sie sich lieber mit Matties beschäftigen wollte.

Aus diesem Grund legte Matties den Arm um Leonie. »Meine Freundin Leonie«, sagte er betont und warf Claudia einen scharfen Blick zu, den sie hoffentlich verstand. »Leonie, das ist Claudia, eine Bekannte, die sehr oft auf Urlaub hier ist.«

»Ihnen gehört also eine der Villen? Vielleicht sogar im Hobokenweg?« Leonie griff nach ihrem Glühweinbecher und hielt ihn hoch. »Auf gute Nachbarschaft. Na ja - zumindest wohne ich in der Nähe, nicht weit vom Hobokenweg.«

»Tatsächlich?« Nun klang ein Minimum an Interesse in Claudias Stimme durch. »Wo genau?«

»Das Haus von Jasper Blaicken.«

»Ah, das kenne ich, freilich. Haben Sie es umgebaut?«

»Komplett.«

»Das müssen Sie mir einmal zeigen.« Claudia musterte Leonie noch einmal von oben bis unten.

»Gern.«

Es war Zeit, dass er Leonie wieder für sich hatte. Matties beugte sich zu ihr. »Wollen wir drinnen eine Runde drehen?« Er leerte seinen Becher, Leonie tat es ihm gleich. »Ich wünsche dir einen schönen Urlaub«, sagte er zu Claudia.

Rasch zog er Leonie fort. Sie kicherte. »Ich habe das Gefühl, dass du ein richtiger Schwerenöter bist. An jeder Ecke treffen wir eine Verflossene von dir.«

»Das war Zufall.« Er spürte Verlegenheit. »Natürlich gab es hin und wieder Frauen. Als Single, ich meine ...« red nicht noch mehr. Er hatte das Gefühl, dass ihn jedes Wort tiefer in den Morast ritt. Frauen hörten nicht gern, dass es Vorgängerinnen gegeben hatte.

Was redete er da! Vorgängerinnen – nein. Leonie wollte er nicht in diese Schublade tun, nicht zu den anderen Frauen. So viele waren es auch nicht gewesen. Solange er mit Astrid zusammen gewesen war, war er ihr treu geblieben. Und später? In den eisigen Bergeshöhen war Sex nicht das oberste Bedürfnis gewesen.

Sie erreichten den Eingang und Leonie war zum Glück abgelenkt. Ihr Gesichtsausdruck wirkte konzentriert, ihre Unterlippe vorgeschoben – offenbar gefiel ihr, was sie sah. Es war bereits halb sieben, als sie durch waren. Leonie hatte einen bunten Schal gekauft, den sie sich beim Hinausgehen gleich um den Hals band.

»Geschenke hast du keine gefunden?«, fragte er. Sämtliche Frauen in seinem Bekanntenkreis, seine Mutter an erster Stelle, nutzten solche Märkte, um Weihnachtsgeschenke zu kaufen. Er selbst hatte zumindest für seinen Vater und seinen Bruder gefütterte Handschuhe erstanden. Die beiden verlegten oder verloren sie immer. Fehlte nur noch seine Mutter.

Leonie hatte nur den Schal für sich gekauft, obwohl sie zahlreiche Teile in Händen gehalten hatte.

»Ich muss niemandem etwas schenken.« Es klang schroff, fast kalt.

»Hast du keine Verwandten?«

»Meine Cousine Laurella und meine Tante Nora. Wir telefonieren hin und wieder. Sie waren die Einzigen, die ...« rasch drehte sie sich um und ging ein paar Schritte. »Wollen wir einen Glühwein trinken? Der Orangenpunsch schaut auch lecker aus.«

Offensichtlicher hätte sie nicht ablenken können. Er holte sie ein. »Und deine Eltern?«

Sie blieb stehen. Obwohl sie von zahlreichen Menschen umgeben waren, hatte er das Gefühl, dass sie allein waren. »Mein Vater lebt in Wien, aber wir haben kaum Kontakt. Meine Mutter ist gestorben, als ich neun war.«

»Das ist schade für dich. Woran ist denn deine Mutter gestorben?«

»Sie war Alkoholikerin und ist in betrunkenem Zustand die Treppe hinuntergefallen.«

Das hatte er nicht erwartet. Auch nicht die emotionslose Art, in der sie sprach. Automatisch griff er nach ihrer Hand. »Das ist schlimm.«

Leonie winkte ab. »Ist lange her. Meine Oma hat sich um mich gekümmert. Ich habe damals geglaubt, Mama wäre einfach schwer krank, weil sie oft den ganzen Tag im Bett lag. Sie war für mich nie eine richtige Mutter gewesen. Zudem hatte ich meist Angst vor ihr, sie hat mich immer so angestarrt. Und manchmal sogar beschimpft. Ich schäme mich, aber es war eine Erleichterung, als sie nicht mehr da war.«

Er führte sie weiter weg von der Menschenmenge. Sie überquerten die Straße und spazierten nun Richtung Dünen.

»Deswegen brauchst du dich nicht zu schämen, das ist doch selbstverständlich. Kein Kind sollte so etwas erleben müssen.« Er war erschüttert. »Wie hat dein Vater sich verhalten?«

»Er hat gearbeitet, war bei der Müllabfuhr. Und abends ist er in die Kneipe geflüchtet. Oma war für mich da.«

»Ich nehme an, sie ist auch gestorben?«

»Ja, als ich siebzehn war. Papa hat da schon mit seiner neuen Frau in Wien gelebt. Er hatte dort einen besser bezahlten Job angenommen.«

»Bist du zu ihm gezogen?«

»Nein, gewiss nicht. Er wollte es zwar, aber ich nicht.«

»Warum nicht?«

»Was sollte ich in Wien?« Sie drehte sich um. Mittlerweile waren sie schon ein Stück vom Trubel entfernt, die Musik war leiser geworden, aber die geschmückten Hütten mit dem hell erleuchteten Kaamp Hüs boten ein eindrucksvolles Bild. »Das ist wirklich ein wunderschöner Weihnachtsmarkt.« Sie klang fast ehrfurchtsvoll.

Matties verstand den Wink mit dem Zaunpfahl. Sie wollte das Thema ganz offensichtlich nicht weiter verfolgen.

»Hast du Hunger?« Er sah auf die Uhr. »Ich entführe dich ins Kapitän Seppe, mein Bruder hat heute Kabeljau mit Sesamkruste auf dem Plan. Das musst du probieren. Ich lade dich ein.«

Sie zögerte. Offenbar war durch ihre geteilten Erinnerungen die Stimmung ein wenig gesunken. So wollte er sie nicht nach Hause lassen.

»Du wirst es nicht bereuen. Und du sparst dir daheim das Kochen.«

»Die belgische Waffel hätte mir gereicht.«

»Das kann ich mir nicht vorstellen. Pass auf, bei den kulinarischen Genüssen im Kapitän Seppe wirst auch du schwach.« Er zog spielerisch an ihrem Schal. »Los geht's, es ist nicht weit. Und anschließend bringe ich dich mit dem Wagen nach Hause, du musst nicht in der Dunkelheit zu Fuß gehen.«

Zum Glück nickte sie. »Gut, das Angebot nehme ich gerne an. Aber mit dem Essen – also, ich lade dich ein. Weil du die Waffeln und den Glühwein bezahlt hast.«

»Wie du meinst.« Er verschwieg ihr, dass seine Eltern bestimmt keine Rechnung stellen würden. Sie marschierten die breite Straße in Richtung der Dünen hinunter und ließen den glitzernden Weihnachtsmarkt hinter sich.

»Schade, dass der Markt nur an diesem Wochenende stattfindet.«

»Wir könnten nach Westerland fahren, der Markt dort ist täglich. Oder in andere Orte. Was meinst du?«

»Eine Weihnachtsmarkt-Tour sozusagen?«

»Richtig.«

»Klingt romantisch.« Sie zog den Schal enger. Der fast immerwährende Wind war hier in den Dünen noch stärker. Er riss an der Kleidung und stach im Gesicht. »Wir wurden vorhin unterbrochen, du hast mir nicht erzählt, was du vortragen wirst.«

Das war ein unverfängliches Thema. Matties überlegte kurz, womit er anfangen sollte. »Ich habe Film- und Fotomaterial auf meinem Laptop, dazu spreche ich live, das mögen die Leute gern. Ich kann jederzeit unterbrechen und auf Fragen eingehen, deswegen habe ich dieses Format gewählt. Und ich zeige Bilder, die man sonst nicht so leicht sieht. Zudem traue ich mich auch, kritisch zu sein und die negativen Seiten des Bergtourismus aufzuzeigen.«

»Hast du aus diesem Grund aufgehört? Weil es zu viel Negatives gibt?«

»Nein. Ich kann immer noch nachvollziehen, dass fast jeder Bergsteiger einmal den Wunsch hat, auf den höchsten Berg der Welt zu steigen. Das ist nur logisch, schließlich war ich auch viermal oben und jedes Mal war es erneut ein bewegendes Erlebnis.«

»Viermal? Du warst nicht nur einmal oben?« Sie starrte ihn komplett überrascht an. »Das Risiko ist doch enorm!«

»Da gebe ich dir recht. Allerdings darf man sich nicht blind in so ein Abenteuer stürzen. Leider werben viele Eventagenturen damit, dass sie praktisch jeden hochbringen. Das stimmt einfach nicht. Du solltest schon bergaffin sein und vorher eine Menge Touren absolviert haben, bevor du dich auf den Berg aller Berge wagst.«

»Wie meinst du das ›jeden hochbringen‹? Da kommen doch nur erfahrene und sportliche Bergsteiger infrage, oder nicht?«

»Wie man es nimmt. Tatsächlich gibt es Agenturen, vor allem in den USA, die jeden aufnehmen, der das entsprechende Kleingeld mitbringt. Es werden Vorbereitungskurse angeboten, das schon, aber du kannst dir nicht in ein paar Wochen das breite Spektrum an Erfahrung aneignen, das man als Bergsteiger in zig Touren lernt.«

»Aber es ist auch eine Frage des Geldes?«

»Auf jeden Fall.«

»Was würde es kosten?«

»Es gibt verschiedene Gesamtpakete, die angeboten werden. Die Kosten für die Bergerlaubnis, die von Nepal ausgestellt wird, kostet um die 10.000 Euro. Dazu kommt noch die Ausrüstung, Sauerstoff, Zelt, Schlafsack, Verpflegung, Kleidung und natürlich die Sherpas, die sind unverzichtbar. Ohne die Einheimischen, die das Gepäck tragen, käme niemand hinauf. Dann gibt es Luxustouren, mit beheizten Zelten, Luxusverpflegung und Ähnlichem. Also die Preise schwanken zwischen 50.000 und 150.000 Euro.«

»Wow. Wie viel habt ihr verlangt? Bei eurer Agentur, meine ich?«

»Um die 50.000 Euro. Manche Anbieter versprechen dir eine Flash-Expedition in nur drei Wochen mit Vorakklimatisation.«

»Du bist dagegen?«

»Nein, kann man alles machen. Nur muss die nötige Bergerfahrung mitgebracht werden. Wer sonst niemals auf Berge steigt, sollte nicht gerade mit dem Höchsten anfangen.«

»Ich verstehe nicht, wie Menschen so etwas überhaupt in den Sinn kommt.«

»Tut es, glaube mir. Es ist wie eine Auszeichnung, die man sich an die Brust pinnt, dass man den Mount Everest bestiegen hat.«

Sie erreichten die Dünen. Wie immer, wenn er das Restaurant seiner Eltern erblickte, durchzog ihn warme Geborgenheit. Nein, im Prinzip war es schon eher Jontes Lokal, so sehr hatte er ihm bereits seinen Stempel aufgedrückt. Das Lokal war, während seine Eltern es führten, einfach gewesen: ein Gastraum mit groben Holzmöbeln, ohne Tischtücher und mit Fischernetzen als Dekoration an den Wänden. Jonte hatte die dunklen Möbel durch eine helle Einrichtung ersetzen lassen. Raffinierte Lampen, die an alte Öllampen erinnerten, schufen ein dezentes Licht. Kerzen waren in Glasbehältern auf den Tischen verteilt und rustikal gemusterte Tischdecken mit Kissen aus dem gleichen Stoff lagen auf den Stühlen. Alles in allem war es ein heimeliges Ambiente. Längst hatten Touristen das Lokal für sich entdeckt, das mit einheimischer Küche punktete.

Auch heute war das Kapitän Seppe wie immer um diese Zeit randvoll, doch Matties führte Leonie gleich nach hinten, wo es einen kleinen Tisch in Reserve gab.

Seine Mutter trat auf sie zu, das grau melierte Haar modisch zurückgekämmt. »Matties, das ist aber eine Überraschung.«

»Mama, das ist Leonie. Sie wohnt nun im Blaicken-Haus.« Er drehte sich zu Leonie. »Das ist meine Mutter, die Seele des Kapitän Seppe.«

»Wie schön!« Sie streckte Leonie die Hand hin. »Hallo, ich bin Britta. Ich hoffe, das Du ist in Ordnung? Freut mich sehr. Wir haben dich alle schon für ein Phantom gehalten, niemand hat dich richtig zu Gesicht bekommen. Dabei hast du doch gar keinen Grund, dich zu verstecken!«

»Mama!« Matties war es unangenehm. Seine Mutter nahm selten ein Blatt vor den Mund und er wollte nicht, dass Leonie sich unwohl fühlte.

Doch Leonie erwiderte lachend den Händedruck und stupste Matties an. »Jetzt weiß ich, nach wem du schlägst.«

»Wie bitte?« Das hatte ihm noch niemand gesagt.

Jetzt fiel seine Mutter ins Lachen ein. »Perfekt, endlich jemand, der meinem Jüngsten Paroli bietet. Wunderbar.«

Vor Matties' Augen verbrüderten sich die beiden Frauen. Das sah nach Ärger in der Zukunft aus und trotzdem fühlte es sich einfach nur fantastisch richtig an.

»Also, wir haben Hunger, Mama. Ist es in Ordnung, wenn wir uns ...«

»... an den Prominententisch setzen? Leonie auf jeden Fall, bei dir bin ich mir nicht so sicher!«

Matties ging nicht weiter darauf ein und lotste Leonie zu dem Zweiertisch, der in einer Nische vor den Blicken der anderen verborgen war. Er seufzte, als ein Mann in Kochkleidung auf sie zustürmte. »Und jetzt soll ich wohl für euch kochen, kleiner Bruder? Noch hast du die Wette nicht gewonnen.«

»Wette?« Leonie sah ihn misstrauisch an. »Du hast doch nicht gewettet, dass du ihm mein Unterhöschen bringst oder so einen Unsinn?«

Jonte brach in schallendes Gelächter aus, während Matties ärgerlich die Stirn runzelte. »Weil du nie deine Klappe halten kannst«, zischte er. Er sah zu Leonie und zeigte missmutig auf Jonte. »Darf ich vorstellen, das ist Jonte, mein zwar an Jahren älterer, aber keinesfalls klügerer und besser aussehender Bruder ...«

Sein Bruder warf ihm einen gespielt bitterbösen Blick zu. »Das reicht. Abendessen für dich gestrichen. Ganz offiziell, ich bin Jonte«, er streckte Leonie die Hand entgegen.

Sie ergriff sie. »Auch formell, ich heiße Leonie und wohne jetzt im Blaicken Haus.«

»Toll, dass wieder ein wenig Leben nach Kampen kommt. Gerade im Winter ist es verdammt leer bei uns. Von den Touristen abgesehen.« Er drückte ihre Hand. »Ich empfehle dir heute unseren Fischeintopf …«

»Nichts da!« Matties klopfte auf den Tisch. »Eintopf, wenn ich das schon höre. Da schmeißt du deine gesamten Abfälle der letzten Woche rein. Hast du sonst nichts zu bieten?«

»Also ich möchte schon bitten! Mein Fischeintopf ist vom Feinsten.« Jonte rieb seine Hände und beugte sich zu Leonie. »Wenn du etwas nicht Alltägliches möchtest, dann solltest du ihn probieren.«

»Leonie, lass dir nichts aufschwatzen!« Matties durchströmte das Bedürfnis, seinen Bruder von Leonie wegzuziehen. Weit weg!

»Ich mag Fisch und ich vertraue dir! Also den Eintopf«, sagte Leonie und es kam ihm vor, als ob sie dies extra tat.

»Gut«, murrte er gespielt, »für mich auch.«

»Wusste ich es doch.« Jonte grinste. »Als Vorspeise hätte ich Kabeljauröllchen mit Blattspinat.«

»Für mich nicht.« Leonie schüttelte heftig den Kopf. »Die Portionen hier sind bestimmt groß. Außerdem hatte ich vorher eine Waffel.«

»Sag bloß, du hast sie mit dem Industriemüll vom Weihnachtsmarkt gefüttert.« Jonte griff sich an den Kopf. »Ich fass es nicht!«

»Jonte, kommst du mal?«, ertönte es aus der Küche und sein Bruder entfernte sich zum Glück nach hinten.

»Dein Bruder ist lustig.« Leonie sah ihm nach. Ihre Begeisterung störte Matties.

»Ein richtiger Spaßvogel.« Es kam knurriger heraus, als er wollte.

»Was war das jetzt für eine Wette?«

»Ich hatte gehofft, dass du das vergisst.«

»Schlimmer als das Unterhöschen?« Leonie wirkte zwar amüsiert, dennoch hatte Matties das Gefühl, dass Misstrauen mitklang. Seufzend beschloss er, die Sache aufzuklären.

»Nein.« Matties beugte sich vor. »Ich habe gewettet, dass ich dich dazu bringe mit mir auf den Watten-Eiszauber zu kommen.«

Sie wirkte überrascht. »Echt jetzt? Und was ist der Einsatz?«

»Wenn ich gewinne, kocht Jonte ein romantisches Dinner für uns.«

»Klingt toll.«

»Dann habe ich dich überredet, dass ich die Wette gewinnen kann?«

»Was ist, wenn du verlierst?«

»Muss ich Jonte in der Küche helfen.« Er verdrehte die Augen. »Einen ganzen Tag. Ich hoffe, du ersparst mir das.«

»Na, du warst dir aber sehr sicher, dass du gewinnst.«

»Ich habe es erträumt. Hilfst du mir?«

»Das überlege ich mir noch.« Sie sah sich um. »Man spürt richtig, dass ihr eine klasse Familie seid, die füreinander da ist.«

In ihrer Stimme klang Sehnsucht mit. Ja, er konnte sich wirklich glücklich schätzen. Sie waren eine Einheit, seine Eltern, sein Bruder und er, früher auch seine Großeltern. Leben auf der Insel schweißte zusammen, wer das nicht wollte, der ging aufs Festland. »Ja, das stimmt. Trotzdem hatten mein Bruder und ich unsere Kabbeleien. Jonte ist vier Jahre älter als ich und hat das jeden Tag neu herausgekehrt. Mit der Zeit war es nervig, nur der Kleine zu sein. Und manchmal habe ich das Gefühl, er denkt, wir seien immer noch Kinder.«

»Gruß aus der Küche.« Jonte stellte zwei kleine Schälchen vor sie hin. »Gebeizter Kabeljau auf Salat. – Ihr habt ja gar nichts zu trinken, das geht gar nicht. Mama? Service auf Tisch VIP.«

»Ich habe euch nicht vergessen.« Seine Mutter klang ein wenig reuig. »Ist viel los und ...«

»Ist schon okay. Was möchtest du trinken, Leonie? Wir haben einen guten Weißwein hier.«

»Gern ein Glas. Und Wasser dazu.«

Matties freute sich, als sie die Vorspeise in den Mund schob und vor Wonne die Augen schloss. Leonie hatte das Genießen definitiv nicht verlernt.

Eigentlich hatte er nur einem Menschen aus einer Krise helfen wollen, doch nun war die Anziehungskraft zwischen ihnen dermaßen gewachsen, dass er sich mehr erhoffte.

»Wo ist St. Florian genau?«, fragte er.

Sie wurden unterbrochen, seine Mutter brachte zwei Gläser Wein und eine Karaffe mit Wasser. Im Schlepptau seinen Vater.

»Ich bin Theo«, stellte er sich Leonie vor. »Freut mich sehr, dich kennenzulernen. Da du jetzt hier wohnst, werden wir uns wohl öfter über den Weg laufen. Wollen wir danach gemeinsam ein Glas Eierpunsch trinken? Ist eine Spezialität des Hauses.«

»Sehr gern.« Leonie schüttelte ihm die Hand, dann verschwanden seine Eltern wieder.

»Arbeitet er auch hier?«

»Ja, er ist für die Getränke an der Bar zuständig. – Wo ist jetzt St. Florian?«

»Ganz ist in der Nähe von Graz. Meine Tante lebt noch da, mein Vater ist nach dem Tod meiner Mutter nach Wien gezogen.«

Das hatte sie bereits erwähnt. Er verstand nicht, wie ein Vater seine kleine Tochter zurücklassen konnte.

»Steiermark, lass mich überlegen. Ich habe während meiner Ausbildung eine Tour auf den Dachstein gemacht.«

»Im Vergleich zum Mount Everest ein Hügel, nicht wahr?«

»Man darf keinen Berg unterschätzen. Auf fast jedem sind Menschen umgekommen, weil sie sich falsch verhalten haben oder vom Wetter und anderen Naturkatastrophen überrascht wurden. Am Dachstein erinnert das Heilbronner Kreuz daran, dass eine Gruppe von Schülern sterben musste, weil ihr Lehrer das Wetter missachtet hatte.«

»Wirklich? Das wusste ich gar nicht?«

»Es ist in den neunzehnfünfziger Jahren passiert. Eine Schülergruppe aus Heilbronn hat Urlaub in Obertraun gemacht, das war für alle so kurz nach dem Krieg eine tolle Sache. Ihr Lehrer wollte mit ihnen eine Wanderung zum Krippenstein machen, das Wetter war anfangs gut, doch es hat umgeschlagen. Trotz mehrfacher Warnungen ist die Gruppe nicht umgekehrt. Ja es wurde sogar ein anderer Weg als der vorher besprochene genommen. Alle Teilnehmer konnten erst Tage später nur tot geborgen werden.«

»Wie furchtbar.«

»Die meisten Menschen, die in den Bergen sterben, haben den Berg unterschätzt.«

Leonie nippte an ihrem Wein und wirkte nachdenklich.

»Ich wollte dich nicht traurig stimmen, die Sache ist auch fast siebzig Jahre her.«

»Wenn die Gruppe mehrmals gewarnt wurde, weshalb sind sie nicht zurückgegangen?«

»Das müssten wir den Leiter fragen oder die anderen Lehrer, es waren schließlich drei dabei. Leider können sie nicht mehr antworten.« Er trank ebenfalls einen Schluck und schenkte sich und Leonie ein Glas Wasser ein.

»Gibt es einen Lieblingsberg von dir?«

»Nein, keinen bestimmen Berg. Aber ich habe zahlreiche erinnerungswürdige Situationen und Highlights erlebt. Und natürlich ist es ein erhebendes Gefühl, auf dem Everest zu stehen, weil es eben nicht mehr höher geht. Dennoch sehe ich das Ganze nun kritischer.«

»Warum?«

»Das verrate ich in meinem Vortrag.« Er prostete ihr zu.

»Ah, du möchtest, dass ich komme.« Sie hob ebenfalls ihr Glas.

»Ja.« Eine einfache Antwort, aber er wollte ehrlich bleiben. Er wollte, dass sie kam und Anteil an dem nahm, was so viele Jahre seine Welt gewesen war. Möglicherweise brauchte er ihr Verständnis, weshalb ihn die Berge fasziniert hatten und das immer noch taten.

Auch wenn er nicht die Absicht hatte, von dem Unglück zu sprechen, das er hätte verhindern können.

»Bereust du, dass du ausgestiegen bist?«

»Nein, im Moment nicht.« Er horchte in sich hinein. »Ich habe viel gesehen von der Welt, aber ich gehörte nie zu jenen Bergsteigern, die beim Erreichen des einen Gipfels schon an den nächsten dachten. Es war auch kein Muss für mich, die vierzehn Achttausender zu ersteigen, damit ich sie abhaken kann. Tatsächlich fehlen mir sieben. Ich habe meine Besteigungen immer nach Schönheit ausgewählt, oder nach den Begleitern, die auf irgendwas Lust hatten. Und zum Schluss waren es ohnehin nur die beruflichen Touren.«

»Wenn du die Möglichkeit hättest, würdest du morgen losziehen?«

Er sah ihr in die Augen. Die Frage hatte er nicht erwartet und sie überraschte ihn. Offenbar war ihr Interesse an ihm größer als gedacht. »Nein. Es war eine Erleichterung für mich, dass ich meine Anteile gut habe verkaufen können. Christoph hat einen neuen Partner bekommen, der voller Enthusiasmus für die Sache ist. Ich konnte das nicht mehr.«

Leonie schien nachfragen zu wollen, doch seine Mutter servierte die Teller ab. »Hat euch die kleine Vorspeise geschmeckt? Wir beizen die Fische immer selbst.«

»Großartig.« Matties wurde warm bei ihrem strahlenden Blick.

»Fein. Ich bringe euch dann gleich die Hauptspeise.« Sie eilte schon weiter.

»Deine Mutter ist wundervoll.«

»Ist sie.« Matties erinnerte sich daran, was Leonie über ihre Mutter erzählt hatte.

Eine Alkoholikerin. Schrecklich. Was für Auswirkungen musste das für das kleine Mädchen gehabt haben! Er konzentrierte sich wieder auf Leonie. »Aber auch oft ein wenig anstrengend.«

»Vielleicht. Dennoch spürt man so richtig, wie gern sie dich hat. Sie muss dich sehr vermisst haben, während du auf Touren warst.«

»Ja.« Er erinnerte sich daran, wie erleichtert sie gewesen war, als er sich vom Mount Everest gemeldet hatte.

Leonie drehte ihr Weinglas zwischen den Fingern. »Bist du ihretwegen zurückgekommen?«

»Nein.« Er wusste, dass er schroff klang. Offenbar hatte Leonie nichts darüber gehört und er war froh, den Vorfall nicht ansprechen zu müssen.

»Ich komme zu deinem Vortrag«, sagte sie leise. »Denn ich möchte deine Faszination für die Berge nachvollziehen können. Ich bin in Österreich aufgewachsen, wir haben Berge fast vor der Haustür, aber es hat mich nicht gereizt, Klettertouren zu machen. Du hingegen kommst vom Flachland ...«

»Wo du immer hinwolltest.«

»Ja. Daher auch die Schneekugel.«

»Vielleicht ist es das Schicksal der Menschen, dass sie das Gegenteil von dem wollen, das sie haben?«

»Du bist zurückgekehrt.«

»Ja.«

»Für immer?«

Jonte brachte zwei dampfende Schalen aus der Küche. Es duftete nach Fisch und Gewürzen. Leonie schloss die Augen und schnupperte. »Wenn es so schmeckt, wie es riecht, dann bin ich im Paradies.«

»Guten Appetit«, wünschte Jonte. In seiner Stimme schwang die Freude über Leonies Worte mit.

Durch das Essen waren sie nun abgelenkt und Matties war froh, dass sie andere Themen ansprachen. Er berichtete ihr Anekdoten und Hoppalas während seiner praktischen Ausbildung als Aspirant. Sie erzählte von ihrer Anfangszeit an der Schule. Matties war überrascht, dass sie offenbar als Grundschullehrerin gearbeitet hatte, obwohl sie ohne Zweifel reich war. Aber ihre Erzählungen von den Kindern zeigten ihm, dass sie ihren Beruf geliebt haben musste.

»Möchtest du wieder als Lehrerin arbeiten?«

»Keine Ahnung, ob meine Ausbildung hier anerkannt werden würde.« Als ob ein Vorhang über ihr Gesicht fiel, verdüsterte sich ihre Miene.

»Das lässt sich gewiss herausfinden. Ist dir der Abschied schwergefallen?«

»So wie man mit mir umgesprungen ist? Nein.« Gleich darauf schob sie einen Löffel Eintopf in ihren Mund, schluckte und sagte scharf. »Nach St. Florian gehe ich auf keinen Fall zurück!«

»Was hast du erlebt?« Matties war überrascht über die Veränderung, die mit ihr vorging. »Willst du drüber reden?«

Sie legte den Löffel auf den Tisch und stand auf. »Ich möchte jetzt nach Hause.«

»Iss doch erst fertig.«

»Nein.« Sie wurde laut. »Nein! Wenn du mich nicht fährst, dann gehe ich zu Fuß.«

Seine Mutter eilte herbei. »Matties?« Sie sah hilfesuchend von ihm zu Leonie, deren Wangen gerötet waren. Vermutlich nahm sie an, er hätte Leonie beleidigt. »Leonie, was ist los?«

»Nichts, ich möchte nur nach Hause. Danke für die nette Bewirtung.« Leonie schlüpfte in ihre Jacke und eilte, ohne nach rechts und links zu sehen, aus dem Lokal.

Durch die Unruhe sahen einige Gäste zu ihnen. Matties erhob sich nun ebenfalls.

»Was ist los?« Auch sein Vater war nun aufmerksam geworden. Leonies Abgang war ihm offenbar nicht entgangen.

»Ich habe echt keine Ahnung.«

»Vielleicht stimmt doch, was man über sie sagt. Dass sie nicht alle Tassen im Schrank hat.« Theo zuckte mit den Schultern. »Geh ihr nach und fahr sie heim.«

7

Leonie

Leonie ballte wütend ihre Hände, die in gefütterten Handschuhen steckten. Nach einer unruhigen Nacht war sie um fünf Uhr morgens aufgestanden, hatte sich warm angezogen und war zum Strand gegangen. Das Meer lag fast ruhig vor ihr wie ein dunkler Spiegel, der Mond zeichnete sich klar darin ab. Mittlerweile war er zum Halbmond gewachsen, daher konnte sie gut sehen.

Bis zu ihrem Ausbruch war es ein wirklich netter Abend gewesen. Für ein paar Stunden hatte sie die schreckliche Zeit nach Franks Tod verdrängen können und die alte Leonie war zum Vorschein gekommen. Sie hatte sich seit ihrem Treffen mit dem ominösen Weihnachtsmann leichter gefühlt. Matties konnte fesselnd über seine Bergabenteuer erzählen. Und sie hatte über ihre Zeit als Lehrerin sprechen können. Doch dann hatten sie ihre Erinnerungen an die Geschehnisse in St. Florian eingeholt.

Sie hatte sich unmöglich benommen und Matties sowie seine Eltern unhöflich vor den Kopf gestoßen.

Von Jonte hatte sie sich erst gar nicht verabschiedet, noch dazu hatte sie völlig vergessen, die Rechnung zu begleichen.

Matties hatte sie auf dem Parkplatz eingeholt und sie zu seinem Wagen dirigiert.

Die Heimfahrt war stumm verlaufen, auf Matties' besorgte Fragen hatte sie nicht reagiert. Nach der Ankunft war sie mit einem knappen »Danke« ins Haus gerannt, hatte die Tür hinter sich zugeschlagen.

Matties war danach gleich weggefahren. Vermutlich ratlos und stinksauer. Sie konnte es ihm nicht verdenken.

Und nun stand sie da, blickte auf das Meer vor sich und spürte, wie sie langsam zur Ruhe kam. Leonie war nahe daran gewesen, eine der Notfalltabletten zu nehmen, die ihr der Arzt verschrieben hatte, doch die machten immer müde. Und sie wollte nicht wieder Tabletten schlucken.

Sie musste sich einen Therapeuten suchen. So konnte es nicht weitergehen, Doktor Huber hatte recht. Frank sollte nicht über den Tod hinaus ihr Leben verpfuschen können, es war seine Schuld, nicht ihre.

Weshalb hatte er nicht einmal mit ihr darüber gesprochen? Und ihr so die Demütigung nach seinem Tod erspart?

Der Wind schnitt in ihre Wangen. Sie zog den Schal hoch, den bunten vom Weihnachtsmarkt. Da war ihre Welt für kurze Zeit in Ordnung gewesen.

Sie stapfte weiter und überlegte, ob sie sich bei Matties entschuldigen sollte. Er hatte sich bemüht, ihr einen netten Abend zu gestalten, und ihr Verhalten hatte er nicht verdient. Seine Familie, die einfach nur freundlich gewesen war, schon gar nicht.

Seine Telefonnummer hatte sie nicht, aber sie wusste, dass er einen Fahrradverleih im Ort hatte. Eine Entschuldigung war das Mindeste, das sie tun konnte. Die kalte Luft tat ihr gut. Es war, als würde der Wind ihre Gehirnwindungen durchpusten. Sie konnte wieder klarer denken.

Frank war nicht der Mann gewesen, für den sie ihn gehalten hatte. Aber sie musste ihr Leben weiterleben, über neuneinhalb Jahre hatte sie mit ihm vergeudet. Nächstes Jahr würde sie dreißig, wenn das kein Grund war, neu zu starten.

Wieder zurück in ihrem Haus kochte sie sich Kaffee und suchte mit der Tasse vor sich im Internet nach dem Fahrradverleih, so viele würde es in dem kleinen Ort wohl nicht geben. Sie fand den Shop auf Anhieb, enttäuscht las sie, dass sie erst um zehn Uhr öffneten. Doch als sie weiterscrollte, kam sie zu einer Info:

»Heute Wattwanderung mit Matties Jorgensen. Genießen Sie die einmalige Naturlandschaft im Winter. Start um vierzehn Uhr, Hörnum Hafen. Anmeldung unter ...« hier war eine Telefonnummer dabei. War es die von Matties?

Sie tippte die Nummer in ihr Smartphone. Einen Augenblick schwebte ihr Finger über dem Anrufbutton, dann verließ sie der Mut. Vielleicht schlief er noch? Zur Sicherheit speicherte sie sich seine Nummer erst mal ab.

Leonie hatte nicht gewusst, dass man im Winter über das Watt wandern konnte.

Der Gedanke traf sie wie ein Blitz. Warum sollte sie nicht mitwandern? Je mehr sie darüber nachdachte, desto besser gefiel ihr die Idee. Es wurde Zeit, dass sie aus ihrem Dornröschenschlaf erwachte und wieder nach dem Leben griff. Frank hatte ihr bereits viel zu viel Lebenszeit gestohlen.

Und sie musste sich bei Matties entschuldigen.

Nach dem Frühstück sortierte sie ihre Kleidung, die für eine Wattwanderung passend wäre. Warme Unterwäsche, Pullover, Socken und eine wetterfeste gefütterte Jacke besaß sie, allerdings keine Gummistiefel. Ihre wasserfesten Winterschuhe waren für Schnee geeignet, jedoch nicht um durch Wasser zu waten.

Schon lange nicht mehr hatte sie sich so lebendig gefühlt. War es, weil sie sich auf die Wanderung freute oder weil sie Matties wiedersehen würde?

Leonie beschloss, nicht anzurufen, sondern ihn vielmehr mit ihrer Anwesenheit zu überraschen. Sie wollte in seinem Gesicht sehen, ob sie gelegen käme oder nicht. Im schlimmsten Fall könnte sie umkehren und heimfahren.

Spontan steckte sie den Engel vom Weihnachtsmarkt ein, den mit dem roten Rucksack.

Sie fuhr nach Westerland und fand zum Glück hohe gefütterte Gummistiefel, von denen ihr die Verkäuferin versicherte, dass sie watttauglich wären.

Eine Stunde zu früh erreichte sie Hörnum, Zeit, um einen geeigneten Parkplatz zu finden. Der Wind hatte aufgefrischt und sie war erleichtert, ihre wärmsten Sachen angezogen zu haben. Übereinander in Schichten, wie es empfohlen wurde. Sie hatte - Internet sei Dank

– Ersatzkleidung, eine Wasserflasche sowie zwei Müsliriegel in den Rucksack gepackt. Auch wenn sie überzeugt war, letztere nicht zu benötigen. Am Hafen aß sie ein Fischbrötchen und fühlte sich nun gewappnet.

Eine halbe Stunde früher war sie am vereinbarten Treffpunkt. Sollte Matties sie nicht dabeihaben wollen, wäre es nicht so peinlich, wenn es der Rest der Gruppe nicht mitbekam.

Würden überhaupt welche kommen? Gab es Verrückte, die im Winter übers Watt spazieren wollten?

Sie irrte sich gewaltig. Es trudelten immer mehr Menschen ein, zu zweit oder in Gruppen, man grüßte sich. Niemand schien allein gekommen wie sie. Matties kam zehn Minuten vor zwei, da war die Anzahl bereits auf über zwanzig Leute angewachsen.

Eine plötzliche Scheu packte Leonie und schnell versteckte sie sich hinter den anderen Wattwanderern. Was, wenn Matties sie gleich wieder fortschickte? Sie hatte sich nicht angemeldet und er hätte jeden Grund, auf sie sauer zu sein. Zum Davonlaufen war es zu spät, daher hielt sie den Kopf gesenkt.

»Guten Tag«, begrüßte Matties die Anwesenden. »Ich freue mich, dass wir zusammen die Wattwanderung machen werden. Und ... Moment. Leonie? Du willst auch mit?« In seiner Stimme schwang Überraschung, doch Leonie konnte nicht sagen, ob er erfreut oder verärgert war.

Ihre Wangen begannen zu glühen. »Ja, ich habe mich spontan entschlossen.« Ihre Stimme zitterte ein wenig, da Matties auf sie zu kam. Die anderen ließen ihn bereitwillig durch.

Kurz sahen sie sich schweigend an. Leonie konnte an seiner Mimik nicht ablesen, was er dachte. Da drehte er sich abrupt um und sprach wieder zur Gruppe. »Ich sehe, ihr habt euch entsprechend wetterfest angezogen, vor allem wasserfeste Schuhe. Unsere Wanderung führt uns durch Priele, so nennt man die Wasserläufe, die die Salzwiesen mit dem Meer bei Ebbe verbinden. Ich schaue kurz, ob wir vollzählig sind, dann geht‘s los.« Er zog eine Liste hervor und hakte die Namen der Reihe nach ab.

Leonie war froh, dass die Aufmerksamkeit nicht mehr auf ihr lag. Mittlerweile fragte sie sich, ob die Idee hier mitzugehen, die beste gewesen war, denn Matties und sie würden keine Zeit haben zu reden.

Und dann war die Chance auszusteigen vorbei, die Gruppe setzte sich in Bewegung.

Leonie hielt sich am Schluss, sie wollte das Gespräch mit Matties hinauszögern. Zudem war inmitten der Leute ohnehin nicht die richtige Gelegenheit. Der Sand unter ihren Stiefeln fühlte sich weich und fest zugleich an. Sie zog den Schal halb in ihr Gesicht, denn die eisige Luft prickelte auf ihren Wangen. Doch mit jedem Schritt vergaß sie die Kälte mehr, durch die Bewegung wurde ihr warm. Die Weite des Meeres auf der einen und die Küste in rot-grün-braunen Farben auf der anderen Seite hatten eine beruhigende Wirkung. Sie atmete tief ein und spürte, wie sich eine Art Frieden in ihr ausbreitete.

Bald spazierten sie knöcheltief in einem der Priele. Matties deutete auf eine Sandbank im Meer. »Seht ihr die Eiderenten da drüben? Es gibt nicht allzu viele hier bei uns. Leider können wir nicht näher ran, der Wasserstand in den Prielen ist einen halben Meter über normal, da kommen wir nicht durch.«

Die Gruppe rund um Leonie unterhielt sich, stellte auch Fragen, doch Leonie war in einer eigenen Welt gefangen. Sie hatte noch nie zuvor alle Sinne so intensiv gespürt. Der Geruch – ein herrliches Aroma von frischer See – das entfernte Kreischen der Wasservögel, der unendlich weite Ausblick. Es waren Farben in Pasteltönen wie aus einer anderen Welt. Der Sand lag in sanftem Weiß mit leichtem Grauton vor ihr ausgebreitet, der Strandhafer in hellem Messing und blassem Grün. Leonie spürte unter ihren Sohlen den weichen Untergrund und genoss das Platschen, wenn ihre Gummistiefel ins Wasser des Priels eintauchten. Und der unendlich weite Blick aufs Meer gab ihr ein Gefühl der Freiheit. Das Wasser in der Ferne wirkte stahlgrau, die fahle Sonne ließ die wenigen noch vorhandenen Nebelschwaden mystisch wirken.

Emotionen überfluteten sie, die sie nicht einordnen konnte, die ihr jedoch eine Harmonie brachten, die sie ewig nicht mehr gespürt hatte.

Eigentlich noch nie.

Matties erklärte den Lebensraum Wattenmeer, Leonie hatte nicht gewusst, dass es dermaßen viele Vogelarten im Watt gab. Er zog eine kurze Forke aus seinem Rucksack und grub nach einem Wattwurm, beim dritten Versuch wurde er fündig. Leonie hatte noch nie einen gesehen und war überrascht, wie klein er war. Sie hatte sich immer eine Art Schlange vorgestellt, tatsächlich ähnelte der Wurm einem Regenwurm, lediglich der rötliche Schimmer war anders. »Er überwintert in Röhren, dreißig bis fünfunddreißig Zentimeter tief im Sand«, hörte sie Matties sagen.

Das schlechte Gewissen packte sie, denn sie hatte einiges von seinem Vortrag verpasst. Zu viele Eindrücke waren auf sie eingestürmt und hatten ihr eigene Gedanken beschert.

Irgendwann würde sie die Wanderung mit ihm ein zweites Mal machen. Zumindest hoffte sie, dass er nichts dagegen haben würde.

Überrascht stellte sie fest, dass sie den Ausgangspunkt wieder erreicht hatten. Waren die drei Stunden wirklich schon um? Matties bedankte sich bei allen und verabschiedete sich mit dem Wahlspruch der Nordfriesen: »Rüm hart, klaar kiming. Das bedeutet so viel wie weites Herz, klarer Horizont.«

Alle applaudierten und die Gruppe löste sich langsam auf. Matties holte ein Tuch aus dem Rucksack und wischte seine Forke sorgfältig ab, ehe er sie einpackte.

Endlich waren sie beide allein.

Leonie trat zögernd zu ihm. »Es war toll«, sagte sie leise.

»Danke.« Matties schulterte seinen Rucksack.

»Was kostet es? Schließlich habe ich mich dazu geschwindelt ...«

»Geschenkt.« Er winkte ab. Dann drehte er sich um und ging Richtung Parkplatz. Leonie holte ihn ein und strengte sich an, mit ihm Schritt zu halten. »Es tut mir leid wegen gestern«, sagte sie.

Er sah auf die Uhr. »Ich muss zurück. Du kannst mitfahren, wenn du möchtest.«

»Ich bin selbst mit dem Wagen da.«

»Okay.« Er beschleunigte seine Schritte ein weiteres Mal und sie konnte kaum folgen.

Ihr Herz sank in die Kniekehlen. »Matties, ich ...« Sie atmete schwer.

Abrupt blieb er stehen. »Du hast irgendeinen Trouble, Leonie. Also schön. Oder auch nicht. Aber ich habe selbst genug am Hals, glaube mir. Meine Eltern und mein Bruder waren nett zu dir, sie haben deinen Abgang echt nicht verdient. Ich weiß nicht, was dein Problem ist, jedenfalls habe ich keinen Bock drauf. Da kann ich gleich zu meiner Ex zurück.«

Leonie spürte einen dicken Kloß im Hals. Das hatte sie gründlich vermasselt. »Bitte, Matties, ich werde mich bei deiner Familie ebenfalls entschuldigen.«

Er drehte ihr den Rücken zu und ging weiter, mittlerweile hatten sie den Parkplatz erreicht. Offenbar hatte er seinen Wagen auch dort stehen.

»Matties, treffen wir uns am Abend? Ich möchte mir dir reden.« Sie standen nun vor seinem Toyota. Er klickte ihn auf, warf seinen Rucksack auf den Rücksitz und schlug die Tür zu.

Dann lehnte er sich mit dem Rücken an sein Auto. »Nein, ehrlich, das möchte ich nicht. Das Problem ist, dass du eine reiche Nichtstuerin bist, die sich einbildet, Schlimmes erlebt zu haben und deswegen glaubt, alle vor den Kopf stoßen zu können. Ich kann mir auch nicht vorstellen, was du erlebt hast, schließlich machst du ein Geheimnis draus, aber mittlerweile ist es mir so was von egal.« Er holte kurz Luft. »Dein Mann ist gestorben, damit stehst du nicht allein da. Wenn du unglücklich bist, dann ändere das und bring wieder Sinn in dein Leben. Dich in deinem Luxushaus zu verkriechen und mit dem Schicksal zu hadern, das bringt es auf jeden Fall nicht.«

Leonie fuhr zurück. Die Worte trafen sie wie Messerstiche und dass Matties nicht einmal lauter geworden war, vergrößerte die Eindringlichkeit.

Ihr Hals war wie zugeschnürt, sie brachte keinen Ton heraus.

Matties öffnete die Autotür und war im Begriff einzusteigen.

Da kam Leben in sie. Sie kramte hastig in ihrem Rucksack und holte den verpackten Engel heraus.

Matties glitt auf den Fahrersitz. Bevor er die Tür zuschlagen konnte, drückte sie ihm das Päckchen in die Hand.

»Es tut mir leid. Und ja, du bist ohne mich besser dran, das haben andere auch schon festgestellt.« Mit aller Macht stürmten die Erlebnisse nach Franks Tod auf sie ein. Sie hatte gewusst, dass es ein Fehler gewesen war, zu hoffen, dass hier ein Neuanfang gelingen könnte.

Damit drehte sie sich um. Nur schnell weg.

Würde Matties ihr folgen?

Hinter ihr schlug die Autotür zu. Der Motor startete und der Wagen fuhr fort. Sie hob ihren Kopf und sah ihm nach, bis er um eine Kurve bog. Und dann erwachte so etwas wie Trotz in ihr. Er hielt sie für ein verwöhntes Luxusweibchen, das mit ihrem Schicksal haderte?

Sie würde jetzt erst recht zu seinem Vortrag gehen.

8

Matties

Was war nur in ihn gefahren? Leonie war bei seiner Ansage schneeweiß geworden und drohte umzukippen. Die Worte hatten sich selbstständig gemacht und waren aus seinem Mund herausgesprudelt, ehe er genau darüber hatte nachdenken können. Das war ihm schon lange nicht mehr passiert.

Gerade er sollte es besser wissen. Das letzte Mal war er gegenüber Astrid so ausfallend geworden. Als ihm bewusst geworden war, was sie hinter seinem Rücken getan hatte. Danach war ihm schrecklich übel gewesen, so wie jetzt auch. Worte waren wie Waffen und trafen ihr Ziel manchmal tödlich. Er war angepisst auf Leonie, weil sie ihn vor seinen Eltern vor den Kopf gestoßen hatte. Dabei hatte er doch gespürt, dass mit ihr etwas nicht stimmte, dass sie Probleme hatte.

Gut gemacht, Jorgensen!

Was hatte sie mit ihrem letzten Satz gemeint? Er schielte auf das Päckchen auf dem Beifahrersitz.

Sollte er umkehren? Nein, die Zeit drängte, er musste Bente im Fahrradverleih ablösen, das Mädchen hatte

Chorprobe. Sein Konto »Frau erzürnen« war an diesem Tag bereits im Minus, mehr konnte er sich nicht erlauben.

Verdammt, er war übers Ziel hinausgeschossen. Klar, er hatte sich über Leonies Verhalten geärgert, doch immerhin war Leonie heute extra zu seiner Wattwanderung gekommen. Allerdings war's das auch schon. Interessiert hatte sie sich für nichts. Er hatte sich kaum auf die anderen Teilnehmer konzentrieren können, so sehr hatte ihn ihre Anwesenheit irritiert. Sie hingegen war hinten geblieben, hatte in der Gegend herumgeschaut und bestimmt nichts von seinen Ausführungen mitbekommen. Weshalb hatte sie sich die Mühe gemacht, mitzugehen? Nach dem halben Weg hatte ihm auf der Zunge gelegen, sie zurückzuschicken. Aber allein durchs Watt – das wäre ohnehin nicht möglich gewesen.

Und hinterher hatte sie auch noch die Frechheit besessen zu behaupten, es wäre »toll« gewesen. Was für eine Farce! Die größte Beleidigung war jedoch, dass sie hatte bezahlen wollen.

Wenn das alles war, was er ihr bedeutete, dann ...

Seine Worte hatten sie getroffen, das hatte er gespürt. Er hatte ihr keine Chance auf eine Erwiderung gegeben und war gleich losgefahren.

Hätte er nicht erleichtert sein müssen, dass er ihr die Meinung gesagt hatte? Stattdessen fühlte er sich mies.

Er erreichte das Geschäft fast pünktlich, stellte den Wagen ab und holte den Rucksack heraus. Danach nahm er Leonies Päckchen vom Beifahrersitz.

Bente erwartete ihn schon ungeduldig. »Eine Gruppe muss ihre Räder noch zurückbringen«, sagte sie. »Sieben. Ich habe ihnen erlaubt, dass sie bis sechs kommen können, bevor es einen Tag zusätzlich kostet. Du musst ja erst um acht beim Vortrag in Westerland sein. Ich hoffe, das ist okay.«

»Ist gut.« Matties mochte es gar nicht, wenn Räder nicht pünktlich abgegeben wurden. Ausgerechnet heute. Er wollte Bente nicht maßregeln, er war froh, dass er eine Aushilfe hatte.

»Du hast aber nicht Geburtstag, oder doch?« Bente deutete auf Leonies Geschenk in seiner Hand.

»Nö, ist von einer Touristin«, log er.

»Aha, Matties wird mal wieder angeschmachtet.«

»Eifersüchtig?«

»Boah, nein. Du bist mir eh zu alt. Tschüss!« Die Neunzehnjährige radelte davon.

Zu alt?

Matties legte das Päckchen auf den Küchentisch und packte seinen Rucksack aus. Dann setzte er sich an seinen Laptop und überprüfte die Daten für seinen Vortrag. Doch er konnte sich nicht richtig konzentrieren. Immer wieder wanderten seine Gedanken zu der verabscheuungswürdigen Szene auf dem Parkplatz in Hörnum. Was hatte er ihr alles an den Kopf geworfen! So kannte er sich selbst nicht. Es bewies, wie sehr ihm Leonie bereits unter die Haut gegangen war. Hätte er ihre Telefonnummer, würde er sie anrufen. Ausgerechnet heute musste er hier ausharren, bis besagte Gruppe käme. Danach müsste er noch duschen, sich umziehen und nach Westerland fahren. Andernfalls hätte er bei Leonie vorbeischauen können.

In einem Fünf-Minuten-Gespräch zwischen Tür und Angel ließe sich das furchtbare Wirrwarr nicht klären.

Mittlerweile war er sich sicher, dass er ihr Unrecht getan hatte.

Die Gruppe kam kurz vor sechs. Die Teilnehmer waren ausgelassen und hatten sichtlich einiges an Alkohol getrunken. Matties war froh, dass sie keinen Unfall gebaut hatten. Bis er die Räder versorgt hatte, war es halb sieben.

Sein Blick fiel wieder auf das Päckchen. Spontan griff er danach und riss das Seidenpapier herunter.

Es traf ihn wie ein Schlag. Ein Engel mit einem großen Rucksack.

Der rote Rucksack. Tim. Woher konnte Leonie das wissen?

Tim war ein Engel. Seine Seele war es zumindest. Sein Körper war auf dem Mount Everest geblieben. Minutenlang saß er da und hielt den ungewöhnlichen Engel in der Hand.

Im Hotel zur Möwe erwartete ihn bereits René, der Haustechniker. Er schloss seinen Laptop an, es gab eine Sprechprobe mit dem Mikrofon, anschließend erhielten beide noch ein Abendessen. Matties mochte den ehrgeizigen jungen Mann, der sich als Haustechniker bewährt hatte und bei seinen Vorträgen den Computer bedienen konnte.

»Ich bin wirklich froh, dass du mich wieder unterstützt.«

»Das freut mich. Wenn alles gut geht, werde ich nicht mehr lange da sein.«

»Hast du so rasch was gefunden?« Matties wusste, dass die Bedingungen für Arbeitskräfte in Sylt schlecht waren, vor allem, weil sie keine leistbaren Wohnungen bekamen. René hatte lediglich eine völlig überteuerte Zweizimmerwohnung, die er sich mit seiner Freundin, die im Hotel als Rezeptionistin arbeitete, teilte.

»Wir wollen heiraten, Kinder, die gesamte Palette«, sagte er zu Matties, während er eine weitere Gabel der köstlichen Nudeln mit Meeresfrüchten in den Mund stopfte. »Daher hoffen wir beide, dass dies die letzte Saison sein wird.«

»Habt ihr schon was in Aussicht?« Matties beobachtete, wie immer mehr Menschen hereinströmten, der Saal füllte sich langsam. Er war es gewohnt, dass die Leute zahlreich zu seinen Vorträgen strömten, allerdings war jetzt Winter und weniger los. Daher überraschte es ihn doch.

»Tina möchte gerne nach Berlin, ich aber lieber ...«

Matties war auf einmal abgelenkt. Denn Leonie kam durch die Tür, sah sich kurz suchend um und ging dann zielgerichtet auf die Saaltür zu.

Hitze stieg in seine Wangen. Was tat sie hier? Er schämte sich wegen seiner harten Worte. Trotzdem war sie hier. Klar, sie hatte gesagt, dass sie käme, aber das war vorher gewesen auf dem Weihnachtsmarkt, bevor ...

Der Engel mit dem Rucksack. Er musste mit ihr reden.

Matties schob den Teller weg und stand auf.

»Matties? Es sind zehn Minuten hin. Du kannst ruhig fertig essen.«

»Ich muss jemanden begrüßen«, sagte er. »Bis gleich.« Mit großen Schritten ging er zur Tür. Einige wurden auf ihn aufmerksam, Gemurmel ringsherum. Doch er sah nur Leonie, die sich einen Platz hinten suchte.

Er beachtete niemanden, während er auf sie zutrat und sich dabei bei ein paar Grüppchen vorbeischieben musste. Sie hatte ihn nun auch gesehen, wirkte überrascht und ein wenig ängstlich. Sie hielt den Blick gesenkt und spielte mit ihren Händen.

»Leonie, ich freue mich.« Er streckte ihr die Hand hin und sie hob den Kopf.

Ihre Gesichtszüge entspannten sich merklich und sie erwiderte seinen Händedruck. Er hielt ihre Finger etwas länger als nötig, sie waren kalt.

Sie war da, trotz seiner kränkenden Worte. Er fühlte sich merkwürdig leicht.

»Der Engel mit dem Rucksack«, sagte er leise und wusste nicht weiter.

»Erinnert er dich an deine Touren?« Leonie lächelte.

»An jemanden, der …« ein Besucher rempelte ihn an.

»Matties, ich freu mich schon auf deinen Vortrag!«

»Hallo Ole.« Er schüttelte seinem Nachbarn die Hand. Leonie setzte sich auf ihren Platz. Das Gespräch mit ihr musste warten.

Der Saal war voll, zweihundert Leute hatten Platz. Matties begab sich nach vorn und das erste Bild erstrahlte riesengroß auf der weißen Wand. Auf dieses Foto vom Mount Everest war er besonders stolz. Wie auch alle anderen verwendeten Bilder hatte er es selbst geschossen. Es zeigte schneebedeckte Berggipfel in goldenes Abendlicht getaucht, daneben der Gipfel des Nuptse, der aus dieser Perspektive zwar gleich hoch wirkte, jedoch um tausend Meter niedriger war. Das Foto hatte er auf einer Tour auf den nepalesischen Kala Patthar geschossen.

»8848,86 Meter«, begann er und im Saal wurde es totenstill. »Das ist die zuletzt gemessene Höhe des Mount Everest, wer es nicht ganz so genau möchte, spricht von 8849 Metern. Was ist es, das so viele Bergsteiger reizt, zumindest einmal im Leben das Dach der Welt zu erklimmen? Dass sie bereit sind, dafür nicht nur eine erhebliche Menge an Geld zu bezahlen, sondern sogar ihr Leben zu riskieren? Und warum werden immer wieder neue Rekorde aufgestellt, die mitunter waghalsig und sinnlos erscheinen? Ich möchte euch heute das Mysterium dieses Berges, der nach dem britischen Landvermesser George Everest benannt wurde, näher bringen. Tatsächlich trägt er mehrere Namen. Die Nepalesen nennen ihn Sagarmatha, was Göttin der Erde bedeutet. Die Chinesen kennen ihn unter dem Namen Chomolungma, was übersetzt Kopf der Erde heißt. Bis heute gibt es verschiedene Ansichten über den richtigen Namen. Mein Name steht jedoch fix auf meiner Geburtsurkunde: Ich bin Matties Jorgensen und ich habe den Gipfel insgesamt viermal erreicht und ich begrüße euch alle ganz herzlich.« Er hatte den Vortrag schon viele Male gehalten, aber heute war für ihn etwas Besonderes.

Weil Leonie zuhörte.

Es war totenstill, erwartungsvolle Gesichter blickten ihn an.

Nachdem er über Ausrüstung und Vorbereitung gesprochen hatte, erklärte er die gängigste Route auf den Berg. »Der Khumbu Icefall ist die erste schwierige Bewährungsprobe. Würden die Sherpas nicht Leitern legen und befestigen, dann hätten viele keine Chance und würden bereits hier scheitern. Auch mit den Leitern ist es keineswegs einfach, über die oft hunderte Meter tiefen Abgründe zu gehen. Auf jeden Fall müssen alle schwindelfrei sein. Das Ziel ist Camp 1 im Tal des Schweigens, wir sind nun auf 6100 Meter Höhe.«

Er konnte Leonie in dem verdunkelten Raum nicht erkennen, doch die Tatsache, dass sie hier war, beflügelte ihn. Er sprach über die Probleme und Gefahren, aber auch über die Schönheit der Natur, die ihn jedes Mal erneut gefangen genommen hatte.

»Camp 2 liegt bereits in 6600 Meter Höhe. Hier kämpft man schon mit Atemnot, aber es ist auch ein wunderschöner Ort. Die gelben Zelte mitten im Schnee, rundum Berge – ein Anblick, den man nie vergisst. Ich bin mit meinen Tourengästen meistens noch die vierhundert Meter zum Lhotse Face geklettert, von dort hat man einen unvergesslichen Ausblick auf den Mount Everest.« An dieser Stelle kam ein kurzes Video. René hatte alles bestens im Griff. Wieder fiel sein Blick auf den Platz, an dem er Leonie vermutete.

Gefiel ihr der Vortrag? Konnte sie seine Begeisterung ein wenig verstehen?

»Das nächste Stück bis zu Camp 3 ist meist kräftezehrend für alle: Die Lhotse-Wand, hier geht es wirklich ans Eingemachte. Über einen Kilometer Höhe, bis zu 80 Grad steil – ein einziger Fehltritt, eine Sekunde Unkonzentriertheit birgt tödliche Gefahren. Ist es trocken und kalt, bedeutet das hartes Eis und man braucht enorme Kraft, die Füße mit den Steigeisen hineinzuschlagen. Bei Schneefall wiederum ist die Lawinengefahr groß. Zudem muss man leider sagen, dass die Anzahl der Bergsteigenden eine Rolle spielt. Es kann zu Staus und Wartezeiten kommen, wenn zu viele hinauf und hinunter wollen.« Die Bilder von diesem Abschnitt entlockten dem Publikum leise »Ahs« und »Ohs«.

»Camp 3 bietet noch eine kleine Verschnaufpause. Wir sind auf 7300 Meter, die meisten haben sich angepasst und die Begleiterscheinungen wie Kopfschmerzen lassen ein wenig nach. Der letzte Teil über das Yellow Band ist nicht schwierig, trotzdem kräftezehrend. Der Sauerstoff wird dünner, die Konzentrationsfähigkeit lässt nach. Mit Camp 4 auf 8000 Meter Höhe ist die sogenannte Todeszone erreicht. Das heißt, man hat maximal 48 Stunden Zeit den Gipfel zu erreichen, sonst ereilt einen die Höhenkrankheit, im Volksmund auch Bergkrankheit genannt. Aus diesem Grund bleiben die Expeditionen Wochen im Basislager, um den Körper an die extremen Höhen zu gewöhnen. Die ersten Anzeichen der akuten Bergkrankheit sind Kopfschmerzen, Appetitmangel, Schwindel, Übelkeit und

Schlafstörungen. Später kann es zu angeschwollenen Händen und Füßen kommen. Unter diesen Bedingungen weiter aufzusteigen, wäre absolut fahrlässig, denn es folgen Höhenödeme in Hirn und Lunge, die tödlich verlaufen können. Um dies zu vermeiden, gibt es ganz bestimmte Regeln der Besteigung. Die beinhalten mehrere Rasttage, damit sich unser Körper, der nicht für diese Höhen gemacht ist, anpassen kann. Und auch wenn man diese Richtlinien genau einhält, bildet nicht jede Person die körperlichen Fähigkeiten aus, bis an den Gipfel zu gelangen. Unser Körper verbraucht in dieser Höhe mehr Sauerstoff, als er aufnehmen kann. Es ist eine eigene Welt so weit oben und man sollte sie genießen können, leider spielt der Körper nicht mit. Das letzte Stück bis zum Gipfel ist das schwerste. Doch der Wille ist stark. Nur wenige kehren um, die meisten, die es bis hierher geschafft haben, möchten auch auf den Gipfel. Den kann man übrigens von hier aus schon sehen. Ich habe hier ein kurzes Video, das mein Kollege Christoph und ich gedreht haben.«

Im Saal war nur ein kurzes Husten zu hören. Alle starrten gebannt auf die Leinwand. Absichtlich hatte Matties die Bilder nicht mit Musik unterlegt, sodass das laute Knattern, das der starke Wind in dieser Höhe produzierte, deutlich zu hören war. Die Kamera schwenkte zuerst rundum und bot einen faszinierenden Blick über die schneebedeckten Gipfel sowie auf die hoch aufragende Spitze des Mount Everest, die vor ihnen lag. Einige Bergsteiger kletterten den Hang hinauf oder herunter, an ihren Bewegungen war drastisch zu erkennen, wie steil das zu bewältigende Gefälle war.

Danach sah man die Zelte, gelb bis orange, klein und kugelförmig auf felsigem Boden aufgestellt. Die Planen flatterten, ein Berg von Sauerstoffflaschen kam ins Bild und die Bergsteiger selbst, dick vermummt in bunte Daunenkleidung. Im Inneren eines der Zelte kochte Matties Wasser über einer Gasflamme.

Matties setzte seine Erklärungen fort. »Trinken ist ebenfalls sehr wichtig. Auf dieser Höhe verbraucht der Körper mehr, als wir ihm zuführen können. In Camp 4 ist es nötig, letzte Energie zu tanken, aber Schlaf finden die wenigsten. Auf 8000 Metern leiden die meisten unter Beschwerden verschiedener Art: Kopfweh, Schlappheit, Gliederschmerzen. Um Mitternacht heißt es aufstehen. Es ist wichtig, dass man sich haargenau an einen Zeitplan hält, der kaum Spielraum lässt. Wenn der Weg hinauf einen Bergsteiger zu sehr erschöpft, kommt er nicht mehr zurück. Viele, die am Berg geblieben sind, haben genau dieses Detail unterschätzt. Es ist verständlich, dass man nicht aufgeben möchte. Jeder Schritt, der einen höher bringt, lässt einen zunehmend daran glauben, dass der Gipfel zum Greifen nahe liegt.« Matties musste schlucken. An dieser Stelle seines Vortrags fiel ihm das Fortfahren immer besonders schwer.

Denn es erinnerte ihn schmerzlich an den Tod von Tim.

Und heute hatte er das Bild des Engels mit dem roten Rucksack im Kopf.

Rasch schob er die unliebsamen Gedanken beiseite. Das Video war zu Ende und es folgten weitere Fotos. »Der Südgipfel ist der letzte Zwischenstopp vor dem

Ziel. Hier wechselt man meist noch einmal die Sauerstoffflasche. Es sind nur noch hundert Höhenmeter zu bewältigen, aber genau die haben es in sich. Der sogenannte Hillary Step ist eine senkrechte Wand, teilweise überhängend, die gilt es zu überwinden, obwohl man quasi am Ende seiner Kräfte ist. Außerdem kommt man an Leichen vorbei, denn die Menschen, die auf dem Berg sterben, die bleiben dort. Die Bergung wäre zu aufwendig und teuer. Man kann sich vorstellen, dass, wenn man sich selbst schon nur mühselig auf den Berg schleppt, die Kraft, jemandem zu helfen, fehlt. Und ohne die Sherpas würde es wohl kein Einziger schaffen.«

Er fuhr fort, bis er die Gipfelbilder zeigen konnte, die mit spontanem Applaus belohnt wurden.

»Gibt es das Rainbow Valley wirklich?«, kam eine Frage aus dem Dunkel des Auditoriums.

Matties räusperte sich. »Leider ja. Es ist ein romantischer Name für eine Art Friedhof auf dem Mount Everest. Es ist ein Abhang in ungefähr achttausend Metern Höhe, also in der Todeszone. Hier liegen besonders viele Verstorbene. Den Namen verdankt das Tal der bunten Kleidung der Leichen.«

Im zweiten Teil seines Vortrags sprach er über die negativen Auswirkungen des Massenbergtourismus: Müll und dass immer größere Risiken eingegangen werden, um die Besteigung einem möglichst breiten Spektrum an Leuten zu ermöglichen.

»Es werden zunehmend absurdere Rekorde aufgestellt: neue Routen, Winterbesteigung, langer Aufenthalt auf dem Gipfel, ein Beinamputierter sowie ein

Blinder, der jüngste und älteste Teilnehmer, heruntergefahren mit Skiern und Snow Board.« Die Bildershow endete mit ein paar beeindruckend schaurigen Fotos von Müllansammlungen auf dem Berg. »Die Klimaerwärmung macht auch vor dem höchsten Berg der Welt nicht Halt. Das Schmelzen des Eises gibt zunehmend Leichen und Müll frei. So wurde beispielsweise die Leiche von George Mallory gefunden, der im Jahr 1924 den Everest besteigen wollte. Bis heute ist unklar, ob er auf dem Hinweg verunglückt ist oder gar auf dem Rückweg. Dann wäre er der Erstbesteiger und nicht Edmund Hillary. Es sprechen ein paar Indizien dafür, aber Beweise sind ausgeblieben.«

»Und was glauben Sie?«, ertönte es aus dem Publikum.

9

Leonie

Leise Weihnachtsmusik tönte aus den Lautsprechern, die Hotelbar war mit Weihnachtsgirlanden geschmückt, Kerzen und Engel aus Silberfolie standen auf den Tischen.

»Du bist sehr gut mit den Fragestellern umgegangen«, sagte Leonie. Sie hatten leider nur noch ein Tischchen in der Mitte bekommen, die Bar war ziemlich voll. Matties war gleich nach dem Vortrag auf sie zugegangen und hatte sie eingeladen. Sie hatten sich zweimal Weinschorle bestellt. »Vor allem bei der Frage, wer denn nun der Erstbesteiger war.«

»Das bin ich schon gewöhnt.« Er lächelte. »Und ich lege mich niemals fest.«

»Aber Mallory hatte das Bild seiner Frau nicht mehr bei sich, als seine Leiche entdeckt wurde. Das spricht doch dafür, dass er es wie vorgesehen am Gipfel deponiert hat.«

»Dort wurde es aber nicht gefunden.«

»Fast dreißig Jahre später, schon klar!«

»Wie gesagt, es ist ein Indiz, mehr nicht. Auch die Schneebrille, die er unversehrt in seiner Tasche hatte und auf die er tagsüber nicht verzichtet hätte. Viele glauben, dass er sie abgenommen hat, weil er in der Dunkelheit abgestiegen ist. Einen Aufstieg hätte er nicht bei Nacht gewagt. Aber wie gesagt, das sind keine handfesten Beweise.«

»Ja, das Geheimnis hat er mit ins Grab genommen.« Sie nippte an ihrer Weinschorle. Da sie beide mit dem Wagen hier waren, durften sie nicht zu viel Alkohol trinken. »Es war beeindruckend, wie du den Vortrag gehalten hast. Ich hatte das Gefühl, selbst auf dem Berg zu stehen. Es war so hautnah. Und die Bilder sind wirklich klasse!«

»Danke.« Er strahlte sie an. »Es tut mir leid, dass ich so schroff war, nach der Wattwanderung meine ich.« Verlegenheit klang aus seiner Stimme. »Manchmal sind meine Worte schneller als mein Gehirn.«

»Da sind wir schon zwei.« Sie schluckte kurz. »Da war auf jeden Fall was Wahres dran an deinen Worten.«

»Dennoch hätte ich nicht so böse sein müssen. Ich war«, er wirkte nun ein wenig verlegen, »es war ein bisschen gekränkte Eitelkeit dabei. Weil du so offensichtlich an meinen Ausführungen nicht interessiert warst.«

Das hätte sie nicht gedacht. »Das stimmt überhaupt nicht. Du kannst das toll, genau wie heute bei deinem Vortrag. Es sind zwei komplett verschiedene Gegenden, aber du schaffst es, für beide Begeisterung zu entfachen. Es tut mir leid, dass ich den Eindruck erweckt habe, als würde es mich nicht interessieren. Ganz im Gegenteil.«

Er trank einen Schluck, schwieg jedoch. Am Nachbartisch feierte eine Frauen-Clique Weihnachten. Sie hatten offenbar schon eine Menge getrunken. Ihr Gekicher und Gejohle steigerte sich zunehmend mit jedem weiteren Glas Sekt.

Leonie musste sich vorbeugen, damit sie sich verständlich machen konnte. »Ich war hingerissen. Niemals hätte ich gedacht, dass mich das alles so überwältigen würde. Die Luft, die weite Umgebung, die Stille, wenn man von den Vögeln absieht, der Sand – es war fantastisch. Ich konnte zum ersten Mal seit Langem freier atmen und hatte das Gefühl, dass es anhalten wird.«

Er umschloss mit beiden Händen ihre auf dem Tisch liegende linke Hand. »Das freut mich. Ist es die Trauer um deinen Mann?«

Was sollte sie ihm sagen? Hier in einer öffentlichen Bar wollte sie sich ihm nicht öffnen. Sie hatte Angst, dass sie in Tränen ausbräche. Aus den Boxen ertönte Jingle Bells. Die ausgelassene Partygruppe hatte nun Wunderkerzen angezündet, die sie im Takt hin und her schwangen.

Daher sagte sie betont langsam. »Es ist der Schmerz um etwas, das ich nie gehabt habe.« Sie löste ihre Hand von seinen, lehnte sich zurück und verschränkte ihre Hände. »Der Mann, den ich geliebt habe, den hat es nie gegeben.«

»Das klingt«, er suchte nach dem richtigen Wort, »befremdlich.«

»Ja.« Leonie beugte sich wieder vor. »Warum hast du aufgehört, auf Berge zu steigen? Es klang so begeistert. Klar hast du am Schluss die negativen Dinge betont, wie Müll, die zahlreichen Leichen, die buchstäblich den Weg säumen – das klingt schon gruselig.«

»Ja. Sie bleiben einfach am Weg sitzen und sterben. Und es ist zu anstrengend, sie abzutransportieren, vielfach weht der Wind sie dann hinunter, irgendwann.«

»Hast du jemanden am Berg verloren?«

»Der Engel«, sagte er leise. Sie beugte sich vor.

»Du hast jemanden verloren.« Ein Flüstern, fast unhörbar.

Er schluckte. »Eine lange Geschichte und es gibt nur einen einzigen Menschen, der alle Details kennt, das ist mein Freund Sven. Und mein ehemaliger Partner Christoph weiß vieles und hat sich vermutlich den Rest zusammengereimt.«

»Du hast einen Freund verloren?«

»Es war ein junger Kollege, neu im Team von Adventure's Kick. Er hieß Tim. Er hatte einen roten Trekkingrucksack wie der Engel, den du mir geschenkt hast.«

Sie riss ihre Augen auf. Der Weihnachtsmann! Er hatte sie dazu animiert, den Engel zu kaufen.

Matties sprach bereits weiter. »Der Berg ist unberechenbar und manchmal ist es klüger, aufzugeben. Doch das können die wenigsten. Für Menschen, denen die Faszination für die Berge nicht im Blut liegt, ist das unbegreiflich.«

Matties schwieg, Leonie spürte, dass er nicht mehr sagen wollte.

Nicht jetzt.

Überraschend senkte er seinen Kopf zu ihr. »Leonie, was ist das zwischen uns? Spürst du es auch?«

Hitze stieg in Leonies Wangen. »Ja. Ich fühle mich wohl mit dir.« Ihre Blicke verfingen sich ineinander und sekundenlang versank die Welt um sie herum zu einem Nichts.

Es gab nur sie beide.

»Hohohoho«, ertönte es von der Tür her. Leonie hob den Kopf. In der Tür stand ein Weihnachtsmann, wohlbeleibt mit roter Nase, der nun hereinstapfte. Leider war es ein anderer als der, den sie auf dem Weihnachtsmarkt in Kampen getroffen hatte. Dieser hier wirkte derb und seine Stimme klang, als ob er schon einige Glühwein intus hätte.

Die Gruppe empfing den Mann mit Gejohle, Klatschen und Bravorufen. Und dann begann er zu tanzen. Als Erstes fielen der rote Mantel und das Kissen vor dem Bauch. Der Kerl zeigte einen beachtlichen Sixpack. Das begeisterte Kreischen der Damen schrillte in Leonies Ohren.

»Ich glaube, wir zahlen.« Matties wartete nicht auf die Bedienung, sondern stand auf und zahlte direkt an der Bar. Leonie blieb nichts anderes übrig, als ihm hinterher zu eilen. Am Hoteleingang verabschiedete er sich. »Danke, dass du gekommen bist und für den netten Abend. Schön, dass wir uns ausgesprochen haben.« Er streckte ihr die Hand hin. Verdattert über sein kurzes Angebundensein, nahm sie sie. »Schlaf gut.« Danach hatte er sich umgedreht und war die Treppe zur Hotelgarage hinunter gegangen. Sie sah ihm nach, bis er verschwunden war, ehe sie das Hotel verließ, um zu ihrem eigenen Auto zu gehen. Der Auftritt des Tänzers hatte die romantische Stimmung zerstört, aber insgeheim hatte sie gehofft, dass Matties sie um ein Wiedersehen bitten würde.

Was ist das zwischen uns?

Ich fühle mich wohl mit dir – wie lächerlich. Hatte ihn diese Antwort abgeschreckt? Weshalb sagte sie nicht ehrlich, dass sie sich noch nie zu einem Mann dermaßen hingezogen gefühlt hatte? Dass er eine gigantische Wirkung auf sie hatte und sie sich wünschte – ja, was eigentlich?

Um fünf Uhr gab Leonie den Kampf schlafen zu wollen auf. Sie zog sich an und ging hinaus. Nun stapfte sie durch den Sand, der unter ihren Stiefeln nachgab. Die Anstrengung sorgte dafür, dass sie nicht fror. Das Meer neben ihr gab ihr Kraft und die Gewissheit, dass sie weit weg von St. Florian und seinen Bewohnern war. Wäre es nicht so laut in der Bar gewesen, hätte sie mit Matties darüber gesprochen. Die Therapiestunden mit Doktor Huber hatten nur temporären Erfolg gezeigt. Aktuell stand sie wieder dort, wo sie kurz nach Franks Tod gewesen war. In ihr blies sich gefühlt ein Ballon auf, ihre Haut spannte unangenehm.

Sie wollte nicht mehr an die letzten Monate in St. Florian denken. Sie hatten ihr zunehmend das Leben zur Hölle gemacht. Aschenputtel durfte nur im Märchen mit ihrem Prinzen glücklich sein, im realen Leben nicht. Und sie schämte sich, dass zum Schluss sogar ihre liebe Tante Nora in die Schusslinie geraten war.

Ein Jaulen drang an ihr Ohr, vor ihr bewegte sich etwas. Sie sah sich um, der Strand war menschenleer. Von Natur aus war sie nicht ängstlich veranlagt, doch jetzt zögerte sie, auf das schwarze Bündel zuzugehen. War es ein wildes Tier? Welche gab es hier auf Sylt? Sie wusste nur von Vögeln, falls es eine verletzte Möwe war, würde sie ihr nicht zu nahekommen. Eine Bekanntschaft mit dem spitzen Schnabel wollte sie unbedingt vermeiden.

Es winselte. Nein, wie ein Vogel klang es nicht.

Ein Königreich für eine Taschenlampe. Auch ihr Handy hatte sie nicht dabei. Und der Mond verkroch sich gerade hinter einer Wolke.

Vorsichtig trat sie näher. Erneut blickte sie sich suchend um, doch es schien niemand außer ihr da zu sein. Wer auch um diese morgendliche Zeit?

Es waren nur noch wenige Meter zwischen ihr und dem schwarzen Etwas. Da leuchtete der halbe Mond wieder und offenbarte ein kleines Hündchen mit Schlappohren.

»O mein Gott, wo kommst du denn her!« Sie liebte Tiere, aber Frank war immer gegen ein Haustier gewesen. »Dann sind wir abhängig und nicht mehr flexibel«, waren seine Argumente gewesen. »Wir könnten nie spontan in Urlaub fahren.«

Ha! Wann waren sie schon in Urlaub gefahren? Jeder Urlaub war im Prinzip eine getarnte Geschäftsreise gewesen. Die meiste Zeit hatte sie allein verbracht.

»Außerdem haben wir bald Kinder und keine Zeit für Haustiere«, war seine zweite Aussage gewesen.

Nur, Kinder waren dann ja auch keine gekommen.

Halt, dieses Thema wollte sie nicht weiterverfolgen.

Leonies Schritte waren bedachtsam und leise, dabei redete sie unentwegt. »He, mein Kleiner – oder bist du ein Mädchen? Hab keine Angst. Du musst frieren, ich nehme dich mit ins Warme. Bestimmt hast du Hunger.«

Sie erreichte das kleine Wesen und streichelte ihm vorsichtig über den Kopf. »Wie kommst du bloß hierher? Mitten in der Nacht und allein?« Behutsam hob sie das Hündchen hoch. Es war schwarz und hatte große Schlappohren, Leonie tippte auf einen Cocker Spaniel. Zudem schien er noch jung zu sein.

»Hast du dich verlaufen?« Das Kleine trug ein Halsband, musste also auf jeden Fall einen Besitzer haben.

Leonie drückte den Hund an sich und begab sich auf den Rückweg. Sie hatte sich ein ganzes Stück von ihrem Haus entfernt. Das Hündchen schmiegte sich an sie und genoss die Wärme, die sie ihm geben konnte. Obwohl der Kleine kaum ein paar Kilo wog, wurde er mit der Zeit ziemlich schwer und Leonie kam ins Schnaufen.

»Jetzt sollte ich die Fitness von Matties haben, der mit wenig Sauerstoff in den hohen Bergen auskommt«, murmelte sie vor sich hin und war dankbar, als sie ihr Haus erkennen konnte.

Endlich erreichte sie die Tür, sperrte auf und ließ das Hündchen auf den Boden gleiten, wo es liegen blieb. »He, ich hab dich doch getragen, du musst jetzt nicht so tun, als hättest du einen Marathonlauf hinter dir.« Gleich überspülte sie Mitleid. Der Kleine war bestimmt schon die ganze Nacht draußen. Wer ihn wohl verloren hatte?

Rasch zog sie Jacke und Schuhe aus und trug ihren Gast ins Wohnzimmer, angelte mit einer Hand eine Decke aus dem Regal, legte sie auf die Couch und bettete das Hündchen darauf. »Nur ausnahmsweise«, erklärte sie. »Normal dürfen Tiere nicht auf meine Möbel. Na ja, ich muss zugeben, allzu viele Tiere habe ich noch nicht hier gehabt.« Sie kicherte.

Im Prinzip gar keine, wenn man von Fliegen und Spinnen absah.

Der Hund sah verfroren, aber nicht verwahrlost aus. Das bestätigte ihre Meinung, dass er jemandem gehören musste. Weshalb war er wohl verloren gegangen? Und wem sollte sie es melden? Polizei? Gemeindeamt? Tierarzt?

Matties fiel ihr ein. Er war ein Einheimischer und kannte sich bestimmt aus.

Aber zuerst sollte sie dem Kleinen etwas zu trinken bringen. In der Küche suchte sie nach einem geeigneten Gefäß, ließ Wasser hineinlaufen und stellte es vor dem Cocker Spaniel auf den Boden. Der Hund sprang hinunter und schlabberte gierig.

»Wie heißt du wohl? Auf jeden Fall bist du ein kleiner Junge, wie ich sehe.« Sie ging wieder in die Küche und überlegte, was sie ihm zu fressen geben könnte. Vielleicht Porridge? Sie mochte den Brei und machte ihn ab und zu zum Frühstück, mit Früchten, Nüssen und Zimt. Für ihren kleinen Gast würde sie natürlich diese Extras weglassen. Entschlossen griff sie zur Pfanne und holte die Haferflocken aus dem Schrank.

Fleisch musste sie erst einkaufen.

Zwanzig Minuten später schleckte der Bursche eine ganze Schüssel Porridge leer und sie glaubte, so etwas wie Dankbarkeit in seinem Blick zu entdecken. Er war wirklich süß, schwarz mit ein paar weißen Musterungen und großen dunklen Augen. Mit tapsigen Schritten ging er ins Wohnzimmer zurück, sprang auf die Couch und rollte sich zusammen.

Auch Leonie hatte sich eine Portion gegönnt und fühlte eine träge Müdigkeit aufsteigen. Ihr Körper wollte nun offenbar den verlorenen Schlaf nachholen.

Sie legte sich ans andere Ende der Couch. Matties fiel ihr ein, doch das hatte Zeit. Schließlich war es nicht einmal acht Uhr und die Sonne war noch nicht aufgegangen.

Als sie erwachte, musste sie sich erst orientieren. Es dauerte einen Augenblick, bis sie wusste, wo sie war. Ein Blick auf die Kuckucksuhr, einen der wenigen Gegenstände, die sie vom Haus ihrer Oma mitgenommen hatte, zeigte ihr, dass sie über zwei Stunden durchgeschlafen hatte. Etwas Warmes lag in ihrem Arm und mit Erstaunen stellte sie fest, dass sich das Hündchen einen Schlafplatz in ihrer Armbeuge gesucht hatte. Automatisch strich sie über sein Fell und wurde mit einem blinzelnden Blick belohnt. »Okay, was machen wir zwei Hübschen nun?« Sie richtete sich auf. Der Kleine sprang auf den Boden und wedelte mit dem Schwanz.

»Ich rufe am besten Matties an. Verdammt, ich habe seine Nummer ja gar nicht.« Der nervtötende Weihnachtsmann hatte sie gerade im falschen Moment gestört.

Danach war die Stimmung hin und Nummern hatten sie auch keine mehr getauscht.

Was ist das zwischen uns?

Die Nummer, die sie vor der Wattwanderung eingespeichert hatte, fiel ihr ein. Hoffentlich war es seine.

Ohne lange zu überlegen, klickte sie sie an.

»Jorgensen.« War es seine Stimme? Er klang so geschäftsmäßig kühl.

»Hallo, hier ist Leonie Aschauer. Spreche ich mit Matties?«

»Kennst du mich nicht mehr?« Aus seinem Tonfall konnte sie nicht heraushören, ob er sich über den Anruf freute oder nicht. »Klar, ist ja ein paar Stunden her.«

Der leise Spott in seiner Stimme irritierte sie. Offenbar hatte er seine gestrigen Worte nicht ernst gemeint.

Vermutlich sagte er sie zu jedem Mädchen, das er aufriss. Wie peinlich!

Leonie holte tief Luft und sprudelte die kommenden Worte rasch heraus. »Es tut mir wahnsinnig leid, dass ich dich störe. Ich weiß ja, dass du arbeiten musst, und ich komm auch noch mit Problemen. Du brauchst mir nicht zu helfen, wenn du nicht willst oder keine Zeit hast, aber es wäre nett, weil ich doch da niemanden kenne. Dein Verhalten beim Abschied gestern, das hat schon darauf hingedeutet, dass du dich lieber nicht mit meinen Problemen befassen willst. Denn ja, ich habe zu viele davon, außerdem bin ich schwierig und kompliziert, also ich kann verstehen ...«

»Stopp, stopp, stopp.« Er lachte und ihr wurde warm, weil sein Tonfall amüsiert, nicht verärgert klang.

»Leonie, alles gut! Ganz langsam, sag mir, wobei ich dir helfen kann.«

»Ich bin auf den Hund gekommen.«

»Wie bitte?«

Sie kicherte, weil er ihr nicht folgen konnte. »Mir ist ein Kleiner zugelaufen, das heißt eigentlich habe ich ihn gefunden, heute Morgen am Strand.«

»Du warst heute nicht da, sonst hätte ich dich treffen müssen.«

Er war auch am Strand gewesen? »Doch, aber schon vor sechs Uhr. Ich konnte nicht schlafen.«

Kurz war es still, dann räusperte er sich. »Wir müssen definitiv reden. Ich mache ab eins eine Stunde Mittagspause, da komme ich vorbei.«

»Gut, ich koche etwas. Was isst du gerne?« Sie musste ohnehin einkaufen gehen, denn Hundefutter hatte sie keins vorrätig. Und vielleicht eine Leine.

»Mach dir keine Umstände, ich esse alles. Auf dem Berg gibt es keine Sterneküche, schon vergessen?«

»Gut.« Sie fühlte sich gleich viel besser. Matties würde zu ihr kommen.

Ob es eine gute Idee war, die Bekanntschaft zu vertiefen? Auf keinen Fall wollte sie sich auf eine neue Beziehung einlassen! Und Matties konnte bei seinem Aussehen bestimmt jede haben. Gewiss wünschte er sich eine Partnerin, die nicht so viel Ballast am Hals hatte wie sie. Und er war gar nicht ihr Typ.

Lügnerin!

Was ist das zwischen uns?

Etwas streifte ihre Beine. Sie hüpfte zur Seite und sah das Hündchen um sie streichen. Große dunkle

Hundeaugen blickten sie von unten herauf an. Automatisch bückte sie sich und drückte ihn an sich.

Einkaufen, Mittagessen.

Bis dahin wollte sie den Kleinen behalten.

10

Matties

Den ganzen Vormittag kreisten Matties' Gedanken um Leonie, während er ein paar Fahrräder kontrollierte und kleine Schäden reparierte. Der strippende Weihnachtsmann hatte ihn wieder auf den Boden der Tatsachen geholt. Ihm war es recht gewesen. Wie hatte er sich hinreißen lassen können, seine Gefühle zu offenbaren?

Was ist das zwischen uns? – Dämlicher hätte er sich nicht anstellen können. Und ihre Antwort, dass sie sich mit ihm wohlfühlte! Wohlfühlen – als wäre er ihr Kuschelbär. Verdammt, er wollte sie an sich reißen, küssen, seine Finger in ihrem Haar vergraben und ihre Haut spüren.

Und sie sah ihn als Teddybären!

Deswegen war er beim Abschied kühl geblieben. Doch ein einziger Anruf von Leonie überzeugte ihn sofort wieder vom Gegenteil. Vielleicht war er zu ungeduldig? Gestern war Leonie gelöster gewesen und er war sich sicher, dass sie ihm mehr erzählt hätte, wäre es in der Bar nicht so laut gewesen. Was mochte sie erlebt haben? In seinem Kopf spielte er zig Varianten durch, die den Tod ihres Ehemannes betrafen. War er vielleicht ermordet worden? Oder war er gewalttätig gewesen? Zorn stieg in ihm hoch, wenn er daran dachte, dass er Leonie wehgetan haben könnte.

Er hatte selbst lange gebraucht, bis er über die schlimmen Erlebnisse auf dem Berg hinweg war. Bullshit, es plagte ihn manchmal immer noch. Und der Engel mit dem roten Rucksack, der hatte ihn gewaltig aus dem Gleichgewicht gebracht. Keineswegs war er geeignet, Leonie bei ihren Nöten beizustehen. Er sollte die Finger von ihr lassen. Ja, genau das wollte er tun. Er hatte keine Lust auf so einen Bockmist. Trotzdem war er enttäuscht gewesen, als er sie am Morgen nicht wie üblich am Strand gesehen hatte. Und er hatte sich gleich wieder Sorgen gemacht.

Gerade als er beschlossen hatte, den Kontakt zu ihr flach zu halten und sich nicht mehr zu melden, kam ihr Anruf.

Sie klang aufgeregt, durchgedreht, er hatte ihren Worten kaum folgen können. Was er verstanden hatte, war, dass sie einen kleinen Hund gefunden hatte.

Das bezweifelte er. Woher sollte mitten im Winter ein Hund auftauchen? Klar, viele Touristen brachten ihre Hunde mit auf die Insel. Es gab mehrere Läden für Tiere auf Sylt mit teilweise exklusiv teuren Accessoires. Aber dass ein Hund verloren ging, hatte er noch nie gehört. Er hätte Leonie genauer fragen können, ob er ein Halsband hatte, welche Rasse und vieles mehr und dies an das örtliche Tierheim weitergeben können, damit die sich mit dem Hund befassten. Die Wahrheit war jedoch, dass er sie trotz allem gerne wiedersehen wollte. Aus diesem Grund würde er in definitiv – er sah auf die Uhr – drei Stunden und vierzig Minuten bei ihr antanzen.

»Guten Morgen!« Eine ältere Dame mit weißem Pelzhut kam herein, sah sich suchend um und erspähte ihn schließlich. »Ah, hier sind Sie. Mein Mann und ich möchten zwei Elektroräder.«

»Gerne.« Kurz fiel sein Blick auf die Lederstiefel mit Absätzen an den Füßen der Touristin, doch sie würde schon klarkommen. »Für einen Tag?«

»Ja. Es soll sehr romantisch sein. Welche Route würden Sie empfehlen?«

»Folgen Sie mir. Draußen habe ich einen großen Plan von Sylt hängen, da zeige ich Ihnen die besten Wege für jetzt im Winter.«

Es war einiges los, und so war er nicht überrascht, dass die Zeit bis zur Mittagspause verflog. Zur Sicherheit hängte er das Schild »Heute ab 14 Uhr wieder geöffnet« auf, denn er wollte sich für Leonie ausreichend Zeit nehmen.

Je nachdem, wie die Begegnung verlief, wollte er das Ganze abbrechen oder intensivieren. Wobei allein schon der Gedanke an einen »Abbruch« ihm Magenschmerzen bereitete.

Konnte es sein, dass ihm diese Frau nach der kurzen Zeit bereits so unter die Haut ging?

Diesmal öffnete sie sofort, ohne lang Rückfrage zu halten, und er fuhr mit dem Wagen bis zum Haus vor. Wieder einmal schoss ihm durch den Kopf, woher Leonie so viel Geld haben konnte. Und weshalb war sie allein?

Sie trug eine Hose mit blauem Pullover, der ihre Schlankheit verdeckte. Ihre Augen blickten lebhaft. Hinter ihr im Flur hockte ein Cocker Spaniel Welpe, der kurz bellte, als er hereinkam.

»Ruhig, Bubi«, sagte Leonie.

»Bubi?«

»Er ist ein Junge, aber ich weiß nicht, wie er heißt. Ich habe Hundefutter für Welpen, eine Leine und einen Futternapf besorgt. Sauber scheint er zu sein, denn er hat schon zweimal sein Geschäft im Garten erledigt.« Sie strahlte ihn an. »Freut mich, dass du gekommen bist, Matties.«

Er nickte. »Wir müssen reden, aber später.« Dann bücke er sich zu Bubi und streichelte ihn. »Mit der Marke müsste man ihn identifizieren können. Hast du die Polizei angerufen?«

»Bis jetzt nicht.« Sie wirkte verlegen. »Ehrlich, ich wollte ihn noch ein wenig behalten. Er ist so süß, zudem musste er sich erholen. Nach der Nacht im Freien war er total erledigt.«

»Du machst dich aber strafbar, wenn du den Fund nicht meldest.«

»Ist die Polizei die Anlaufstelle?«

Er überlegte kurz. »Wir können ihn auch nach dem Essen zur Tierärztin bringen. Susanne Schnabl heißt sie. Sie hat die Praxis in Wenningstedt. Aber ganz ehrlich, ich verstehe immer noch nicht, wie du das Kerlchen hast finden können. Warst du die gesamte Nacht draußen?«

»Nein, um Himmels willen. Ich bin kurz nach fünf losgegangen. Ich konnte nicht schlafen, weil ...« Sie brach ab, sah sie ihn direkt an. »Ich werde nicht schlau aus dir, Matties. Erst sagst du mir, dass du was für mich empfindest und danach ...«

Rasch richtete er sich auf und hob die Hand. »Wie gesagt, später!«

Sie nickte erleichtert. »Dann zieh deine Jacke aus und komm rein. Da du alles magst, habe ich Kartoffelsuppe gekocht und anschließend Kaiserschmarrn, eine österreichische Spezialität.«

»Wundervoll, das habe ich lange nicht mehr gegessen.« Er zog seine Daunenjacke aus.

»Ich hätte auch gern Fisch gekauft, die sahen in der Theke echt lecker aus, aber da bin ich in der Zubereitung nicht wirklich gut. Vielleicht kann ich bei deinem Bruder mal einen Kurs machen?«

»Bestimmt bringt er dir gern was bei.« Die Idee war nicht schlecht. »Ein Kurs, das muss ich ihm sagen. Wäre eine Attraktion für die Touristen.«

»Unbedingt. Kochkurse sind zurzeit in. Vor allem wenn er etwas Spezielles macht.«

Er trat in die Küche. Sie hatte den Tisch mit Tischtuch und Servietten eingedeckt. Zwischen den beiden Tellern stand ein Brotkorb mit kleinen Brötchen. »Das sieht aber gemütlich aus.«

»Danke. Setz dich doch. Magst du ein Glas Wein trinken, ich habe einen Chardonnay hier. Oder lieber nicht, wenn du noch arbeiten musst?«

»Ein Glas, sehr gern.«

Kurze Zeit später saß er vor der dampfenden Suppe und genoss den ersten Löffel. »Du machst meinem Bruder Konkurrenz.«

»Bestimmt nicht.« Ihr Lachen durchfuhr ihn wie ein Blitz.

Mann dich hat's ordentlich erwischt.

»Wer hat dich schlecht behandelt, Leonie?« Er musste endlich mehr über sie wissen. Wer hatte es geschafft, diese zarte Person so zu verletzen?

Sie rührte in ihrer Suppe. »Das ist eine längere Geschichte, zu lange für eine kurze Mittagspause.«

»Du hast deine Lebensumstände sehr krass verändert. War es die richtige Entscheidung? Manchmal hüpfen alle Sorgen mit ins Gepäck.«

»Das stimmt.« Sie brach ein Stück von einem Brötchen ab. »Aber in meinem Fall nicht. Der Ort, an dem ich gewohnt habe, wurde untragbar für mich.«

»Leben keine Freunde und Familienangehörige mehr dort?«

»Nur meine Tante Nora. Obwohl sie sehr beliebt ist, konnte sie nicht verhindern, dass ich gemobbt wurde. Mein Vater lebt schon lange mit seiner zweiten Frau in Wien.«

Das hatte sie bereits erwähnt.

»Du hast keine Freundinnen?« Jede Frau hatte doch Kameradinnen, mit denen sie Geheimnisse austauschte. Astrid war immer mit Sigrid, ihrer besten Freundin, zusammen und auch seine Mutter hatte jede Menge.

Sie senkte den Kopf, doch er hatte schon gesehen, dass sich ihre Augen mit Tränen füllten. »›Zeig mir deine Freunde und ich sag dir, wer du bist‹, was sagt es aus, wenn man gar keine hat?«

Matties war entsetzt. Er hatte selbst nur wenige handverlesene Freunde, aber gar keine zu haben?

»Du wirkst schockiert!« Ihre Stimme zitterte. »Nach allem, was passiert ist, sind mir nur meine Tante Nora und meine Cousine Laurella geblieben. Wir telefonieren ab und zu.«

»Und dein Vater?«

»Er ist glücklich mit seiner neuen Frau. Ich gönne es ihm, immerhin meldet er sich hin und wieder. Doch wir sind uns fremd geworden, er hat zudem nicht verstanden … egal.«

»Was?«

Sie tauchte den Löffel in die Suppe. »Es ist eine lange Geschichte.«

»Aber du bist bereit, sie zu erzählen? Irgendwann?«

Ein schiefes Lächeln. »Vielleicht. Matties, ich …« Sie zögerte, ihre Augen waren weit geöffnet. In diesem Moment kam die Sonne hinter einer Wolke hervor und schien durch das Fenster genau auf ihren Hinterkopf. Dadurch leuchtete ihr blondes Haar golden auf. Mit einem leichten rötlichen Schimmer. Kurz verfingen sich ihre Blicke, ehe sie den Bann brach und rasch weiter aß.

»Was wolltest du sagen?«, fragte er, so sanft er konnte.

»Was machen wir mit Bubi?« Beide sahen zu dem kleinen Cocker Spaniel, der auf seinem Kauspielzeug kaute. »Am liebsten würde ich ihn behalten. Wer einen Hund mitten in der Nacht aussetzt, der verdient keinen.«

War das ihr Ernst? »Leonie, du kannst den Hund nicht haben. Nach dem Essen rufe ich Susanne an, sie wird wissen, was zu tun ist.«

»Ja. Schade.« Etwas Wehmut klang in ihrer Stimme.

»Vielleicht hat sich noch niemand gemeldet«, tröstete er. Da der kleine Cocker Spaniel ein Halsband trug, schloss er aus, dass er ausgesetzt wurde, wie es leider auch manchmal passierte. »Hättest du gerne einen Hund?«

»Ich wollte immer ein Haustier, Hund oder Katze. Also keins im Käfig. Aber mein Mann war dagegen, es hätte uns abhängig gemacht. Zudem haben wir beide gearbeitet, ein Haustier wäre viel allein gewesen.« Sie klang traurig.

»Die Zeiten, dass dir jemand etwas vorschreiben konnte, sind vorbei. Du kannst tun, was du möchtest, sogar einen Hund kaufen. Und Zeit hättest du auch genug.«

»Nachschlag?«, wechselte sie das Thema.

»Nein, danke. Ich brauch noch Platz für den Kaiserschmarrn.«

Auch die locker luftige Süßspeise genoss er sehr. »Du bist eine ausgezeichnete Köchin.«

»Danke.« Sie zeigte genau jenes Lächeln, das ihn verrückt machte. Er wollte sie, mit Haut und Haaren.

Seit seiner Teenagerzeit hatten ihn seine Hormone nicht mehr so herumdirigiert.

Nachdem er noch eine zweite Portion von dem köstlichen Kaiserschmarrn mit Apfelmus verschlungen hatte, scrollte er in seinem Handy und suchte die Praxis von Susanne.

»Kennst du sie gut?«

»Du denkst, sie ist eine meiner Ex-Freundinnen? Im Ernst, so viele hatte ich nicht. Susanne ist mit meiner Mutter in die Schule gegangen. Die beiden sind heute noch befreundet, obwohl Susanne viele Jahre auf dem Festland studiert hat. Erst nach ihrer Scheidung vor fünfzehn Jahren hat sie hier ihre Praxis eröffnet. Warte, ich ruf mal an.«

»Tierarztpraxis Doktor Weiland, was kann ich für Sie tun?«, meldete sich eine jugendliche Stimme.

»Hallo hier ist Matties Jorgensen. Uns ist ein Hund zugelaufen, ein kleiner Cocker Spaniel. Haben Sie vielleicht etwas gehört?«

»Wirklich? Wie sieht er aus? Ist er schwarz?« Das Mädchen klang plötzlich aufgeregt, mit jedem Wort eine Tonlage höher.

»Ja, das ist er.« Er hörte hektische Stimmen im Hintergrund.

»Wird er vermisst?« Leonie räumte gerade das Geschirr in den Geschirrspüler.

»Ich glaube, ja.«

»Matties, bist du das?« Susannes charakteristisch tiefe Stimme erklang am Telefon. Sie sang auch im Kirchenchor Westerland die Altstimme.

»Hallo, Susanne. Ja, eine Freundin von mir hat das Hündchen am Strand hier in Kampen gefunden.«

»In Kampen! Wie kommt er dorthin? Schick mir mal ein Foto auf mein Handy, die Nummer ist …«

»Moment, mache ich sofort.« Er drehte sich zu Leonie. »Wo ist der Racker? Frau Doktor braucht ein Foto.«

Leonie sah sich um. »Ich glaube, der schläft schon wieder. Ich hole ihn.«

Kurze Zeit später setzte sie ihn vor Matties auf den Boden, der sich bückte und ein Bild mit seiner Handykamera schoss.

Susanne meldete sich fast unmittelbar nach Absenden des Fotos. »Das ist der verloren gegangene Hund. Er heißt Balu und wird von seiner Besitzerin schon schmerzlich vermisst. Wir dachten, er sei gestohlen worden. Kannst du ihn gleich herbringen?«

Matties sah zu Leonie, deren Gesicht lang wurde. »Das ist leider ein Problem«, sagte er daher schnell. »Ich muss zur Arbeit, passt es um sieben?«

»Das ist auch in Ordnung, dann bestelle ich das kleine Mädchen und seine Eltern her.«

»Danke.« Leonie kniete nun am Boden und hielt das Hündchen in den Armen. »Du hast meinen Nachmittag gerettet.«

Er hockte sich zu ihr und sie streichelten nun beide die kleine Fellnase. »Er heißt Balu und seine Besitzerin ist offenbar ein Mädchen. Bestimmt war sie sehr traurig.«

»Ist Balu davongelaufen?«

»Das werden wir am Abend erfahren. Was hältst du davon, wenn ich dich zum Essen einlade, sobald wir

Balu abgegeben haben? In Wenningstedt kenne ich ein tolles Lokal, nicht ganz so gut, wie das von Jonte …«

Leonie kicherte. »Schon klar.«

Er grinste nun auch. »Ich möchte mich gern fürs Mittagessen revanchieren.«

»Ich wette, du kennst alle Restaurants und Bars auf Sylt.«

»Kann schon hinkommen.« Er zuckte mit den Schultern. »Aber viele sind zu im Winter. Also so schlecht ist es nicht, einen Einheimischen an der Seite zu haben.«

»Da ich auch bald eine Einheimische werden möchte, wird es Zeit, dass ich alles kennenlerne, nicht?«

»Ich nehme das als Zusage.«

»Ich freue mich.« Sie sah ihn an, diese großen graugrünen Augen in dem schmalen Gesicht. Er hielt ihren Blick fest. Wie magisch wurde er angezogen und näherte sich ihren Lippen.

In diesem Moment wand sich Balu aus Leonies Armen und lief zur Tür.

Die Stimmung riss ab. Er war sich nicht sicher, ob er es bedauerte oder ob er erleichtert war. Es war definitiv zu früh für sie. Zu viel Ungesagtes schwebte zwischen ihnen, auch er hatte sich bislang nicht öffnen können.

Dennoch spürte er, dass sich der Zauber, der ihn unweigerlich zu Leonie hinzog, verstärkt hatte. Zwar war er noch keineswegs reißfest, aber er würde doch schon einiges aushalten.

Der Engel mit dem roten Rucksack fiel ihm ein. Es war Zeit, mit Leonie darüber zu reden. Und danach könnte sie sich vielleicht auch ihm öffnen. Vertrauen schuf Vertrauen.

Nach seiner Arbeit duschte er rasch und warf sich in dunkle Hose, Pullover und Sakko, ehe er zu Leonie fuhr. Zur Sicherheit hatte er einen Tisch reserviert. Wie viel Zeit war seit dem letzten richtigen Date vergangen? Er konnte sich nicht erinnern, alle Frauen verblassten in seiner Erinnerung. Auch wenn manche ihn anders einschätzten, so war er nie ein Weiberheld gewesen. Nun flatterten in ihm die berühmten Schmetterlinge, die in seinem Magen Salsa tanzten. Er fieberte ihrer Verabredung entgegen wie schon lange nicht mehr.

Erfreut stellte er fest, dass auch sie sich sportlich-elegant gekleidet hatte, mit einem weinroten Hosenanzug und etwas hellerem Long-Shirt, das sich an sie anschmiegte. Sogar ein leichtes unaufdringliches Make-up hatte sie aufgelegt. Das Date schien ihr wichtig genug, um sich in Schale zu werfen.

»Du siehst toll aus.« Er war nicht der Gewandteste im Komplimente machen, dennoch entlockte er ihr ein feines Lächeln.

»Danke, du aber auch. Ich hoffe, ich bin richtig gekleidet. Ich hatte noch nie eine Verabredung mit so einem prominenten Bergsteiger.«

»Prominent?«

»Ich habe deinen Vortrag gehört, schon vergessen? Und ich habe dich heute gegoogelt.« Ein zartes Rot überzog ihre Wangen. Es stand ihr ausgesprochen gut.

Das gab ihm einen Stich. Er hätte eher mit ihr reden sollen. Vermutlich hatte sie bereits gelesen, dass … »Dann weißt du jetzt alles über mich.« Es kam schroff heraus.

»Alles? Nein. Dazu hatte ich keine Zeit. Aber du warst auf der Annapurna, der Berg gilt als noch gefährlicher als der Mount Everest.«

»Die Lawinengefahr ist höher«, stimmte er zu.

»Dir ist es zu verdanken, dass eine Expedition heil heruntergekommen ist.«

Er war überrascht, dass sie das als Erstes gelesen hatte. »Es war Glück, dass wir vor dem Lawinenabgang Schutz gefunden haben. – Wo ist Balu?«

»Hier. Das Spielzeug gebe ich ihm mit.« Balu hatte das Spielzeug seit heute Mittag im Maul. Er hatte es für einen Knochen gehalten, bei genauerem Hinsehen entpuppte es sich als Katze.

»Das fördert aber nicht gerade die Freundschaft zwischen Hund und Katze.«

Sie lachte. »Ich glaube nicht, dass er es so genau angesehen hat. Kauen tut Welpen gut, habe ich gelesen.«

»Dann wollen wir dich mal deinem Frauchen zurückbringen, Kleiner. Und pinkle mir ja nicht in meinen Wagen.«

»Das würde er niemals tun, nicht wahr, Balu?«

»Da wäre ich mir nicht so sicher.«

Sie erreichten die Tierarztpraxis ein paar Minuten vor der vereinbarten Zeit. Eine brünette Frau erwartete sie bereits. »Matties, schön dich einmal wiederzusehen.

Ich war unlängst wieder mal im Kapitän Seppe, lecker wie immer. Jonte ist ein Genie.«

»Er hat's drauf«, stimmte Matties bereitwillig zu. »Leonie, das ist die beste Tierärztin von Sylt, Doktor Susanne Schnabl. Und das ist Leonie Aschauer, sie hat Balu gefunden.«

»Freut mich sehr.« Susanne reichte ihr die Hand. »Ja, das ist eindeutig Balu. Lisa hat sich schon die Augen ausgeweint. Sie macht mit ihrer Mutter in Wenningstedt Urlaub. Sie war lange krank und muss sich noch ein wenig erholen. Setzt euch bitte hin, oder habt ihr es eilig? Ich kann den Hund auch allein übergeben.«

Matties fing Leonies entsetzten Blick auf. »Nein, wir warten. Ich wette, sie sind gleich da. Das Mädchen hat bestimmt Sehnsucht nach ihrem Gefährten.«

»Und Sie machen auch Urlaub hier?« Susanne sah kurz zu Matties, ehe ihr Blick zu Leonie zurückkehrte.

»Ich wohne in Kampen«, sagte Leonie, hörte jedoch nicht auf, den Hund zu streicheln.

»Sie hat das Haus vom alten Jasper gekauft«, erklärte Matties, da Leonie nicht weitersprach. Irgendwie wirkte sie verkrampft.

»Ah, richtig, deine Mutter hat erwähnt, dass es an eine Privatperson verkauft wurde. Ich glaube, das hat er im Testament so verfügt.«

Davon hörte Matties zum ersten Mal. »Stimmt das, Leonie?«

11

Leonie

»Leonie?«

Matties stupste sie an. Sie schreckte hoch. Das weiche Bündel in ihren Armen schmiegte sich an sie und mit einem Schlag wurde ihr bewusst, dass sie den Kleinen nicht hergeben wollte. »Was hast du gefragt?«

»Ob du weißt, dass der alte Blaicken in seinem Testament verfügt hat, dass eine Privatperson das Haus übernehmen soll.«

»Tut mir leid, mein Anwalt hat alles für mich abgewickelt.« Sie runzelte die Stirn. »Tatsächlich hätte ein Immobilienmakler mehr geboten. Ja, richtig, es wurde erwähnt, dass der Verkäufer möchte, dass jemand in das Haus einzieht und nicht nur als Zweitwohnsitz verwendet.«

»Ah, Jasper hat wirklich darunter gelitten, dass viele der großen Villen nur wenige Wochen im Jahr bewohnt werden.« Die Tierärztin nickte. »Ich wusste, dass er so etwas hineingeschrieben hat. Na ja, Papier ist geduldig. Ob sich dann alles so erfüllt, das weiß man nicht. Und mit seinem Sohn hat er sich hoffnungslos zerstritten, deswegen musste er allein leben und schließlich sterben.«

Leonie hatte das Gefühl, dass die Frau sie mit Ablehnung betrachtete. Sie hatte eine Antenne dafür. Möglicherweise war sie durch alles, was ihr seit Franks Tod passiert war, empfindlich geworden. So etwas wollte sie nicht noch einmal durchmachen müssen. Ihr Hals wurde eng. Sie blickte zu Matties, doch der schien Susannes Abneigung nicht zu bemerken. Weshalb mochte die Tierärztin sie nicht? Dabei kannte die Frau sie gar nicht.

»Wie geht's deiner Mutter?«, fragte Susanne schließlich Matties.

»Ganz gut, sie arbeitet viel, du kennst sie ja. Jonte führt das Kapitän Seppe bereits, aber meine Eltern arbeiten nach wie vor mit. Sie werden es ihm irgendwann überschreiben.«

»Jonte braucht eine Frau, die mit anpackt.«

»Ja, die sind nicht gerade häufig.«

»Besser keine als eine, die nur den Luxus abschöpft.« Die Worte kamen geringschätzig heraus und Leonie hatte wiederum das Gefühl, dass Susanne sie damit indirekt ansprach.

Sie reagierte nicht, hatte sie doch gelernt, wie sinnlos es war, gegen Vorurteile anzukämpfen. Das kostete nur ihre eigene Substanz, während die anderen einfach weitermachten. Dennoch überraschte es sie, wie schmerzhaft sie die Ablehnung traf. Gerade an diesem Ort, von dem sie geglaubt hatte, neu anfangen zu können. Leonie bemühte sich, ruhig zu atmen.

Eine Autotür ging, es klingelte und kurz darauf kamen eine Frau in den Dreißigern und ein etwa achtjähriges Mädchen herein. Die Kleine sah sich suchend um und stürzte sofort zu Leonie, als sie entdeckte, wer auf ihrem Schoß saß.

»Balu, Mama, es ist wirklich Balu. Du bist wieder da.« Der Hund stand auf Leonies Schoß auf. Sein wedelnder Schwanz schlug gegen Leonies Bauch. Das Mädchen nahm ihn hoch und drückte ihn an sich. Es blickte selig auf seinen Hund. Leonie spürte einen Kloß im Hals.

»Vielen Dank«, erklang eine Stimme über ihr. Sie stand auf und ergriff die ausgestreckte Hand der dunkelhaarigen Frau. »Sie haben ihn hier in Kampen gefunden? Wie konnte er so weit laufen?«

»Das ist eigenartig«, sagte Susanne. Der Tonfall gefiel Leonie überhaupt nicht. Ihr Hals war wie zugeschnürt, vor allem, als ihr Blick wieder auf das Mädchen fiel, die mit dem Hund überglücklich über den Boden krabbelte.

»Er war am Strand in Kampen. Leonie hat ihn heute Morgen ziemlich verfroren gefunden«, sagte Matties.

»O, dann war er die ganze Nacht draußen.« Die Mutter drehte sich wieder zu Leonie. »Lisa hat eine Chemotherapie hinter sich. Weil sie so tapfer war, hat ihr mein Mann Balu mitgebracht. Es war vielleicht nicht so eine gute Idee, ihn gleich in den Urlaub mitzunehmen, aber nun ja, Lisa braucht die Erholung und sie wollte sich nicht trennen, daher ...«

Leonie nickte nur, immer noch brachte sie keinen Ton heraus. Vor ihren Augen tanzten Schleier. War sie wirklich so tief gesunken, dass sie ein Kind beneidete, das Krebs gehabt hatte? Die Kleine hatte bestimmt zahlreiche schwere Stunden durchgemacht. Und doch führte ihr Lisas überschwängliche Freude vor Augen, was ihr bis jetzt gefehlt hatte. Und die Anklage, die sie in der Mimik der Tierärztin sah sowie aus deren Tonfall heraushörte, erinnerten sie nur zu deutlich an die Häme und den Spott der letzten Monate.

Leonie fühlte sich wie eine Stahlfeder, die sich immer mehr anspannte und zu brechen drohte.

Der Mutter schien nichts aufzufallen, sie plapperte weiter. »Wir waren einkaufen und haben Balu vor dem Geschäft angebunden, als wir wiederkamen, war er weg. Offenbar haben wir die Leine nicht richtig am Halsband befestigt ...«

»Oder jemand hat ihn losgemacht.«

Erneut spürte Leonie den Blick von Susanne auf sich gerichtet. Eine Gänsehaut zog ihren Rücken herauf und sie konnte nicht verhindern, dass ihre Atmung schneller wurde.

»Weshalb hätte jemand«, Matties betonte das Wort extra, »das tun sollen?«

»Weil jemand vielleicht einen Hund haben wollte?« Susanne deutete nun auf Leonie. »Tatsache ist, dass Balu niemals selbstständig hätte nach Kampen laufen können. Meine Güte, er ist ein tapsiger Welpe. Allein schon der Weg vom Lebensmittelladen zum Strand in Wenningstedt wäre für einen so kleinen Hund zu weit gewesen. Und Sie wollen ihn in Kampen, noch dazu auf der anderen Seite gefunden haben?« Die Ärztin war immer lauter geworden und stemmte die Hände in die Hüften. »Nein, nein! Sie müssen ihn im Auto mitgenommen haben, aber schließlich hat ihr schlechtes Gewissen gesiegt ...«

»Susanne, Leonie hat Balu zurückgebracht.« Matties sah mit gerunzelter Stirn zu ihr. »Außerdem war sie am Nachmittag mit mir auf einer Wattwanderung und am Abend in meinem Vortrag in Westerland.«

Leonie war eiskalt, obwohl sie immer noch ihre Jacke trug und es im Raum gut geheizt war. Wie versteinert saß sie da und sah die Personen um sich herum, als ob sie nicht dazugehörte.

»Sie hat offenbar Schuldgefühle bekommen. So war es. Was sagen Sie dazu? Schau sie an, das lebende schlechte Gewissen.«

Leonie ballte ihre Fäuste und löste ihre Finger wieder rasch hintereinander. Doch es war zu spät. Obwohl sie heftiger atmete, glaubte sie, zu ersticken. Keiner ihrer Atemzüge schien ihre Lunge zu erreichen. Sie sprang auf, rannte aus dem Zimmer, stürzte zur Haustür und flüchtete.

Luft, sie brauchte Sauerstoff.

Mitten auf der Straße brach sie zusammen und schluchzte. Es schüttelte sie. Sie zitterte unkontrolliert, der Sauerstoff quetschte sich in sie hinein, doch sie empfand keine Erleichterung. Stakkatoartige Schluchzer entwichen ihr, ohne dass sie etwas dagegen unternehmen konnte.

Wie lange sie so auf dem kalten Asphalt kniete, konnte sie nicht sagen.

»Leonie, um Gottes willen!« Sie wurde hochgezogen. »Ich bringe dich zum Auto.«

Matties.

Sie ließ sich führen. Die Weinkrämpfe durchrüttelten sie weiterhin. Jemand hielt die Autotür auf, Matties hob sie hinein, griff nach dem Gurt und gurtete sie an. Die Stimmen drangen wie durch Watte zu ihr.

»Das wollte ich nicht.«

»Wie konntest du sie so angreifen und verdächtigen.« Matties klang scharf wie ein Messer.

»Es tut mir leid, aber ...«

»Kein aber. Wie auch immer der Hund nach Kampen gekommen sein mag, Leonie hat keine Schuld.«

Er stieg ein und der Wagen fuhr an.

Leonie konnte nicht aufhören zu weinen.

»Ich fahre dich nach Hause«, hörte sie Matties reden. »Halt ein wenig aus.« Er sagte mehr, seine Worte glitten an ihr vorbei, sie verstand nichts.

Als sie vor ihrem Haus hielten, schluchzte sie immer noch unkontrolliert. Ihre Wangen brannten heiß, ihr Kopf dröhnte. Matties holte den Schlüssel aus ihrer Tasche und führte sie hinein.

Es war ihr alles egal. Sie konnte nicht mehr, wollte nicht mehr.

Matties war es, der ihr die Stiefel und die Jacke auszog. »Ich lasse dir ein Bad ein«, sagte er leise, während er sie auf die Couch im Wohnzimmer drückte.

»Geh nach Hause«, brachte sie unter Schluchzen heraus.

Er verschwand. Hoffentlich ging er. Sie brauchte keinen Zeugen für ihren Zusammenbruch. Kurz darauf rollte sie sich auf der Couch wie ein Embryo zusammen.

Langsam verebbten die Weinkrämpfe. Jeder Muskel in ihrem Körper tat ihr weh, vor allem im Gesicht. Und ihr Kopf pochte unangenehm.

Matties war plötzlich wieder da. Sie presste ihre Hände an die Stirn.

»Kopfschmerzen?«, fragte er. »Wo hast du Tabletten? Sag nichts, ich finde sie schon.«

Wieder ein wenig später reichte er ihr ein Wasserglas und eine Tablette. Sie nahm beides an und trank das Glas leer.

»Ich habe dir ein Bad gerichtet.«

»Ist nicht nötig.« Sie konnte keinen Schritt gehen.

Doch Matties hob sie hoch und trug sie hinüber. Es duftete nach Blüten. Er hatte offenbar ihr Badeöl verwendet. Vielleicht wäre ein Bad wirklich nicht so schlecht?

Sie war so entsetzlich schlapp und müde. Und aussehen musste sie. Verheult mit verschmiertem Make-up und verstrubbeltem Haar. Mit steifen Fingern versuchte sie ihre Hose abzustreifen, doch es gelang ihr nicht. Immer wieder rutschten sie ab.

Matties öffnete schließlich ihre Hose – sie war so lethargisch, dass es ihr egal war. Wie ein kleines Kind ließ sie sich ausziehen, half ein wenig mit. Erst bei ihrem BH und dem Slip stockte sie.

»Lass es an«, sagte er leise und dann stützte er sie beim Hineinsteigen.

Aufatmend ließ sie sich sinken. Das Wasser war angenehm heiß und sie spürte, wie sich ihre Muskeln entspannten.

So einen Anfall hatte sie schon lange nicht mehr gehabt. Nicht seit dem Zeugnistag im Juli. Sie schloss die Augen.

»Halt, nicht einschlafen! Kannst du aufstehen?«

Wie lange war sie schon in der Wanne? Das Wasser fühlte sich kühl an, sie musste eingenickt sein.

Mit der rechten Hand stützte sie sich ab und erhob sich. Matties hüllte sie in das Handtuch. Er hob sie aus der Wanne, als wäre sie leicht wie eine Feder. »Ich bringe dich ins Schlafzimmer und du ziehst dir was Bequemes an. Die nasse Unterwäsche musst du ausziehen. Schaffst du das?«

»Ja, Papa«, flüsterte sie und er lachte hinter ihr.

»Schön, dass es dir besser geht und du wieder scherzen kannst.« Er setzte sie auf ihrem Bett ab. »Ich lass dich kurz allein. Ruf mich, wenn du fertig bist.«

»Matties, ich kann selbst gehen.« Sie war furchtbar verlegen, weil Matties sie so bemuttern musste. »Es ist mir so peinlich ...«

O Gott, hatte sie das wirklich gesagt?

Plötzlich umfingen sie seine warmen Arme. »Es muss dir nicht peinlich sein. Ich habe schon viel stärkere Personen als dich zusammenbrechen sehen. Auf dem Berg weit oben, fern von jeder Zivilisation, da gibt es nur Ehrlichkeit. Ich weiß nicht, was dir zugestoßen ist und wenn du nicht darüber sprechen willst, dann ist es okay. Aber du solltest wissen, dass ich ein guter Zuhörer bin und manchmal erleichtert ...«

Ohne nachzudenken, schlang sie ihre Arme um seinen Hals, zog sich zu ihm und – küsste ihn.

Pure Erleichterung überfiel sie, als er den Kuss erwiderte. Ihr wurde glühend heiß, sein Geschmack auf ihrer Zunge explodierte förmlich. Ihr Spiel begann wild und wurde sanfter. Vibrationen verteilten sich von ihren empfindlichen Nerven auf den Lippen über den gesamten Körper. Er presste sie immer mehr an sich. Seine Hände verströmten Hitze auf ihrem Rücken, getrennt nur durch das Badetuch.

12

Leonie

Es war einfach nur gut!

Und sie hatte es so lange vermisst. Leonie kroch förmlich in Matties hinein. Sie hatte nicht gewusst, dass ein Kuss so erotisch sein konnte.

Frank war ein aufmerksamer und erfahrener Liebhaber gewesen, aber geküsst hatte er selten.

Der Gedanke an Frank wirkte wie Eiswasser. Sie löste sich und konnte den Mann vor sich nur anstarren. Was um Himmels willen war in sie gefahren? Erst hatte sie einen Nervenzusammenbruch und heulte sich aus, ließ sich von Matties ausziehen und ins Bad legen und nun überfiel sie ihn auch noch?

»Tut mir leid«, würgte sie heraus.

»Mir nicht.« Matties strich ihr mit einer sanften Geste eine Haarsträhne aus der Stirn. »Das war der beste Kuss meines Lebens.«

Meinte er das ernst? Bestimmt hatte er schon viele geküsst – und mehr getan.

Er stand auf. »Zieh dir was an, sonst verkühlst du dich noch. Die Spitzen deines Haars sind nass geworden.« Er sah zu ihren Schränken. »Soll ich dir was bringen?«

»Danke, das schaffe ich.«

Als er die Tür hinter sich geschlossen hatte, erhob sie sich. Ihre Beine waren butterweich und sie stützte sich erst am Bettgestell, dann an der Wand ab, während sie sich Kleidung herausholte.

Unterwäsche und ein Jogginganzug. Das Anziehen ging nicht so rasch wie sonst. Leonie hatte keine Ahnung, weshalb sie so eine schlimme Attacke bekommen hatte. Die Kombination aus dem kleinen Mädchen, dem Hund und den abwertenden Bemerkungen der Tierärztin? Aus welchem Grund hatte sie sie verdächtigt, den Hund geklaut zu haben? Sie kannte Leonie doch gar nicht! Was hatte sie der Frau getan, um diesen ungerechten Angriff zu rechtfertigen?

Sollte sie es nach den Erlebnissen des letzten Jahres nicht besser wissen?

Loyalität gab es nicht. Schlug einer die Taste eines Instruments an, sangen bald alle mit, ohne sich genauer über den Text zu informieren.

Würde es ihr hier nicht anders gehen als in ihrem Heimatort?

Wie viel sollte sie Matties erzählen? Nach all dem hatte er eine Erklärung verdient, aber sie war noch nicht bereit dazu. Die Verachtung in seinen Augen wollte sie nicht sehen.

Im Badezimmer föhnte sie sich die Haare, danach fühlte sie sich wieder einigermaßen hergestellt.

Matties winkte ihr aus der Küche, als sie ins Wohnzimmer kam. »Ich habe die Suppe von heute Mittag warm gemacht, leider kann ich nicht kochen, sonst hätte ich …«

»Ich habe keinen Hunger, danke.« Sie ging zur Couch, setzte sich darauf. Matties brachte ihr dennoch einen Teller Kartoffelsuppe.

»Iss ein paar Löffel, du hast viel Energie verbraucht.«

Sie wollte nicht undankbar erscheinen, deshalb griff sie nach dem Löffel und begann zu essen. Überraschend genoss sie das Gefühl, etwas Heißes zu schlucken, und die Schale war rasch leer.

Matties strahlte sie an, als hätte sie eine Weltklasse-Leistung vollbracht. »Gut. Möchtest du Tee? Den habe ich auch gekocht, das kann ich geradeso noch.«

»Gern. Wovon lebst du, wenn du nicht kochen kannst?«

Er war bereits in der Küche, redete jedoch weiter. »Fischbrötchen. Und dann habe ich ja einen Bruder, der es perfekt kann. Mit dem wollte ich von Anfang an nicht konkurrieren. – Zucker?«

»Ein Stück.«

Kurze Zeit später kam er mit zwei dampfenden Bechern zurück, reichte ihr einen und setzte sich neben sie.

»Was hast du auf dem Mount Everest gegessen?«

»In den unteren Camps wurde gekocht und weiter oben gab's Proteinriegel und Tee.«

Das Schweigen zwischen ihnen empfand sie als wohltuend. Dass Matties sie nicht bedrängte, rechnete sie ihm hoch an. Zudem waren ihre Kopfschmerzen verschwunden.

»Susanne hat sich gemeldet. Sie entschuldigt sich bei dir«, sagte er leise. Sie sah ihn nicht an, blies in ihren Tee. Ob die Tierärztin das ernst meinte, oder aber es Matties zuliebe getan hatte? Wie hatte sie ihr unterstellen können, einen Hund zu klauen? Schließlich könnte sie es sich leisten, sogar einen der teuersten Zuchthunde zu kaufen!

»Ich muss dir dazu was erklären. Susanne ist geschieden, sie war mit einem reichen Schönheitschirurgen verheiratet, der ihr bei der Scheidung übel mitgespielt hat. Durch ausgekochte Züge hat er es geschafft, dass sie kaum etwas erhalten hat. Außerdem hat er sich auch das Sorgerecht für den gemeinsamen Sohn erstritten. Daher ist sie voreingenommen gegenüber allen Reichen. Balu muss wirklich in Wenningstedt vor dem Geschäft entführt worden sein und aus irgendeinem Grund in Kampen wieder freigelassen. Für Susanne in ihrer Voreiligkeit passte das zusammen.«

Leonie nickte. Verständnis konnte sie jedoch keins aufbringen. Eine ungerechte Behandlung rechtfertigte nicht, selbst unfair zu handeln. Susanne hätte sie niemals verdächtigen dürfen! Doch sie sprach es nicht laut aus, womöglich hielte Matties sie für kleinlich.

»Wer tut so was?«, fragte sie stattdessen.

»Darüber kann man viel spekulieren. Jemand hat ihn bewusst geklaut und bekam dann Angst oder wollte sich einen Spaß erlauben ...«

»Für einen Spaß ging das aber zu weit.«

»Wir werden es vermutlich nicht herausfinden.« Matties zuckte mit den Schultern, lehnte sich zurück und trank von seinem Tee. »Geht es dir besser?«

Sie nickte. Die Stille war angenehm zwischen ihnen. Leonie spürte, dass Matties nichts erzwingen wollte.

»Es war nicht meine erste Panikattacke«, sagte sie leise und sah Matties ins Gesicht. Doch keine Abscheu war zu erkennen, nur Anteilnahme. Er griff nach ihrer Hand und drückte sie kurz. »Mein Angebot steht, ich bin ein guter Zuhörer. Aber ich möchte dich nicht bedrängen.«

Auf einmal hatte sie das Bedürfnis zu reden. Mit niemandem hatte sie sprechen können. Ihre Tante Nora und ihre Cousine Laurella kannten zwar Teile, aber bei Weitem nicht alles. Auch Doktor Huber hatte sie sich nur teilweise anvertrauen können.

»Ich habe Frank, meinen Mann, auf meinem Maturaball kennengelernt.« Hatte sie einmal begonnen, flossen nun die Worte wie von allein aus ihrem Mund. »Ich war achtzehn, er fünfzig.« Sie warf einen schrägen Blick auf Matties, doch seine Miene verriet nichts über seine Gedanken. »Er wirkte wesentlich jünger, gut aussehend und so anders als mein Ex-Freund. Stefan und ich waren nur ein paar Monate in der siebten – also in Deutschland elften – Klasse zusammen. Er hing lieber mit seiner Clique herum. Er war zwar stolz darauf, mich überall als seine Freundin ausgeben zu können, aber im Grunde hatten wir komplett andere Interessen. Und er war so unreif, wenn ich an seine Sprüche denke – auf jeden Fall war die Liebe auf beiden Seiten nicht groß.« Sie nippte an ihrem Tee.

Matties stellte seine Tasse auf der Ablage hinter der Couch ab und drehte sich zu ihr. Er wirkte interessiert und aufmerksam.

»Frank ist auf diesen Ball gegangen, weil seine Nichte mit mir in derselben Klasse war. Martina und ich sind allerdings nie Freundinnen gewesen. Sie hat immer auf mich herabgesehen. Alle im Ort wussten, dass meine Mutter Alkoholikerin gewesen war und mein Vater bei der Müllabfuhr gearbeitet hat. Ich hatte meist Nebenjobs, damit ich zur Schule gehen konnte, in der Eisdiele im Sommer, als Putzkraft oder Babysitterin. Oma hatte nach dem frühen Tod von Opa nur eine kleine Witwenrente, selbst mit Kindergeld und Waisenrente war es immer knapp.«

»Du warst tüchtig.« Anerkennung lag in seiner Stimme und das motivierte sie, rasch weiterzureden. »Danke. Leider sahen das die anderen nicht so, weil ich nie an Klassenpartys, Shoppingtouren und Kaffeehausbesuchen teilgenommen habe. Es hat mir einfach die Zeit gefehlt und gute Leistungen in der Schule sind mir wichtig gewesen. Meine Oma ist leider zu Weihnachten gestorben, daher bin ich ohne große Lust auf den Ball gegangen. Mein Vater hat versprochen aus Wien zu kommen, hat es dann nicht getan, weil Simone, seine zweite Frau angeblich krank geworden ist. Ich erinnere mich, wie einsam ich mich gefühlt habe. Alle anderen saßen bei ihren Familien am Tisch, nur ich wusste nicht wohin.«

»Deine Tante war nicht da?«

»Nein. Sie und Laurella haben damals nicht in St. Florian gewohnt. Sie ist erst drei Jahre vor Franks Tod nach ihrer Scheidung wieder zurückgezogen.« Leonie sah sich selbst mit achtzehn am Rand stehen und diesen schlanken Mann auf sich zukommen. »Frank hat mich zum Tanzen aufgefordert und als er erfahren hat, dass ich ganz allein war, ist er den gesamten Abend nicht von meiner Seite gewichen. Sehr zum Ärger von Martina. Er hat mich behandelt wie etwas Kostbares, hat mir Komplimente gemacht und mich gelobt, als ich ihm von meinen Jobs erzählt habe. Und er hat Martina als verwöhnte Nudel bezeichnet. Kurz, er hat genau das gesagt, was ich hören wollte.«

»Ich kann mir vorstellen, wie so ein Mann auf dich gewirkt haben muss – er hat dich mit Aufmerksamkeit überschüttet und du warst ausgehungert, nachdem auch noch deine letzte Bezugsperson gestorben war.«

Er verstand sie, der Raum wirkte auf einmal heller. Sie konnte weitersprechen.

»Ich habe ihn auch für jünger gehalten, so Ende dreißig. Nach diesem Ball kamen am nächsten Tag Blumen bei mir an, ein bunter Strauß mit einer Karte, dass er sich für den zauberhaften Abend bedankt und hofft, mich zum Essen einladen zu dürfen.«

»Ganz alte Schule.« Matties lächelte.

»Ja. Frank hat mir eine Welt gezeigt, die ich so nicht kannte. Er hat mich ausgeführt, mir niemals das Gefühl gegeben, dass er sich überlegen fühlt. Die Gespräche waren immer auf Augenhöhe. Er hat auf meine Bedürfnisse Rücksicht genommen, an seiner Seite habe ich mich wie eine Königin gefühlt. Im Herbst ging ich nach Graz, besuchte die Pädagogische Hochschule, denn ich wollte Lehrerin werden. Zuerst wohnte ich in einem Studentenheim und hatte einen Job als Servierkraft in einer Kneipe, mein Vater zahlte mir die Kosten des Heims. Mehr hat er sich nicht leisten können, obwohl er in Wien besser verdiente. Aber Frank hat mich unterstützt. Völlig überraschend hat er mir einen Heiratsantrag gemacht und wir haben bereits im Winter kurz nach Weihnachten geheiratet. Da kannten wir uns gerade mal elf Monate.«

»Da warst du erst neunzehn?«

»Ja.«

»War dein Vater einverstanden?«

»Ja und nein. Er war froh, nichts mehr für mich zahlen zu müssen, aber es war ihm peinlich, dass Frank älter war als er selbst. Mein Vater war erst einundzwanzig, als ich auf die Welt gekommen bin, also war er zwölf Jahre jünger als Frank.« Sie hob den Kopf, um Matties' Reaktion abzuschätzen, doch wiederum überraschte er sie.

»Das ist ein Problem deines Vaters, nicht deins. Um ehrlich zu sein, hätte wohl jeder Vater ein mulmiges Gefühl, seine Tochter einem um so viele Jahre älteren Mann zu geben. Aber du mochtest Frank gern?«

»Ich war verliebt bis über beide Ohren.« Sie erinnerte sich gut an dieses berauschende Gefühl. »Es war, als könnte ich Bäume ausreißen. So ein erfolgreicher, charismatischer Mann wollte mich, das kleine Mädchen, unscheinbar ...«

»Das bestimmt nicht.« Matties hob die Hand. »Du bist bildschön.«

Ihre Wangen wurden heiß. »Schönheit ist kein Verdienst. Und manchmal sogar eine Last.« Den zweiten Satz sagte sie fast tonlos, doch er hatte ihn dennoch gehört.

»Das glaube ich dir.«

Überrascht hob sie den Kopf. »Wirklich?«

»Ja. Man wird zu oft in eine Schublade geworfen und Menschen sind neidisch, wenn sie Schönes sehen. Wobei Schönheit im Auge des Betrachters liegt, heißt es. Liebt man einen Menschen oder mag ihn, dann findet man ihn immer schön.«

Sie nickte und kurz war es still im Raum.

»Warst du glücklich bei der Hochzeit? Und danach?«

»Ja. Wir waren neun Jahre verheiratet und mir hat nichts gefehlt.« Das konnte sie zugeben. »Er war ein liebevoller Ehemann. Ich zog aus dem Studentenheim aus und in seine Villa ein. Sein Chauffeur brachte mich jeden Tag zur Hochschule und wieder retour. Frank hat mich bei meinem Wunsch, Lehrerin zu werden, unterstützt. Tagsüber habe ich gelernt, am Abend waren wir ein Ehepaar. Am liebsten war ich mit ihm zu Hause, aber wir mussten uns öfter auf Veranstaltungen sehen lassen. Seine Freunde und Geschäftspartner waren alle in seinem Alter, es war für mich oft schwierig, mit ihnen eine Unterhaltung zu führen. Manchmal waren ihre Kinder dabei, aber so richtig Anschluss habe ich nicht gefunden, sie waren bereits eine Insider-Clique von klein auf und ich bin ja erst nachträglich in diese Kreise gekommen.«

»Danach hast du als Lehrerin gearbeitet?«

»Ja. Ich bekam einen Job an der Grundschule St. Florian und alles war in Ordnung. Mit den Kindern zu arbeiten war für mich ein Traum und auch die Eltern und Kolleginnen schienen mich zu mögen.«

»Schienen?«

»Nachträglich gesehen war es wohl nicht so.« Sie wischte mit der Hand durch die Luft. »Ich wünschte mir Kinder, doch Frank meinte, dass wir warten sollten. Ich sei ja noch so jung, war sein Spruch. Und wir könnten dann nicht mehr spontan verreisen. Richtig Urlaub haben wir selten gemacht, aber Frank musste oft auf Geschäftsreise, dann flogen wir mal rasch nach London, Madrid oder New York. Die meiste Zeit haben wir in den Hotels verbracht oder ich war allein unterwegs. Denn Frank hatte entweder geschäftliche Verhandlungen oder er hat vor Erschöpfung geschlafen. Heute weiß ich, dass er sich viel zu viel zugemutet hat.« Sie seufzte und trank einen Schluck Tee. »Meist habe ich mich allein einer geführten Tour angeschlossen, obwohl Frank es nicht gern gesehen hat, denn er war eifersüchtig. Aber er hat mir immer versprochen, dass er bald kürzertreten würde und wir dann mehr Zeit hätten. ›Die goldenen Jahre‹ hat er unsere Zukunft genannt. Nur, dass die eben leider ausgeblieben sind.« Sie stellte ihre Tasse ab und griff nach einem Kissen, das sie sich an den Bauch drückte. Es gab ihr ein wenig Sicherheit. »Und dann ist er gestorben, einfach so. Er hatte erhöhten Bluthochdruck und Herzprobleme. Mir hat er es nie gesagt, seine Tabletten hat er heimlich geschluckt.«

»Was war danach?«

Sie zögerte. Tief in sich spürte sie, dass sie sich endlich einmal völlig öffnen sollte. Doch heute war noch nicht der richtige Tag.

»Danach habe ich feststellen müssen, dass ich keine Freunde hatte. Dass sämtliche Zuneigung, die mir entgegengebracht worden ist, solange ich Frank an meiner Seite hatte, ein Fake war. ›Cinderella-Witwe‹ haben sie mich genannt, sogar meine angeblich beste Freundin hat mich verspottet. Das käme davon, wenn man sich an einen Greis bindet. Frank hatte eine Woche vor seinem Tod seinen 60er gefeiert.« Leonie drückte das Kissen fest an sich. »Ich wurde von allem ausgeschlossen, das habe ich dann bei seiner Beerdigung gespürt. Sie haben mir demonstrativ den Rücken zugewandt und kaum jemand hat beim Leichenschmaus mit mir gesprochen. Wären meine Tante und meine Cousine nicht dabei gewesen, wäre ich zusammengebrochen.«

Vor allem die Anwesenheit einer bestimmten Frau hatte ihr zu schaffen gemacht.

Und dann natürlich Katharina, die Schwester von Frank, die sich um ihr Erbe betrogen sah.

Doch darüber konnte sie noch nicht reden.

Die zahlreichen Gemeinheiten drangen mit aller Macht in ihr Bewusstsein. Erneut rannen Tränen über ihre Wangen.

Auf einmal fand sie sich in einer wärmenden Umarmung wieder.

Sie genoss die Ruhe und das Bild jener Frau wurde langsam blasser.

13

Matties

Erleichtert registrierte Matties, dass Leonie in seinen Armen ruhiger wurde. Wie konnte eine Gesellschaft so grausam sein?

Ganz sicher hatte sie sich nicht alles von der Seele geredet. Da war bestimmt noch etwas, das sie verschwieg. Aber er wollte sie nicht drängen, Vertrauen brauchte seine Zeit. Irgendwann würde sie sich ihm komplett öffnen können.

Irgendwann?

Die Frau saß ihm schon tiefer im Fleisch als gedacht. Konnte es eine Zukunft zu zweit geben? So weit wagte er nicht zu denken, zu viel stand zwischen ihnen. Zu viel Ungesagtes, zu viele Verschiedenheiten – sie stammte aus Österreich, er war ein Nordlicht. Aber spielte das wirklich eine Rolle?

Sie könnten einander einiges erzählen, ihre Abenteuer teilen und gemeinsam neue erleben.

All das durfte er noch nicht aussprechen, es war zu früh und es würde der traumatisierten Frau in seinen Armen Angst machen. Sie schmiegte sich an ihn, lag direkt an seinem Körper, so als hätte sie schon immer dahin gehört.

»Leonie, ist es okay, wenn ich heute Nacht bei dir bleibe?«, fragte er sanft. »Ich richte mir ein Bett auf der Couch ein und komme dir auch sonst nicht zu nahe. Aber ich will dich nicht allein lassen.«

Er hielt den Atem an, während er auf ihre Antwort wartete.

Es kam keine.

Vorsichtig senkte er den Blick. Sie war tatsächlich eingeschlafen. Der Zusammenbruch, das heiße Bad und jetzt ihre Erzählung, mit der sie sich zumindest teilweise erleichtert hatte – das hatte sie völlig ausgelaugt.

Kurz drückte er sie an sich, dann ließ er sie behutsam zurückgleiten. Ihre Atemzüge waren tief und gleichmäßig.

Rasch ging er ins Schlafzimmer, schlug ihr Bett auf, kam zurück und trug sie hinüber, legte sie ab und deckte sie zu. Minutenlang blieb er stehen und sah auf sie hinab. Sollte er wieder hinübergehen? Die Frage, ob er hierbleiben sollte, hatte sich erübrigt. Er würde sie auf keinen Fall allein lassen. Die Couch erschien ihm bereits zu weit weg.

Kurzentschlossen zog er sich bis auf T-Shirt und Unterhose aus, schlüpfte neben sie und legte den Arm über sie. Im Schlaf seufzte sie leise und drückte sich an ihn.

Gut, so sollte es sein.

Bald glitt auch er in den Schlaf.

Tim kam ihm entgegen. Sie mussten warten, der Hillary Step war wie ein Nadelöhr. Unter den Aufsteigenden waren Tim, Lambda und Jacques. Jacques' Bewegungen waren schwerfällig. In dieser Höhe kamen alle nur im Schneckentempo voran, jeder Schritt kostete unendlich viel Kraft. Doch Jacques schien dem Zusammenbruch nahe. Unter der Sauerstoffmaske pfiffen Jacques' Atemzüge deutlich gequält. »Kehrt mit uns um«, bedeutete er ihnen. Tim schüttelte den Kopf. Hilflos sah Matties zu, wie sie weitergingen.

Er musste seine Gruppe hinunterbringen, der Weg war frei. Für kurze Zeit. »Geht nicht weiter«, brüllte er.

Sie beachteten ihn nicht, verdammt ... das taten sie nie.

»Matties?« Jemand rüttelte ihn an seiner Schulter. Er fuhr hoch und sah in Leonies Augen. Sie hatte die kleine Nachttischlampe angeknipst, draußen war es noch dunkel. Das Meer rauschte und der Wind pfiff um das Reetdach. Es stürmte.

»Du hast geträumt!« Ihre Stimme war sanft.

»Zum Teufel«, murmelte er. Sein Mund war trocken und sein T-Shirt klebte am Körper. Den Traum hatte er schon längere Zeit nicht mehr gehabt. Verlegen blickte er zu Leonie. Bestimmt wunderte sie sich, dass er in ihrem Bett lag. »Gestern wollte ich dich nicht allein lassen. Ich hoffe, du bist nicht böse ...«

»Es war das Netteste, das je jemand für mich getan hat.« Sie beugte sich zu ihm und gab ihm einen flüchtigen Kuss auf die Wange.

Erinnerungen an einen Kuss, der nicht ganz so unschuldig gewesen war, überfielen ihn. Er musste rasch heraus aus dem Bett, bevor er auf dumme Gedanken kam. »Darf ich deine Dusche benutzen?«

»Sehr gern.« Sie stand auf. »Ich mache Frühstück, wann musst du zur Arbeit?«

»Wenn es so stürmt, bleibt der Laden geschlossen. Es wäre unverantwortlich, bei diesem Wetter Räder zu verleihen.« Zum Glück, denn er hatte das Bedürfnis, bei Leonie zu bleiben.

Nach der Dusche fühlte er sich wohler. Sein verschwitztes T-Shirt wollte er nicht mehr anziehen, schlüpfte direkt in seinen Pullover und die Hosen von gestern. Ein verheißungsvoller Duft lockte ihn in die Küche. »Pfannkuchen!«, rief er erfreut aus.

»Ich hoffe, du magst es. Ich habe nämlich kein Brot im Haus. Und Balu mochte meinen Porridge, daher habe ich die Haferflocken für ihn leer gemacht. Leider habe ich total vergessen, frische zu kaufen.«

»Dafür hast du noch Hundefutter hier.« Er deutete lachend auf das aufgerissene Paket.

»Stimmt. Was mache ich nun damit?«

»Du könntest es Susanne geben, sie kennt viele Hundebesitzer.«

Ihre Stirn runzelte sich und sie schwieg. Innerlich schalt er sich einen Trottel. Susanne war bestimmt die Letzte, der sie etwas bringen wollte.

Rasch setzte er sich hin und nahm einen der Pfannkuchen. »Ich glaube, die habe ich schon ewig nicht mehr gegessen.«

»Welche Marmelade magst du? Ich habe Erdbeere und Waldbeeren hier.«

»Am liebsten nur mit Zucker. Oder Zimt, falls du Zimt hast.«

»Alles da. Kaffee?«

»Gern.« Er lehnte sich zurück. »Ich fühle mich wie in einem Sternehotel.«

»Sterneküche bist du von deinem Bruder doch gewöhnt.«

»Fast. Jonte hat einen guten Ruf, aber um einen Stern hat er sich noch nie bemüht, er steht nicht auf so was.« Er aß mit gutem Appetit und bemerkte, dass auch sie ordentlich zugriff.

»Das mit gestern tut mir leid.« Sie hielt inne und sah auf die Gabel, die auf halbem Weg zum Mund gestoppt hatte. »Dass ich so ausgeflippt bin und dich vollgelabert habe.«

Er griff nach ihrer Hand und legte seine Finger auf ihre. »Das war schön, ich freue mich, dass du mir vertraut hast. Und ich hoffe, dass du mir bald auch den Rest anvertrauen kannst.«

Sie steckte rasch den Bissen in den Mund, schwieg jedoch. Er hatte recht. Da war einiges mehr, das sie belastete. »Noch eine Tasse Kaffee?«

»Gern.«

Sie nahm seine Tasse, stand auf und stellte sie unter die Kaffeemaschine. Sekundenlang war nur das scharrende Geräusch des Mahlwerks zu hören, dann das Tropfen des einlaufenden Kaffees. »Dein Traum«, sagte sie so leise, dass er sie beim Lärm der Kaffeemaschine kaum hörte, »hat es mit deinem schlimmen Erlebnis auf dem Berg zu tun?«

»Ja.«

»Dein Vortrag klang so begeistert«, fuhr sie fort. »Die Bilder waren beeindruckend. Es muss etwas Gravierendes sein, dass dir die Liebe zum Berg vergällt hat.« Sie stellte die gefüllte Kaffeetasse vor ihn hin. Er blickte in das schwarze Getränk und griff nach dem Löffel, um sich Zucker hineinzugeben.

»Meine Faszination für die Berge wird bleiben. Und irgendwann werde ich bestimmt wieder eine Tour machen. Das habe ich meinem Freund Sven versprochen, der in Norwegen lebt. Aber,« er rührte heftig in der Tasse, »keine gefährlichen Trips. Ich muss mir nichts mehr beweisen.«

»Früher schon?«

»Nicht bewusst. Zumindest habe ich niemals eine Challenge oder so angenommen.« Es war Zeit, ihr sein schlimmstes Erlebnis anzuvertrauen. Rasch trank er einen Schluck, um seine Worte in die richtige Reihenfolge zu bringen. »Ich habe dir von Adventure's Kick erzählt. Mein Partner Christoph und ich haben Trekkingtouren angeboten und organisiert. Zuerst ging es hauptsächlich in den Himalaya, aber zunehmend haben wir auch andere Touren, beispielsweise nach Südamerika oder in die Alpen veranstaltet. Das Programm wurde ständig den Wünschen und Bedürfnissen unserer Kunden angepasst. Daher waren wir erfolgreich und unsere Agentur lief ausgesprochen gewinnbringend. Zahlreiche Bergführer waren bei uns angestellt. Darunter war auch Tim. Er war jung, dynamisch und ehrgeizig bis zur Besessenheit.«

»War?« Mitgefühl klang in ihrer Stimme. »Ist das der Freund, den du auf dem Berg verloren hast?«

»So steht es im Internet und so haben es die Medien verbreitet. Tatsächlich waren wir nie Freunde, er hat mich nicht mal als Kollegen, sondern als Konkurrenz betrachtet.« Er fuhr sich durch die Haare, eine Strähne hing ihm ins Gesicht. »Wir hatten eine Tour zum Mount Everest, meine sechste Tour. Von den vorangegangenen fünf hatte ich dreimal den Gipfel erreicht. Es ist nur ein kleines Zeitfenster von wenigen Wochen, die sich dazu eignen. Wenn nur eine Kleinigkeit nicht passt, hauptsächlich das Wetter oder wenn du krank wirst, dann war's das. Tim war das erste Mal dabei. Unsere Gruppe bestand aus elf Leuten, vier Kunden, fünf Sherpas und wir zwei Bergführer. Drei unserer Kunden waren gut vorbereitet, hatten bereits zahlreiche Touren hinter sich. Das waren das Ehepaar Julia und Bernd sowie Giuseppe, ein Italiener. Doch der Vierte, Jacques, war ein zwanzigjähriger französischer Student aus reichem Haus, bei dem ich meine Zweifel hatte. Alle Teilnehmenden erhalten von uns immer ein Trainingsprogramm, das sie absolvieren sollten. Darunter sind lange Wanderungen, joggen und Ausdauertraining. Bei Jacques war ich von Anfang an überzeugt, dass er nichts dergleichen durchgezogen hatte.«

»Wird das geprüft?«

»Nein. Wir haben für unsere Touren immer verantwortungsbewusste und vor allem erwachsene Leute ausgesucht. Unser Mindestalter ist zwanzig, weil viele Teenager unberechenbar und labil sind, eben noch halbe Kinder. Jacques war zwar zwanzig, hatte allerdings die Reife eines Sechzehnjährigen. Nein, das ist falsch ausgedrückt, die meisten Sechzehnjährigen sind vernünftiger, als er es gewesen ist.«

»Wie wirkte sich das aus?«

»Wie du beim Vortrag gehört hast, beginnt es nach der Landung in Kathmandu mit einer mehrtägigen Wanderung ins Base Camp. Das ist sozusagen eine leichte Vorübung für geübte Bergsteiger. Jacques war jeden Abend komplett erschöpft. Er hatte Kopfschmerzen, ein Zeichen, dass er die Höhe nicht vertrug. Wir verloren einen zusätzlichen Tag, damit er sich akklimatisieren konnte. Tim hat sich mit ihm angefreundet, vermutlich weil sie altersmäßig nur ein paar Jahre auseinanderlagen. Auf jeden Fall hat Tim ihm hirnrissigerweise versprochen, dass er ihn auf den Gipfel bringen würde, koste es, was es wolle. Niemand kann und darf so eine Zusicherung abgeben! Es hat beide alles gekostet.« Er schluckte, denn er sah die beiden Querköpfe direkt vor sich. Tim mit seinem wirren strohblonden Haar, den blitzend wasserblauen Augen – beides kam durch die tiefgebräunte Gesichtshaut noch deutlicher zur Wirkung – und den leicht schräg stehenden Zähnen, die ihm ein freches Aussehen gegeben hatten. Jacques hingegen war dunkelhaarig, blass und hatte dunkelbraune Augen. Während Tim einen durchtrainierten sehnigen Körper aufwies, war Jacques leicht untersetzt und hatte ein rundlich schwammiges Gesicht.

»Es ist nicht deine Schuld, wenn ...«

»Ich war der Expeditionsleiter, natürlich war ich verantwortlich, für alles. Wenn ich die Autoritätskarte ausgespielt hätte, dann ...« Es brachte nichts mehr. Bis heute war er sich nicht sicher, ob er einen Fehler gemacht hatte oder nicht.

Christoph hatte ihm mehrfach versichert, dass er nicht anders hätte handeln können.

»Im Basecamp verbringen alle mindestens zwei bis vier Wochen. Akklimatisieren ist wichtig und täglich stehen Wanderungen auf dem Plan, in die Höhe und wieder zurück. Auch wir haben es damals so gehalten. Zwischenzeitlich war genug Zeit zum Ausruhen, doch Jacques kam jeden Tag an seine Grenzen. Ich habe mir zunehmend Sorgen gemacht, ob wir es mit ihm wagen sollen. Mit Tim konnte ich kein vernünftiges Gespräch führen, er war der Auffassung, dass Jacques – oder vielmehr sein Vater – bezahlt hätte und wir dazu verpflichtet seien, ihn zum Gipfel zu bringen. Ich habe mit Christoph telefoniert, der jedoch von Innsbruck aus die Situation nicht einschätzen konnte.« Er lehnte sich zurück, sah aus dem Fenster auf das aufgewühlte Meer, doch vor seinen Augen entstanden andere Bilder. »Ich will es kurz machen, der Aufstieg über die Camps eins bis vier glückte überraschend gut, natürlich mit Stopps, aber Jacques schleppte sich tatsächlich hoch. Jetzt weiß ich, dass er Drogen genommen hat, Crystal Meth, und dass Tim das gewusst haben muss. Wir haben ein Säckchen davon im Camp 4 bei den zurückgelassenen Sachen von Jacques gefunden.«

»Woher hatte er es?«

»Bereits von zu Hause mitgenommen. Er lebte in Cannes, vielleicht ist er dort an das Zeug gekommen. Es kam der Tag der Gipfelbesteigung. Wir wollten um

Mitternacht losmarschieren, aber Jacques war nicht munter zu bekommen. Tim wollte ihn wecken und in einer halben Stunde nachkommen. Wie schon erwähnt, ist in der Todeszone die Zeit knapp und du musst innerhalb einer gewissen Zeit auf dem Gipfel stehen, um wieder heil zurückzukommen. Unsere Gruppe, bestehend aus drei Sherpas, Julia, Bernd, Giuseppe und mir, startete also pünktlich, während die beiden Sherpas Lambda und Kipa mit Tim und Jacques zurückblieben. Wir erreichten wie vorgesehen den Gipfel und waren auf dem Rückweg, mussten allerdings beim Hillary Step warten. Beim Erdbeben 2014 ist ein Stück weggebrochen, dadurch wurde der Hillary Step je nach Schneelage eine Spur leichter zu überwinden. Normalerweise braucht man von da noch eine halbe bis dreiviertel Stunde zum Gipfel. Die Stelle ist wie ein Nadelöhr und die zahlreichen Bergsteiger können nur in einer Richtung klettern.«

»Ich erinnere mich an das Foto bei deinem Vortrag.«

»Ja. Wir waren gut in der Zeit und ich war optimistisch, dass wir wieder heil in Camp 4 ankommen würden. Dann sah ich Tim und Jacques, mit Lambda. Der zweite Sherpa war ins Tal zurückgestiegen, Tim erzählte, er hätte Fieber bekommen. Jacques war in keinem guten Zustand, atmete schnell und schwankte mehrmals. Ich habe ihnen geraten, mit uns umzukehren.« Matties spürte seinen Mund trocken werden und griff nach seinem Glas. Erst nach ein paar Schlucken konnte er weitersprechen. »Eine lange Unterhaltung ist in dieser Höhe nicht möglich. Auf jeden Fall: Jacques hat sich geweigert und Tim hat ihn unterstützt. Ich vermute, dass auch Tim von dem Crystal Meth genommen und sich daher überschätzt hat. Ich habe ihnen nachgesehen und hatte ein verdammt schlechtes Gefühl.«

»War das Zeitfenster überschritten?«

»Du hast gut aufgepasst bei meinem Vortrag«, sagte er anerkennend. »Nein, sie haben noch eine knappe Stunde Zeit gehabt, aber in normalem Tempo, wozu Jacques nach meiner Einschätzung nicht in der Lage war. Und ich wusste tief in mir drin, dass Tim auch vor Erreichen des Gipfels auf keinen Fall umdrehen würde.«

»Du hättest es nicht verhindern können.« Aus Leonies Stimme klang Anteilnahme.

»Darüber streite ich bis heute mit mir selbst. Aber Christoph meinte, Tim wäre auch gegen meinen Befehl weitergegangen. Und Jacques stand unter Crystal Meth.«

»Sie sind nicht zurückgekommen.« Es klang nicht wie eine Frage.

»Es war schlimmer. Unsere Gruppe erreichte Camp 4 gut in der Zeit bei Tageslicht. Ein Sturm bahnte sich an. Wir waren glücklich, dass wir in unsere Zelte kriechen konnten. Vor allem Julia war am Ende ihrer Kräfte. Da kam das böse Erwachen: Die Zelte waren ausgeraubt worden. Unsere Schlafsäcke, Sauerstoffflaschen, Vorräte – alles weg. Wir konnten uns nicht einmal heißen Tee kochen, dabei brauchten wir alle dringend Flüssigkeit. In der Todeszone kann man nicht so viel trinken, wie man verbraucht, genauso verhält es sich mit dem Sauerstoff. Ich schickte unsere Sherpas zum Betteln in die anderen Zelte. Es ging ums nackte Überleben.«

»Um Gottes willen.« Leonie war kreideweiß geworden. »Wer tut denn so etwas? Ich dachte, oben am Berg halten alle zusammen?«

»Bei den meisten ist es so, aber leider nicht bei allen. Die Diebe sind mit der Beute natürlich abgestiegen, entweder sie hatten selbst nichts, oder – was ich vermute – sie haben unsere Ausrüstung weiterverkauft. Die Sauerstoffflaschen sehen alle gleich aus, die hätten wir niemals wieder erkannt. Wir hatten zwar Schlafsäcke im Gepäck, das ist eine Sicherheitsmaßnahme, falls man aus irgendeinem Grund auf dem Berg übernachten und ein Biwak aufschlagen muss. Auch einen kleinen Gaskocher habe ich immer im Rucksack gehabt, wir haben Wasser gekocht und vor allem Julia versorgt, aber ich habe ihr bereits angesehen, dass sie am Ende war. Der Sauerstoff reichte nicht für die ganze Nacht, ich habe selbst bei den Gruppen rundum angefragt, was sie entbehren können.«

»Und niemand hat den Diebstahl bemerkt?«

Er lachte, es klang aber nicht fröhlich. »Nein. Du darfst nicht vergessen, dass in Camp 4 nahezu alle mit dicken Jacken, Kapuzen und Sauerstoffmasken herumgehen, da erkennt man jeden nur, sobald man ganz nah dran ist. Und die Sauerstoffflaschen sehen alle gleich aus.« Er seufzte. »Wir mussten uns den Sauerstoff einteilen. Obwohl Julia das meiste bekam, wurde sie immer schwächer. Ich habe kaum geschlafen und die ganze Nacht auf Lambda, Tim und Jacques gewartet. Sie sind nicht gekommen. Am nächsten Morgen hatte der Sturm ein wenig nachgelassen. Wir mussten dringend absteigen, doch Julia war zu mitgenommen und dehydriert. Sie war nicht mehr in der Lage zu trinken. Ihre Finger und Zehen waren teilweise abgefroren. Bernd weigerte sich, ohne seine Frau zu gehen. Ich habe Giuseppe mit Phurba, einem der erfahrensten Sherpas, vorausgeschickt. Julia ist eine Stunde später gestorben«, sagte er leise. »Die Erschöpfung in Verbindung mit zu wenig Flüssigkeit und Sauerstoff war zu viel.«

»Hat euch niemand Sauerstoff überlassen?«

»Doch, aber es war zu knapp. Wir konnten nur hoffen, dass bald neue Gruppen kamen, die uns etwas abgeben würden. Es ging uns allen sehr schlecht. Die zwei verbliebenen Sherpas haben uns mit Tee versorgt und Julias Körper hinausgezogen. Bernd ist ausgerastet. Er wollte nicht, dass Julia abseits des Camps ein Stück den Berghang hinuntergerollt würde. Ein Bergen der Leichen auf dem Mount Everest ist in den meisten Fällen nicht möglich. Wir konnten Bernd nicht beruhigen, er war nicht zu bewegen, bergab zu steigen. Eine amerikanische Gruppe hat uns zwei Stunden später mit Sauerstoff versorgt und endlich sind wir abgestiegen. Bernd wurde mehr geschleppt, als dass er noch aus eigenem Antrieb hätte gehen können.«

»Und du?«

»Ich hatte meine körperlichen Grenzen definitiv erreicht. In solchen Augenblicken denkst du nur ans Überleben, setzt einen Schritt vor den anderen. Wir haben fast die doppelte Zeit gebraucht, bis wir in Camp 3 eingetroffen sind. Dort hatten wir ebenfalls ein Zelt mit Vorräten und ich dankte Gott, dass dieses von den Dieben verschont geblieben war.«

»Von Tim hattest du nichts gehört?«

»Nein. Ich wusste, zu diesem Zeitpunkt wäre es ein Wunder gewesen, wenn sie es geschafft hätten. Bernd sprach nicht und ich hatte Angst, dass er sich aufgab. Mitten in der Nacht kam Lambda. Da erfuhr ich, dass Tim und Jacques den Gipfel erreicht hatten. Doch Jacques konnte sich nicht lange darüber freuen, auf dem Südgipfel hat er sich hingesetzt und ist gestorben.«

Leonie stieß einen Entsetzensschrei auf. »Einfach so?«

»Ja, das ist die Gefahr in dieser Höhe. Der Körper ist so ausgepowert, dass er von einer Sekunde zur anderen aussetzt.«

»Und Tim?«

»Auch er hat sich leider überschätzt.« Matties räusperte sich und schluckte. »Nach Jacques' Tod mussten er und Lambda die Nacht in einer Nische verbringen. Die Nacht war extrem stürmisch mit Temperaturen von minus dreißig Grad. Am nächsten Morgen konnte Tim nicht mehr weiter. Er weigerte sich, mitzukommen. Lambda konnte ihn nicht überreden und dann hat Tim begonnen sich auszuziehen. Das war für Lambda das Zeichen, dass es keine Rettung für ihn gab, und so ist er selbst abgestiegen. Lambda war es, der mir vom Crystal Meth erzählt hat. Ein weißes Pulver, das Jacques und später auch Tim zu sich genommen hätten.«

»Er hat ihn alleingelassen?«

»Die Zeit war schon extrem knapp, selbst wenn für die Sherpas andere Maßstäbe gelten als für uns. Sie halten die Höhe besser aus. Dennoch ist auch ihre Zeit, die sie in der Todeszone überleben können, begrenzt.«

»Wieso ist das Ausziehen ein Zeichen, dass Tim nicht mehr zu retten war?«

»Man nennt es Kälteidiotie. Wenn die Kerntemperatur des Körpers unter 32 Grad sinkt kurz vor dem Tod, strömt das Blut wieder in den gesamten Körper, das täuscht ein Hitzegefühl vor. Tim ist bestimmt nicht lange danach gestorben.« Die Worte tropften nur schwer aus seinem Mund. »Wir sind dann gemeinsam abgestiegen. Bernd hätte es ohne die Hilfe der Sherpas nicht geschafft. Ich war froh, mich selbst hinunterschleppen zu können.«

»Aber er hat überlebt?«

»Ja. Den Tod seiner Frau hat er allerdings nicht verwunden.«

»Du gibst dir die Schuld daran?«

»Wenn man Leiter einer Expedition ist, auf der von elf Teilnehmenden drei den Tod finden, dann muss ich die Verantwortung dafür übernehmen.«

»Warum muss immer jemand schuld sein?« Leonie griff über den Tisch hinweg nach seiner Hand. »Alle wussten vorher, dass nicht jeder, der den Everest besteigt, auch zurückkehrt. Sie sind dieses Risiko bewusst eingegangen. Der Diebstahl eurer Ausrüstung war Pech, und du hast versucht, Tim und Jacques zur Umkehr zu bewegen. Du hast nichts falsch gemacht.«

Er entzog ihr die Hand und starrte in seine Kaffeetasse.

Plötzlich fand er sich in einer Umarmung wieder, Leonie drückte sich gegen ihn. »Ich bin so dankbar, dass du es geschafft hast. Das ist ja wie ein Krimi.«

»Mein Körper hat es gemanagt, doch ...«

14

Leonie

Leonies Herz zog sich zusammen. »Was meinst du damit?«

»Ein Stück von mir ist auf jeden Fall dort oben geblieben. Kurz vor dem Abstieg zu Camp 3 kam mir in den Sinn, dass ich es nicht schaffen könnte. Zeitweise war ich überzeugt davon. Die Sherpas mussten sich um Bernd kümmern, ich war auf mich allein gestellt. Ich hatte das Gefühl, kein Recht zu haben, abzusteigen, während vier von der Gruppe in der Todeszone geblieben waren. Julia war tot, aber von den anderen konnte ich es nicht wissen.«

»Wie hast du es geschafft?«

»Das weiß ich nicht mehr so genau. Ich bin einfach Schritt um Schritt weitergegangen, immer weiter, denn da war der starke Überlebenswille in mir. Alles ist mir durch den Kopf gegangen. Dass ich meine Eltern wiedersehen wollte, Jonte, die Insel hier und dass ich meine Traumfrau noch nicht gefunden hatte, die große Liebe, von der alle sprechen. Und Kinder, plötzlich dachte ich daran, dass ich Kinder wollte, niemals zuvor habe ich mich ernsthaft damit beschäftigt.«

Kinder! Leonie rückte wieder von ihm ab und setzte sich auf ihre Fersen.

Matties sah sie nicht an, fuhr bereits fort. »Der gesamte Abstieg ist mir nur noch schemenhaft in Erinnerung. Selbst als Lambda zu uns gestoßen ist und ich wusste, dass Tim und Jacques ebenfalls auf dem Berg gestorben waren, drang das kaum zu mir durch. Ich war wie erstarrt. Im Basecamp habe ich geschlafen, getrunken, gegessen und wieder geschlafen. Wir waren nur noch acht von elf. Drei Menschen tot, für den Traum vom Gipfel.«

Leonie schwieg. Seine Erzählung hatte sie gepackt und sie war fast selbst da oben auf dem Berg gewesen. Was für eine Tragödie.

Matties sah auf die Uhr. »Ups, schon gleich Mittag. Ich habe Mama versprochen, ihr bei der Dekoration für den Watten-Eiszauber zu helfen.«

»Der ist doch erst am zwanzigsten?«

»Stimmt. Aber die Deko ist aufwendig, dazu brauchen wir immer mehrere Stunden. Es wäre schade, das Ganze nur für einen einzigen Tag zu tun, die Deko bleibt einige Wochen.« Er angelte sich einen neuen Pfannkuchen und streute Zucker darauf.

Leonie spürte, wie aufgewühlt er war, und wollte das Thema von vorhin noch nicht beenden. »Matties, hat man dich verantwortlich gemacht? Bernd? Oder Christoph, dein Chef?«, fragte sie leise.

»Christoph war mein Partner, nicht mein Chef. Und nein. Jeder besteigt den Berg auf eigenes Risiko.

Bernd hat das nach seinen ersten Vorwürfen eingesehen.«

»Aber du klagst dich selbst an.« Sie beobachtete seine Gesichtszüge. Er nickte leicht. »Was hättest du anders machen können? Ihr seid bestohlen worden, um Himmels willen!«

»Ich hätte einen der Sherpas als Wache zurücklassen können.«

»Das heißt so ein Verbrechen passiert öfter?«

»Leider immer häufiger.«

»Ihr brauchtet doch alle Sherpas auf dem Berg.«

»Stimmt. Kipa ist frühzeitig von Camp 4 umgekehrt, er hat sich krank gefühlt und hätte nicht länger in der Todeszone bleiben können.« Matties klappte den bestrichenen Pfannkuchen zu und streute Zucker darauf. »Ich wusste nichts davon, Tim hätte eine Wache beauftragen müssen. Aber ich habe es ihm nicht gesagt ...«

»Tim war ein geprüfter Bergführer, auf den du dich hättest verlassen müssen. Matties, wenn niemand dich angeklagt hat, weshalb gibst du dir selbst die Schuld?«

Er spießte ein Stück Pfannkuchen auf die Gabel. »Den Diebstahl hätte ich nicht verhindern können und Julias Tod ebenfalls nicht. Aber Jacques habe ich angesehen, dass er zu erschöpft war. Ich hätte Tim verbieten sollen, weiterzugehen.«

»Hätte er dir gehorcht?«

»Das weiß ich nicht. Er war genauso Bergführer wie ich, nur mit bedeutend weniger Erfahrung und von Ehrgeiz zerfressen. Offenbar hat er es sich zu seinem persönlichen Ziel gemacht, Jacques zum Gipfel zu bringen, um jeden Preis.«

»Das hat nur funktioniert, weil Jacques mitgemacht hat.«

»Tim und Jacques waren beide unreife Tölpel. Ich hätte sie vor sich selbst beschützen müssen.« Er steckte das Stück Pfannkuchen in den Mund und kaute.

Leonie legte ihre Hand auf seine, die neben seinem Teller lag. »Du hättest nichts tun können. Die beiden hätten sich nicht davon abbringen lassen, weiterzugehen. Träumst du genau diese Szene immer? Dass du sie nicht zur Umkehr bewegen konntest?«

Er nickte und nahm wieder einen Bissen.

»Die Kommunikation war doch erschwert wegen der Sauerstoffmasken, nicht wahr?«

»Ja, man kann sie nur kurz abnehmen.«

Leonie stand auf und trat vor ihn. »Spielen wir es nach. Ich bin Tim und wir sind da oben am Berg. Sag, wie du mich hättest überzeugen wollen, umzukehren.«

»Das ist doch Unsinn.« Er wirkte verlegen.

»Probier es. Das ist deine Chance. Ich habe solche Rollenspiele mit schüchternen Kindern geübt. Damit sie sich trauen, Erwachsene anzusprechen und diese beispielsweise nach etwas zu fragen.«

»Das hat funktioniert?«

»Gut sogar.«

Würde er sich darauf einlassen? Er runzelte die Stirn, doch dann stand er auf. »Tim, dein Kunde ist am Ende seiner Kräfte. Dreht um und kommt mit uns zurück.«

»Jacques schafft das schon. Was willst du überhaupt? Wir sind genau in der Zeit.«

»Ihr seid knapp im Zeitfenster, aber da müsstet ihr zügig vorankommen. Und Jacques bricht zusammen.«

»Du unterschätzt ihn. Und mich. Wieso traust du mir nichts zu? Ich bin ebenso Bergführer wie du und es wird Zeit, dass du das anerkennst.« Sie gab ihrer Stimme einen trotzigen Klang, von dem sie vermutete, dass Tim so gesprochen hätte.

»Verdammt, Tim, ich weiß, dass du tüchtig bist, aber du hast noch neunzig Höhenmeter und nur noch eine Stunde Zeit, bis ihr auf dem Gipfel stehen müsst.« Matties Stimme klang drängend, bittend, flehend. »Bitte, kehr um.«

»Eine Stunde für eine Strecke, die man in einer halben schaffen kann. Du glaubst doch nicht, dass wir so knapp vor dem Ziel noch aufgeben werden? Was sagst du dazu, Jacques?« Leonie sah auf eine imaginäre Person neben sich, sprang hinüber und sagte mit französischem Akzent. »Auf keinen Fall!«

»Als Leiter dieser Expedition bin ich dein Vorgesetzter. Tim, ich befehle dir, kehr mit Jacques um.«

»Das werde ich nicht.« Leonie stemmte ihre Hände in die Hüften. »Ich habe Jacques versprochen, den Gipfel zu erreichen, und das werden wir tun.«

»Dann kündige ich dir.«

»Ist mir egal.«

Matties starrte sie an. Schwieg. Seine Gesichtszüge wechselten von überrascht zu nachdenklich, schließlich sank er auf den Stuhl zurück. »Du hast recht«, seine Stimme war leise. »So ähnlich wäre es abgelaufen. Ich hätte nichts tun können, selbst dann nicht, wenn ich mehr hätte sprechen können.«

Das Klingeln seines Handys riss beide aus dem Bann, in dem sie sich befanden. Matties holte es aus seiner Hosentasche. »Mama? Bin schon auf dem Weg.« Mit einem schiefen Grinsen sah er sie an. »Sie glaubt, ich hätte es vergessen.«

Die Saaldekoration für das Fest!

»Darf ich mitkommen und dir helfen?«, fragte sie spontan.

»Das willst du wirklich?«

»Klar, warum nicht?« Sie sprang auf. »Ich muss mir nur noch was anderes anziehen.«

Vielleicht konnte sie bei Matties' Familie etwas gutmachen, weil sie das letzte Mal so einen schroffen Abschied hingelegt hatte. Rasch eilte sie hinauf und schlüpfte in Jeans und Pullover.

Matties hatte in der Zwischenzeit das Geschirr in den Geschirrspüler geräumt, das gefiel ihr. Frank hätte sich niemals die Finger schmutzig gemacht.

Weg mit Frank. Sie musste endlich loslassen.

»Ich nehme dich in meinem Wagen mit«, sagte Matties.

»Dann musst du mich extra wieder heimbringen.«

»Muss ich nicht. Es fahren Busse und Taxis.«

Meinte er das ernst?

»Dein Gesicht solltest du sehen!« Er beugte sich zu ihr und küsste sie.

Endlich!

Vielleicht hatte er nur einen kurzen Kuss geplant, doch nicht mit Leonie. Sie war ausgehungert und dieser Mann war wie Schokolade. Fest schmiegte sie sich an ihn und genoss seinen Geruch nach Sandelholz und seinem speziellen Aroma. Wie schon beim ersten Kuss prickelte es in ihrem Körper und sie wollte, dass es nie aufhörte.

Sie war offenbar süchtig nach ihm.

Ein ganzes Jahr hatte sie um Frank getrauert, war nach seinem Tod in ein Loch gefallen. Sie brauchte diesen Neuanfang.

Matties schien es genauso zu gehen. Er drückte sie an sich und erwiderte den Kuss mit einem Enthusiasmus, der ihr Vergnügen noch steigerte.

Eine Ewigkeit später und doch zu früh lösten sie sich voneinander.

»Wow«, sagte er leise. »Du bist Dynamit pur.«

»Nachschlag?« Den schelmischen Unterton kannte sie nicht von sich.

»Würde ich gern, aber meine Mutter wartet.«

»Muttersöhnchen.«

»Na warte!« Ihre Lippen fanden sich erneut und es dauerte weitere fünf Minuten, ehe sie sich endlich aufrafften und zum Auto gingen.

Aus dem Kapitän Seppe klang Weihnachtsmusik. »All I Want for Christmas«, von Mariah Carey.

Das Schild »Heute Ruhetag« hing etwas schief. Matties sperrte auf und sie betraten den Flur. Einige geöffnete Kisten mit Dekorationsmaterial standen auf Treppe und Boden gefüllt mit Kugeln, Girlanden und Sternen.

»Da bist du endlich.« Schritte tappten herunter und dann blieb Matties' Mutter überrascht stehen. »Hast du Verstärkung mitgebracht?«

»Ja, Mama. Du erinnerst dich an Leonie?«

»Ich bin doch nicht senil!« Sie streckte Leonie die Hand hin und lächelte. »Schön, dass du wieder hier bist.«

»Ich freue mich auch.« Leonie schüttelte kurz die Hand. »Es tut mir leid, dass ich das letzte Mal so abrupt aufgebrochen bin, es ging mir nicht gut.«

»Das ist schon in Ordnung.« Es kam schnell von ihren Lippen, aber Leonie spürte trotzdem, dass sie mit dem schroffen Abgang ein oder zwei Minuspunkte gesammelt hatte. Und was hatte Matties erzählt? Dass seine Mutter eine Freundin der Tierärztin sei. Bestimmt hatte ihr Zusammenbruch bereits die Runde gemacht.

»Dann wollen wir mal.« Matties nahm eine der Kisten und öffnete eine Seitentür. Leonie griff sich die nächste Kiste und folgte ihm. Die Tür führte direkt in einen kleinen Saal.

»Das ist unser Festsaal«, ertönte Britta hinter ihr. »Am besten ihr fangt mit der Decke an.«

»Mama, ich mache das nicht zum ersten Mal.« Matties stellte die Kiste auf dem nächsten Tisch ab. Die Musik war hier lauter und wechselte zu »White Christmas«.

»Ich habe schon mal die passende CD eingelegt.«

»Wir hören es, Mama.«

»Okay, dann lasse ich euch mal. Überrascht mich, ihr könnt euch gern was einfallen lassen.« Damit verschwand sie und Matties lachte auf.

»Was einfallen lassen! Sie ist gut, wir haben seit Jahren die gleichen Dekorationssachen, da bleibt nicht viel Spielraum.«

»Hilft sie nicht mit?«

»Nein. Es ist Tradition, dass diese Aufgabe Papa, Jonte und ich übernehmen.«

»Und wo sind die anderen?«

»Die werden schon noch auftauchen. Meist brauchen wir mehrere Tage und arbeiten nicht alle zur selben Zeit.«

Leonie holte ein Rentier aus der Kiste. »Guck mal, die rote Nase kann leuchten. Das muss ich sehen, wo ist eine Steckdose?«

Leonie konnte sich nicht erinnern, jemals so viel Spaß gehabt zu haben. Jonte kam eine halbe Stunde später hinzu und schließlich Theo, der Vater der beiden. Zusammen hatten sie die Girlanden aufgehängt, wieder abgenommen und an neue Plätze verteilt. Zum Schluss hingen sie üppig von der Decke, dazwischen blinkende Lichterketten. Die Nischen waren ebenfalls bereits gut bestückt mit verschiedenen Tieren, Weihnachtsmännern, Engeln und Sternen.

Die Männer waren dabei, den Wandschmuck aufzuhängen. Leonies Handy klingelte. Eine österreichische Nummer.

»Hallo, Leonie«, meldete sich ihr Anwalt.

»Hallo Richard«, sagte sie verhalten. Weshalb rief er schon wieder an? Leonie verließ mit dem Handy am Ohr den Festsaal.

»Leonie, ich muss dich darauf vorbereiten, Franks Schwester möchte das Testament anzweifeln, sie will sogar vor Gericht.«

»Wie bitte?« Schon wieder Katharina! Reichte es nicht, dass ihre Schwägerin sie monatelang ständig angerufen, sie beschimpft und verlangt hatte, auf ihr Erbe zu verzichten? »Sie hat doch keine Chance.«

»Nein, hat sie nicht. Aber du weißt ja, nicht alle sind vernünftig. Übrigens meine Frau und ich fahren am nächsten Wochenende nach Hamburg, sie wollte unbedingt ein Musical sehen. Da dachte ich, wir könnten einen Abstecher zu dir machen. Dann könnten wir besprechen, wie ich vorgehe, falls Franks Schwester ihre Drohung wahr machen sollte.«

»Ist es nötig, dass du extra herkommst? Hamburg ist doch ein Stück von Sylt entfernt. Willst du dir die Mühe wirklich machen?«

»Natürlich, sehr gern sogar. Und ich wollte dich vorwarnen, falls sie dich anruft und attackiert.«

»Sie kennt zum Glück meine neue Handynummer nicht.«

»Ja, hm. – Wie geht es dir jetzt?«

»Danke, sehr gut.«

»Dann bereust du es nicht?«

»Nein.«

»Du kannst wieder verkaufen, auf Sylt gehen die Immobilien weg wie warme Semmeln.« Sein Lachen klang gekünstelt und unangenehm.

»Ich will nicht verkaufen.«

»Und vermutlich würdest du Gewinn machen.«

»Ich verkaufe nicht.« Automatisch wurde ihr Tonfall schärfer.

»Okay, ich melde mich, wann ich genau komme.« Es klang verschnupft.

Leonie beendete das Gespräch, steckte das Handy ein und sah direkt in die Augen von Theo Jorgensen.

Wie lange stand er schon da? Weshalb war er ihr nachgekommen? In seinen Händen hielt er zwei leere Kartons, offenbar war er auf dem Weg in den Keller gewesen.

An seinem Gesichtsausdruck konnte sie nichts erkennen. Er wirkte drahtig und fit, sie hätte ihm keinen Tag mehr als fünfzig gegeben trotz der wettergegerbten Haut. Doch sie wusste, dass er über sechzig war.

»Wirst du von einem Makler bedrängt?« Seine Stirn war gerunzelt und in seiner tiefen Stimme klang Anteilnahme mit. »Lass dir am Telefon nichts einreden. Die Häuser hier in Kampen sind Millionen wert und wir sind froh, wenn jemand kauft, der dann auch hier wohnt.«

»Nein, das war mein Anwalt. Er hat im Frühling das Haus für mich erstanden, ich wollte nach Sylt.«

»Hierher nach Kampen?«

»Da habe ich mich nicht festgelegt. Ich habe die Insel nur aus dem Fernsehen und von Bildern gekannt. Und sie ist tausend Kilometer entfernt von St. Florian, das ist der Ort, in dem ich gewohnt habe.«

»Und so bist du in Kampen gelandet. Unglaublich.« Er lachte. »Sieht aus wie eine Flucht?«

»In gewisser Weise war es das.« Leonie steckte ihr Handy ein und sah Theo unschlüssig an, da er ihr den Rückweg verbaute.

»Matties war total verändert, seit er aus dem Himalaja zurück ist.«

Leonie umschlang sich mit ihren Armen. Was wollte ihr sein Vater damit sagen? Er fuhr bereits fort. »So vergnügt wie heute habe ich ihn lange nicht mehr erlebt. Du tust ihm gut, Mädchen.«

Schweigen. Da hing ein großes ›Aber‹ in der Luft. Leonie hielt seinem Blick stand. Er schien auf etwas von ihr zu warten und sie murmelte: »Ich mag ihn.«

»Ja, das spüre ich. Bei euch beiden.« Ein Lächeln erhellte sein kantiges Gesicht, er drehte sich um und ging Richtung Kellertreppe.

Nach einigen Sekunden folgte ihm Leonie. Sie war erleichtert, dass er nicht weiter gefragt hatte. Der Anruf von Richard hatte ihr aufgezeigt, dass sie noch nicht alles hinter sich gelassen hatte.

Katharina wollte das Testament anfechten? Die ältere Schwester von Frank hatte ihr jahrelang das Leben schwer gemacht. Leonie machte sich keine Sorgen, denn das Testament war notariell beglaubigt. Frank hatte es fünf Jahre nach ihrer Hochzeit geschrieben. Allerdings war das gewesen, bevor er sie dermaßen hintergangen hatte.

Was machte sie sich Sorgen? Die Erbschaftsangelegenheiten waren bereits im Sommer abgeschlossen gewesen, sonst hätte sie das Haus hier nicht kaufen können.

Matties stand noch auf der Leiter und sein Bruder reichte ihm einen Kranz aus Tannenzweigen. Die Kerzen darauf waren senkrecht angebracht, sodass sie an der Wand gut zur Geltung kamen.

»Der ist aber cool.« Sie trat näher.

»Warte mal, bis er beleuchtet ist.« Jonte grinste von einem Ohr zum anderen und sah Matties noch ähnlicher. »Jetzt.«

Sie sah wieder zurück und klatschte begeistert in die Hände. »Klasse.« Die Kerzen flackerten, als wären ihre

Flammen aus echtem Feuer. Rund um den Kranz leuchtete eine feine Kette mit blinkenden Sternen. Leonie fühlte sich wie in einem Märchen.

Im letzten Jahr hatte sie gleich nach Franks Tod sämtliche Dekorationen aus ihrem Haus entfernt. Ohne ihn wäre Weihnachten nichts. Die Trauer hatte sie kurzzeitig komplett aus der Fassung gebracht.

Niemals während ihrer gesamten Ehe hätte sie je vermutet, dass alles eine Lüge gewesen war.

15

Matties

Matties hatte keine Gelegenheit, Leonie nach dem Anruf zu fragen. Sie schien ihm etwas nachdenklich, doch beim fröhlichen Abendessen war nichts mehr davon zu spüren.

Das Rollenspiel kam ihm in den Sinn. Es hatte ihm tatsächlich geholfen. Oben auf dem Berg waren nicht viele Worte gefallen. Aufgrund der Sauerstoffmasken und der zahlreichen Bergsteiger, die sie aufgehalten hätten, wäre das nicht möglich gewesen. Dennoch wusste Matties seit dem Rollenspiel mit Sicherheit, dass ein längeres Gespräch nichts gebracht hätte. Und mit Gewalt hätte er Tim und Jacques nicht hinunterschleppen können.

Des Menschen Wille ist sein Himmelreich! Der alte Spruch von Johann Heinse traf zu.

Es war fast zehn Uhr, als sie auf dem Heimweg im Auto saßen.

»Danke, dass du mich mitgenommen hast«, sagte Leonie mit dem Lächeln, das ihn jedes Mal von Neuem umhaute. »Es war ein wundervoller Nachmittag.«

»Nicht zu anstrengend? Meine Familie kann«, er suchte nach dem richtigen Wort, »überwältigend sein.«

»Deine Familie ist einfach nur toll. Man spürt, wie sehr ihr euch mögt. Ich habe mich immer danach gesehnt, solche Eltern zu haben. Manchmal wünschte ich, mein Vater und ich …« Sie wischte mit der Hand durch die Luft. »Egal.«

»Es tut mir leid, dass du zu deinem Vater nicht mehr so viel Kontakt hast. Vielleicht solltest du ihn dazu zwingen?«

»Wie meinst du das?«

»Indem du dich meldest, nach seinem Befinden fragst und ihm von dir erzählst.«

»Weshalb sollte ich mich aufdrängen? Er ist glücklich mit seiner Frau. Ich kann verstehen, dass er nach der unglücklichen Ehe mit meiner Mutter nun richtige Liebe verdient hat.«

»Liebe ist vielfältig. Es gibt auch die Liebe von Vater zu Tochter. Und die lässt sich nicht so leicht durchtrennen, selbst wenn du denkst, dass ihr das getan habt. Das Band bleibt, es ist vielleicht dünner, aber reißen wird es nie.« Er warf ihr einen Seitenblick zu, sie sah aus dem Fenster. »Tut mir leid, das sollte jetzt nicht übergriffig sein.«

Sie passierten das Gartentor zu Leonies Haus und er stoppte den Wagen direkt davor. Leonie rührte sich nicht. Sie blickte weiter zum Fenster hinaus und kaute auf ihrer Unterlippe. Seine Worte hatten sie ganz offensichtlich nachdenklich gestimmt.

Er wartete, schließlich sprach sie. »Vielleicht ist da was Wahres dran. Ich war sauer auf Papa, weil er sich so schnell eine neue Frau genommen hat. Mama war noch nicht einmal drei Monate tot! Wäre meine Oma nicht gewesen, hätte ich niemanden gehabt. Papa wollte mich nach der Matura nach Wien holen, aber ich habe mich geweigert.«

»Da kanntest du Frank schon.«

»Ja, er war es, der mich getröstet und aufgefangen hat.«

Matties verstand sie. Ein achtzehnjähriges Mädchen, das sich nach Liebe gesehnt hatte. Es schien, dass sich die beiden wirklich geliebt hatten?

»Kommst du mit rein?«, durchbrach sie das Schweigen.

»Ich habe gehofft, dass du das fragst.«

Sie stiegen aus und eilten zum Haus. Mittlerweile war der Wind wieder stärker geworden und blies kalte Eiskristalle ins Gesicht. Drinnen war es angenehm warm. Leonie ging gleich in die Küche. »Magst du auch eine Tasse Tee? Oder lieber Kaffee?«

»Tee ist gut.«

Eine Viertelstunde später saßen sie im Wohnzimmer. Matties wäre gern näher gerückt, aber Leonie wirkte geistesabwesend, ihre Gedanken schienen weit weg zu sein.

Sie schenkte den Tee aus der gläsernen Kanne ein, schob die Zuckerdose zu ihm und hatte auch eine Schale Kekse gerichtet. »Mein Anwalt hat mich heute angerufen«, sagte sie unverblümt.

Das Thema hatte er nicht erwartet. Das war offenbar der Anruf gewesen, der sie aus der Fassung gebracht hatte. »Und?«, fragte er.

»Er hat mir das Haus hier gekauft, oder sagen wir, den Kauf in die Wege geleitet. Zudem hat er mich auch in allen Erbschaftsangelegenheiten beraten. Er war einer der besten Freunde von Frank.«

Matties holte sich ein Stück Zucker, schwieg jedoch.

»Es waren nicht alle einverstanden mit Franks Testament.«

»Du bist die Alleinerbin?«

»Ja. Seine Schwester hat mich von Anfang an gehasst. Ihre Tochter Martina ist in meine Klasse gegangen und …« sie brach ab und er erinnerte sich an das, was sie vor ein paar Tagen erzählt hatte.

»Ihr wart keine Freundinnen.«

»Nein. Jetzt hat mir Richard, also der Anwalt, gesagt, dass sie das Testament anfechten will.«

»Hat sie Chancen?«

»Nur, falls sie ein jüngeres Testament gefunden hätte.«

»Hat sie?«

»Richard hat sich nicht klar ausgedrückt, er möchte herkommen und mit mir alles besprechen. Er war pikiert, weil ich nicht so begeistert reagiert habe.«

Überrascht ließ Matties den Löffel los. Es klirrte leise, als der Stiel gegen das Porzellan stieß. »Lass mich das klarsehen. Dein Anwalt kommt extra aus Österreich hierher, um mit dir etwas zu besprechen? Was kann das sein, das man nicht auch am Telefon oder mit E-Mail regeln könnte?«

»Das weiß ich nicht. Er hat gesagt, dass er ohnehin nach Hamburg kommt, weil seine Frau ein Musical anschauen möchte.«

»Hamburg ist jetzt auch nicht gerade gleich um die Ecke.« Matties schüttelte den Kopf. Dann fiel ihm auf, wie krampfhaft Leonies Hände die Teetasse umschlossen. »Du machst dir Sorgen?«

»Nein. Ja. Ich weiß nicht.« Sie blies in den Tee. »Ich möchte hier nicht mehr fort.« Sie flüsterte fast. »Ich fühle mich wohl hier. Sollte ein weiteres Testament existieren, dann müsste ich das alles hier«, sie machte mit dem Kopf einen Kreis, »wieder verkaufen.«

»Wenn es so wäre, hätte dir das der Anwalt bestimmt gesagt. Er ist doch deine Vertrauensperson.«

»Ich traue niemandem mehr.« Sie nahm vorsichtig einen Schluck. »Übermorgen, also am 6. Dezember, ist der Todestag von Frank, vor einem Jahr ist meine Welt auseinandergebrochen.«

»Wirst du eine Kerze für ihn anzünden?«

»Nein.« Es kam rasch. »Er war nicht der Mann, für den ich ihn gehalten habe.« Sie stellte die Tasse ab. »Ich habe ihn geliebt, bewundert, respektiert und war glücklich an seiner Seite. Wie sollte ich auch nicht? Er hat mich verwöhnt und mir die Welt zu Füßen gelegt. Und alle im Ort haben mich freundlich behandelt. Ich wäre niemals auf die Idee gekommen, dass sie mich im Grunde genommen verachtet haben. Der alte Mann und das kleine Mädchen, das sich ins gemachte Nest setzt.«

»Wie ist er gestorben?«

»Es war ganz plötzlich. Eine Woche vorher haben wir noch seinen 60sten gefeiert. In der Firma, ein tolles Catering, Musik. Frank hat eine Rede gehalten und ich war an seiner Seite, er hat betont, wie sehr ich sein Leben stets bereichert habe …« Leonie brach ab und räusperte sich. »An diesem Tag war noch alles in Ordnung. Genau eine Woche später ist er in der Firma zusammengebrochen, er wurde mit dem Hubschrauber in die Klinik nach Graz geflogen. Ich bin mit dem Auto nachgefahren, seine Sekretärin hat mich verständigt. Als ich dort ankam, war es zu spät. Sie hatten ihn nicht mehr retten können.«

»Ein Herzinfarkt?«

»Ja. Es ist schnell gegangen. Er musste nicht leiden.« Leonie lehnte sich zurück, griff ein Kissen und drückte es an sich. Matties war aufgefallen, dass sie das tat, wenn sie sich unsicher fühlte. »Ich bin heimgefahren. Meine Tante Nora war die Einzige, die gekommen ist und mich an diesem ersten schrecklichen Abend getröstet hat. Sie ist sogar über Nacht geblieben, musste aber am nächsten Tag zur Arbeit. Sie ist Familienhelferin und hilft älteren Menschen im Haushalt und beim Einkaufen. Die sind auf sie angewiesen. Ich bin durch unser Haus gewandert, irgendwie konnte ich nicht mehr weinen. Habe mich dann in Franks Lieblingssessel gekuschelt und mich allein gefühlt.«

In ihren Worten klang große Einsamkeit mit. Am liebsten hätte er sich zu ihr gesetzt und sie in die Arme genommen, aber instinktiv spürte er, dass Leonie noch einiges loswerden musste. Er sah, dass ihre Tasse leer war, beugte sich vor und schenkte ihr aus der Kanne nach.

»Die nächsten Tage sind so in Trance an mir vorübergeglitten. Richard ist vorbeigekommen und hat mich zum Beerdigungsinstitut begleitet. Ich hätte ja nicht einmal gewusst, wie man so etwas organisiert und was Frank sich gewünscht hätte. Wir haben nie darüber gesprochen ...« Erneut brach sie ab, legte das Kissen beiseite und gab einen Löffel Zucker in den Tee.

»Er hat zwar ein Testament geschrieben, trotzdem wahrscheinlich nicht mit so einem frühen Tod gerechnet.« Matties nickte. »Zudem beschäftigen sich die wenigsten mit so einem heiklen Thema.«

Sie nahm einen Schluck. »Die Beerdigung war eine Woche später. Ich wollte eine Feuerbestattung und habe mich auch durchgesetzt, obwohl Katharina mich am Telefon heftig beschimpft hat, dass das nicht Franks Wille gewesen sei. Richard hat mir versichert, dass nichts dergleichen im Testament stünde, denn Frank hatte ihn offenbar ins Vertrauen gezogen. Ich habe also Franks Urne im Grab seiner Eltern beisetzen lassen. Dann kam der Tag der Testamentseröffnung. Ich kannte sein Testament, er hat es mir damals vorgelesen. Daher wusste ich, dass Frank mich als Alleinerbin eingesetzt hatte. Seine Schwester erhielt ein wertvolles Bild und Martina zwei Krügerrand Goldmünzen. Beide waren stinksauer, aber das war mir so was von egal. Sogar das Erbe war es. Ich wollte Frank zurück und genau in dem Augenblick habe ich nur an eines gedacht: Hätten wir wenigstens ein Kind gehabt. Als der Notar eine Pause machte, hat sich Katharina zu mir gedreht und laut gesagt: ›Dir wird das Lachen bald vergehen. Das Testament werde ich anfechten.‹ Wäre es doch das gewesen.« Leonie schluckte merklich. »Es kam viel schlimmer!«

Matties schwieg, wartete auf das Wesentliche, das noch ausstand. Er musste sich in Geduld fassen. Leonie brauchte eine Verschnaufpause, bevor sie sich ganz offenbaren konnte.

»Wir sind sitzen geblieben, weil uns der Anwalt darum gebeten hat. Nach ein paar Minuten hat Katharina gefragt, worauf wir warten. Und dann hat er es auf einmal ausgesprochen: ›Wir warten auf die Mutter von Franks Kind‹.« Leonie holte tief Luft und stellte ihre Tasse ab. »Es war totenstill, nicht einmal Katharina hat was gesagt. Ich hab geglaubt, ich hätte mich verhört. Was redete er da? Ich konnte nichts sagen, habe ihn angestarrt und in meinem Kopf war nur die Spirale: Das kann nicht sein, Frank hat dich nicht betrogen. Und genau in diesem Augenblick klopft es an der Tür. Ich werde den Anblick nie vergessen, eine blonde Frau, die ein Kind am Arm hielt und der kleine Junge. Ich schwöre«, sie schluchzte, »der war ein Abbild von Frank. Ich habe Kinderfotos von Frank gesehen und wusste sofort, wessen Sohn ich vor mir hatte.«

Matties musste schlucken. Wie furchtbar, so ein Detail nach dem Tod des Mannes zu erfahren.

»Ich hätte brüllen und schreien mögen, wollte mit den Fäusten auf die Wand einschlagen oder mit einer Handbewegung alle Utensilien vom Schreibtisch des Notars fegen. Was man halt so im Kino sieht. Getraut habe ich mich nichts. Ich habe stumm dagesessen mit einem dicken Hals und habe die giftigen Blicke meiner Schwägerin gespürt und das verhaltene Kichern von Martina gehört.«

»Dann hat Frank seinen Sohn im Testament gar nicht bedacht?«

»Das Testament hat er fünf Jahre nach unserer Hochzeit verfasst, da war das Baby noch nicht auf der Welt.«

»Du hast nichts von der Affäre mitbekommen?« Matties bemühte sich um einen sanften Tonfall. »Darüber musst du dich nicht kränken. Die Ehepartner sind meist die letzten, die etwas bemerken.«

»Wenn es wenigstens eine Affäre gewesen wäre.«

»Nur ein One-Night-Stand?«

»Auch nicht.« Sie schluckte.

Matties war verwirrt. »Aber, wie ...?«

»Es war eine künstliche Befruchtung.« Das letzte Wort flüsterte sie.

Matties war fassungslos. »Das verstehe ich jetzt nicht. Du wolltest doch Kinder haben, weshalb ...«

»Das ist die Frage, die ich mir bis heute stelle.« Tränen strömten nun über ihre Wangen. »Frank hat mich immer auf später vertröstet. Im letzten Jahr vor seinem Tod wollte ich nach einer Magen-Darm-Erkrankung die Pille eine Zeit lang nicht einnehmen. Da dachte ich, es wäre der geeignete Zeitpunkt, endlich schwanger zu werden. Aber Frank hat Kondome genommen, verstehst du? Er hat penibel darauf geachtet, dass er mit mir kein Kind zeugt und dann bezahlt er eine andere dafür, dass sie eines von ihm bekommt.«

Bezahlt?

Matties überbrückte die Entfernung zu ihr und nahm sie in die Arme. Ihr zarter Körper wurde von Weinkrämpfen geschüttelt. Er drückte sie fest an sich.

Der Anfall war nur kurz, sie löste sich von ihm, wischte sich mit beiden Händen über das Gesicht und sah ihn mit einem schiefen Lächeln an. »Tut mir leid, dass ich mich immer bei dir ausheule.«

»Ich liebe es, wenn du das tust.«

Sie sah ihn zweifelnd an, da gab er ihr einen Kuss auf die Nasenspitze.

»Warum hat er das getan? Weshalb wollte er kein Kind mit mir?«

16

Leonie

Was fragte sie da! Natürlich konnte auch Matties diese Frage nicht beantworten.

»Katharina hat dafür gesorgt, dass die Story in St. Florian die Runde macht. Bis dahin ist es Frank tatsächlich gelungen, die Sache geheim zu halten.« Sie sah zu Matties. Was musste er von ihr denken? Ihr Mann hatte lieber eine Frau bezahlt, sein Kind zu bekommen, als sie zu schwängern. Die Scham schwappte über sie, als hätte sie es erst heute erfahren. Erneut saß sie in dem nüchternen Raum des Notariats.

»Frau Schneider, gut, dass Sie es doch noch geschafft haben. Hier vorn ist ein Stuhl für Sie.«

Leonie konnte nur schweigend zusehen, wie sich die üppige Frau auf den Platz direkt neben sie setzte.

»Ich möchte die Dame kurz vorstellen. Das ist Annabell Schneider, die Mutter von Moritz. Moritz ist der leibliche Sohn von Frank Aschauer.«

Die Worte hämmerten sich in Leonies Kopf, wie mit einem Vorschlaghammer hineingetrieben. Der leibliche

Sohn! Sie hatte doch ein Kind von Frank gewollt und nun hatte er sie doppelt betrogen? Einmal, weil er ihr das Kind verweigerte, und zum zweiten, dass er mit einer anderen Frau geschlafen hatte.

Die Worte, die ihr fehlten, kamen von Katharina. »Na, das ist eine gelungene Überraschung. Mein Bruder ist fremdgegangen, was sagt man dazu! Klar, dass der Junge einen Erbanspruch hat. Weshalb steht er nicht im Testament?«

»Das Testament wurde zwei Jahre vor der Geburt von Moritz verfasst. Aber Doktor Berg, Frank Aschauers Anwalt, hat mich über die Existenz des Jungen in Kenntnis gesetzt. Aus diesem Grund werden wir einen DNA-Test veranlassen. Sollte dieser bestätigen, dass es sich um Frank Aschauers Sohn handelt, dann steht ihm zumindest der Pflichtteil zu.«

»Nein!« Leonie brüllte es heraus und sprang auf.

»Frau Aschauer, beruhigen Sie sich. Das Vermögen Ihres Mannes ist so groß, dass …«

»Du geldgierige Schlampe«, kam es von Katharina. »Ich kann mir vorstellen, dass es dir stinkt, einen Teil abgeben zu müssen.«

Leonie sah rote Schleier vor sich. »Du alte Hexe«, fuhr sie ihre Schwägerin scharf an. »Klar, dass du mir das gönnst.«

»Warum sollte ich nicht?« Sie verzog die Mundwinkel, ihre Miene veränderte sich kaum. Botox und Schönheitsoperation ließen sie maskenhaft erscheinen. »Frank wird seine Gründe gehabt haben, weshalb er …«

Leonie wollte nicht hören, welchen Grund Frank gehabt haben könnte, sie zu betrügen. Sie drehte sich zum

Notar und sagte betont langsam. »Ich brauche keinen DNA-Test. Die Ähnlichkeit zu Frank ist doch Beweis genug. Moritz ist Franks Sohn. Regeln Sie das, dass er bekommt, was ihm zusteht.«

»Deine Reaktion war großartig!« Matties klatschte in seine Hände und riss Leonie damit aus der Vergangenheit.

»Ich habe mich elend gefühlt.«

»Du hast Haltung bewiesen. Das ist eine Meisterleistung, gemessen an dem, was dir zugemutet wurde.«

Sie zuckte die Achseln. »Ich bin aus dem Zimmer gerannt. Das war nicht gerade eine beachtenswerte Leistung.«

»Aber menschlich verständlich.«

Leonie holte tief Luft. Matties sollte nun auch den Rest erfahren. »Ich musste auf den Aufzug warten, das Büro lag in einem Hochhaus. Da rief mich jemand von hinten. Annabell war mir nachgeeilt mit dem Kleinen auf dem Arm. Der Anblick war für mich, als würde ein Messer in meinem Inneren herumgedreht. Moritz sollte mein Kind sein, meins. Ich war wütend, traurig und schockiert zugleich. Ich hätte Frank gern ein paar Fragen gestellt, nein, eigentlich nur eine: Warum? Doch er war tot und konnte keine Erklärungen abgeben. Aber da war diese Frau. Und ich ging mit geballten Fäusten auf sie zu und schrie sie an, ob sie Spaß daran gehabt hätte, meinen Mann zu verführen. Sie blieb ganz besonnen. Es war ihre ruhige Stimme, die mich letztlich zuhören ließ: ›Ich habe nie mit Ihrem Mann geschlafen.‹ Das hat sie gesagt und ich habe zu Moritz gedeutet und irgendwas von unbefleckter Empfängnis gespottet. Da sagte sie: ›Es war eine künstliche Befruchtung.‹«

Leonie schwieg und sah zu Matties. Der hatte die Augen weit aufgerissen.

»War dein Mann vermindert zeugungsfähig?«, fragte er schließlich. »Manchmal hilft dann eine künstliche Befruchtung, habe ich zumindest gelesen. Nicht dass ich Erfahrung auf dem Gebiet hätte.« Er lächelte schief.

»Es spielte für mich keine Rolle, verstehst du? Frank hat nie mit mir darüber geredet. Wann immer ich ihn auf Kinder angesprochen habe, meinte er, ich sei noch so jung und er wollte erst später. Und dann geht er hin und ...« Sie brach ab. Verdammt, es sollte nicht mehr so wehtun.

»Was hat dir die Frau, diese Annabell erzählt?«

»Er hat eine Mutter für sein Kind gesucht. Aussehen egal.« Sie schüttelte den Kopf. »Er war mit mir verheiratet, ich wollte Kinder und er sucht eine Leihmutter.«

»Wie hat er sie gefunden?«

Sie zuckte mit den Schultern. »Internet machts möglich, keine Ahnung. Frank hatte genug Geld und er suchte etwas Spezielles.«

Matties rückte in eine neue Sitzposition. »Leihmutter bedeutet, dass man das Kind nach der Geburt der Adoptivmutter übergibt, oder liege ich da falsch?«

»Normalerweise schon, aber wie gesagt, Frank wollte etwas anderes. Er hat ihr eine Art Vertrag angeboten. Sie bringt sein Kind zur Welt, zieht es auf und sorgt dafür, dass es gut ausgebildet ist. Er zahlt ihr ein

Gehalt und Unterhalt für sein Kind. Die Frau hat monatlich viel Geld bekommen. Aber, und das war mir wichtiger, sie liebt Moritz wirklich. Sie hat mir gesagt, sie sei froh, dass sie ihn nicht hergeben muss, wie sie es hätte tun müssen, wäre sie nur Leihmutter.«

»Ist Leihmutterschaft nicht illegal?«

»Ist sie. Aber in diesem Fall war es keine Leihmutterschaft, weil er eine Mutter für sein Kind suchte.« Wieder stiegen ihr die Tränen in die Augen. Energisch hielt sie sie zurück. Sie hatte schon genug geweint. »Was stimmt nicht mit mir? Weshalb wollte er mit einer Frau, die er nicht einmal richtig kannte, ein Kind, und mit mir nicht?«

»Konnte dir Annabell – so hieß sie? – die Frage beantworten? Hat er ihr über dich was erzählt?«

»Er hat ihr gesagt, dass ich unfruchtbar wäre, und er wolle mich nicht kränken. Ich wäre seine große Liebe«, sie wischte mit der Hand durch die Luft, »aber er brauche einen Erben.« Sie schluckte ein paarmal, bis sie sich wieder im Griff hatte. »Ich begreife es nicht. Wann hätte er mir von Moritz erzählt? Und hätte er meinen Wunsch nach einem Kind nie erfüllt?«

»Du hast einiges mitgemacht, Leonie.« Leonie drückte sich in Matties Arme. Sie kroch förmlich in ihn hinein.

»Ich bin so wütend, weil ich Frank nicht mehr fragen kann. Von den anderen habe ich nur Spott geerntet. Sie haben es alle erfahren, der ganze Ort hat mit Schadenfreude reagiert. Richard, sein Freund, der jetzt so tut, als sei er nur auf meiner Seite – er war der Einzige, der von Anfang an eingeweiht war.«

»Das ist der Anwalt, der dich unbedingt sprechen möchte?«

»Ja. Ich musste feststellen, dass ich keinen einzigen Freund habe. Die Mädchen aus meiner ehemaligen Schulklasse hat Martina aufgehetzt. Sämtliche Kollegen aus Franks Firma, die mich alle immer nett und freundlich behandelt haben, zeigten mir die kalte Schulter. St. Florian ist ein kleiner Ort, er lebt praktisch von Franks Firma. Nach seinem Tod war jeder Gang ein Spießrutenlauf. Wenn ich ein Geschäft betrat, verstummten die Gespräche, beim Friseur tuschelten sie alle so offen, dass es mir nicht entgehen konnte. Nur Tante Nora war die Einzige, die zu mir gehalten hat. Vor ihr traute sich niemand, mich schlecht zu behandeln. Aber sie konnte schließlich nicht immer neben mir herlaufen wie ein Bodyguard. Und das Schlimmste: In der Schule, in der ich unterrichtet habe, erlebte ich echtes Mobbing von den Kolleginnen. Sie haben mich geschnitten, mir wichtige Termine nicht mitgeteilt, mich bei jedem geselligen Beisammensein ausgeschlossen. Es war die Hölle. Ich hatte von Tag zu Tag mehr Bauchweh, in die Schule zu gehen. Sie haben nicht mal mehr leise gesprochen, sondern komplett offen: Mit meinem Erbe hätte ich es nicht notwendig zu arbeiten und was für ein Glück ich hätte, dass Frank nun so früh gestorben sei. Dass ich von Anfang an nur auf sein Erbe spekuliert hätte. Außerdem behaupteten sie, ich hätte Frank den Sex und somit Kinder verweigert, daher hätte er sich anderweitig trösten müssen. Es war nur noch ein halbes Jahr bis Schulschluss. Ich habe es durchgestanden, weil ich die Kinder, ich hatte Viertklässler, so mochte. Und nachdem sie mir wieder einmal eine wichtige Mitteilung – die dritte in einem Monat – vorenthalten hatten, habe ich mich ins Konferenzzimmer gestellt und mitgeteilt, dass ich ab Herbst nicht mehr hier sein würde. Aber, dass ich gewillt bin, das Schuljahr zu Ende zu machen. Sollten Sie mich allerdings weiterhin so behandeln, würde ich gleich gehen und dann müssten sie schauen, wer meine Klasse übernimmt. Das hat geholfen. Sie haben mich in Ruhe gelassen. Bis zum Zeugnistag.«

»Was ist passiert?«

»Ich habe die Zeugnisse an die Kinder verteilt und sie verabschiedet. Normalerweise erhält die Lehrerin zum Schulschluss immer ein Geschenk von den Eltern. Einen Blumenstrauß, ein gerahmtes Foto von der Klasse oder Ähnliches. Die Tradition gibt es vor allem bei den Abschlussklassen, die nach den Ferien nicht wiederkommen. Diesmal jedoch nicht. Lediglich zwei Mütter haben mir die Hand gegeben und sich bedankt, die anderen sind einfach so gegangen. Und dann kam ich ins Konferenzzimmer und«, sie brach kurz ab. Die Erinnerungen überfielen sie mit aller Gewalt. »Die Kolleginnen hatten bereits Sektgläser in der Hand, wir haben immer am Zeugnistag gefeiert. Belegte Brötchen standen auf dem Tisch. Ich wollte mir gerade auch ein Glas holen, da kam die Direktorin, hat mir einen Karton mit meinen Sachen in die Hand gedrückt und laut gesagt: ›Schade, dass Kollegin Aschauer nicht bleiben kann.‹ und zu mir ›wir haben volles Verständnis, dass du nach dem Tod deines Mannes keine Lust zum Feiern hast.‹. Ich habe mich umgesehen, die meisten sahen mich gar nicht an, die anderen – da war die pure Abneigung in den Gesichtern. Ich hatte ihnen niemals etwas getan, wir hatten so oft Spaß gehabt, ich habe oft Kuchen mitgebracht …«, erneut musste sie eine Pause einlegen. »Dennoch wollte ich zumindest noch allen die Hand geben. Da war Ingrid, ich hatte ihr so oft mit meinen Unterlagen ausgeholfen, dann Petra, für die ich nach ihrer Gallenoperation eingesprungen bin und Liane, die stets meine Tests kopiert hat. Sie alle haben sich weggedreht. Warum?« Sie schlug die Hände vors Gesicht.

Matties drückte sie ganz fest. Langsam ließ ihre Anspannung nach.

»Du bist gegangen?«

»Im Auto hatte ich eine schlimme Panikattacke. Zum Glück wurde niemand Zeuge davon. Die Kolleginnen haben gefeiert und die Kinder und deren Eltern waren bereits weg. Ich habe fast zwei Stunden im Wagen gesessen, ehe ich heimfahren konnte. Und ich wusste, ich muss hier weg. Den Sommer über habe ich gepackt und bin nur zum Einkaufen aus dem Haus gegangen. Und dazu bin ich eine halbe Stunde zu einem Supermarkt in Graz gefahren, wo mich niemand kennt.«

Matties hielt sie weiterhin fest umschlossen. »Weshalb hast du dir dann ausgerechnet Kampen als Zufluchtsort ausgesucht? Wäre eine Großstadt wie Hamburg oder Berlin nicht besser gewesen?«

»Unter vielen Menschen ist die Einsamkeit um einiges größer. Ich habe mich hier von Anfang an zu Hause gefühlt. Auch wenn ich mit der Dunkelheit zu kämpfen hatte, aus der du mich geholt hast.«

»Das freut mich. Das Verhalten deiner Kolleginnen, überhaupt die Reaktionen des gesamten Ortes – da fehlen mir die Worte. Ich muss das alles erst verdauen, was du mir erzählt hast und ich wünschte, ich wüsste, was im Kopf deines Mannes vor sich gegangen ist. Ich kann verstehen, dass es dich plagt, dass du es niemals erfahren wirst. Aber vielleicht gelingt es dir trotzdem, nach vorn zu schauen. Du bist eine aufregend faszinierende Frau und ich bin glücklich, dass du hergekommen bist.«

Die Flamme, die in Leonie immer dann brannte, wenn Matties in der Nähe war, loderte zu einem großen Feuer auf. Stück für Stück schmolz das Eis, welches die dunklen Erinnerungen mit sich gebracht hatten. Auf das Herzrasen, den Druck auf der Brust und die kalten Knoten der Angst in ihrem Bauch, die sie wieder neu empfunden hatte, folgte nun eine befreiende Leichtigkeit. Es war ein gutes Gefühl, sich endlich einmal alles von der Seele geredet zu haben. Leonie schlang ihre Arme um Matties' Hals und drückte ihre Lippen auf seine. Sie musste ihn nicht lange bitten, er erwiderte ihren Kuss sofort. Wiederum fing sie der Zauber ein. Die Lichterketten, mit denen Leonie den Wohnraum geschmückt hatte, ließen sein dunkelblondes Haar golden aufleuchten.

Dann wurde der Kuss tiefer, inniger, zärtlicher, bevor sie wieder wilder wurden. Leonie fuhr mit den Fingern durch seine etwas zu langen Haare und drückte sich fester an ihn. Seine Hände verirrten sich unter ihren Pullover. Seine Berührung fühlte sich gut an auf ihrer nackten Haut.

Nun war sie nicht mehr zu bremsen. Der letzte Sex war so lange her und sie brauchte es, nein, sie brauchte ihn. Leonie löste sich von seinen Lippen und legte eine Kussspur seinen Hals hinab. Matties stöhnte leise und seine Bewegungen wurden schneller. Mit einem energischen Ruck zog sie ihren Pulli über den Kopf.

»Wow«, kam es von Matties, als er ihre Spitzenunterwäsche sah. Nun waren ihre Hände unter seinem Pullover.

»Du hast zu viel an«, murmelte sie.

»Willst du es wirklich?«, kam es leise zurück. »Ich schwöre, bald bin ich nicht mehr zu bremsen.«

»Ich will auch nicht, dass du dein Tempo drosselst.« Sie half ihm, seinen Pulli auszuziehen, und strich bewundernd über seinen muskulösen Oberkörper. Langsam begriff sie die Frauen, die beim Anblick eines Mannes schwach wurden. Frank hatte im Lauf der Jahre etwas Speck angesetzt und neben seinem Bürojob nicht viel Zeit für Fitness gehabt. Für sechzig war sein Körper in Ordnung gewesen und Leonie hatte schließlich keine Vergleichsmöglichkeiten gehabt.

Frank war gute Hausmannskost gewesen, der sich immer bemüht hatte, dass auch sie den Sex genießen konnte. Aber Matties hier, Matties, der war Sterneküche pur.

17

Matties

Matties war im Himmel gelandet. Die Anziehungskraft zwischen ihm und Leonie war die ganze Zeit spürbar gewesen, aber so einen Tornado hatte er nicht erwartet. Zufrieden lag er neben ihr und war einfach nur – glücklich. Anders ließ sich das entspannt ausgeglichene Gefühl nicht beschreiben.

Sie schmiegte sich an ihn. Er musste nicht fragen, ob sie es auch genossen hatte. Ihre Hingabe und Begeisterung hatten für sich gesprochen. »Bleibst du hier?«, murmelte sie.

»Ich habe gehofft, dass du mich nicht mehr in die Kälte schickst.«

Jetzt erst fiel ihm das laute Tosen des Meers auf, draußen fegte ein Sturm ums Haus und es prasselte an die Fensterscheiben.

»Wenn das Wetter weiterhin so tobt, dann brauche ich das Geschäft morgen auch nicht aufsperren.«

»Kann es sein, dass dich das freut?«

»Absolut.«

»Aber du verdienst nicht viel.«

»Ich habe keine Geldsorgen. Die Vorträge, die Touren durch das Watt, das rechnet sich schon. Ein wenig habe ich noch aus meiner Zeit als Bergsteiger gespart und ich schreibe an einem Buch über meine Bergerfahrungen. Wovon lebst du?«

»Frank hat mir so viel hinterlassen, dass ich nie mehr arbeiten müsste.«

Das überraschte ihn. »Im Ernst? Aber du hast das Haus hier gekauft.«

»Ja. Trotzdem ist genug übrig. Und ehrlich, ich denke, dass ich es verdient habe. Er hat mich hintergangen und mir eigene Kinder vorenthalten. Ich werde niemals erfahren, warum. Unsere gesamte Ehe, verdammte neun Jahre – eine einzige Farce.«

Matties schwieg. Nach dem erfüllten Sex wollte er die Stimmung nicht wieder kippen lassen. Früh genug würden die Erinnerungen Leonie einholen. Ganz bestimmt brauchte sie noch viel an Zeit, um diesen Betrug zu verarbeiten. Wenn er könnte, würde er ihrem Mann ordentlich die Leviten lesen.

Bei einem Toten ging das leider schlecht.

»Nach der Sache auf dem Berg haben mich viele gefragt, ob ich es bereue, Extrembergsteiger geworden zu sein. Weil doch der Tod immer mit von der Partie ist. Nicht nur auf dem Mount Everest, nein, auch auf anderen Bergen. Ich habe im Internet eine Liste gefunden, da steht nicht der Everest an erster Stelle, was tödliche Unglücke betrifft, sondern das Matterhorn in der Schweiz. Dabei ist es gerade mal halb so hoch. Die Gefahr hält niemanden ab, der der Faszination der Berge erlegen ist.«

»Aber du bist hierher zurückgekommen.«

»Ja, das bin ich. An einen Ort, der komplett gegensätzlich ist. Dreizehn Jahre lang bin ich in Höhen herumgeklettert. Eigentlich mehr, wenn man meine Ferien in der Jugend, die ich meist in Tirol verbracht habe, mitzählt. Ich habe vieles erlebt, das ich nicht missen möchte. Nach dem Tod von Julia, Tim und Jacques habe ich eine Therapie gemacht. Christoph hat gehofft, dass ich danach wieder einsatzfähig bin. Aber man kann die Zeit nicht zurückdrehen und ich wusste, dass ich neue Wege gehen muss. Und in gewissem Sinn machst du es genauso.«

»Vielleicht.« Sie klang ein wenig schläfrig.

In diesem Moment schlug eine Uhr. Er blickte auf die Wanduhr. Ein kleiner Kuckuck schlüpfte durch das hölzerne Türchen und ließ zweimal seinen Ruf erschallen.

Zeit zu schlafen.

Er nahm Leonie auf seine Arme und trug sie ins Schlafzimmer. Mit einem Seufzen schmiegte sie sich enger an ihn. Sie waren beide nackt, aber wozu gab es warme Decken?

Vorsichtig legte er sich zu ihr, glaubte noch, dass er nicht so schnell würde schlafen können. Da irrte er sich.

Matties erwachte von der Wasserspülung im Bad. Draußen war es noch stockdunkel. Die Tür zum Bad ging auf und Leonie stand im Durchgang. Sie hatte einen Flanellpyjama an, der wärmend aussah, aber ihre Figur erfolgreich verhüllte. Was für eine Schande!

»Was machst du um diese nachtschlafende Zeit?«, nuschelte er ins Kissen. »Komm doch ins Bett zurück.«

Mit wenigen Schritten war sie bei ihm. »Du bist echt, du bist noch da, also habe ich nicht nur geträumt.«

»Scheint so.« Er lupfte die Bettdecke und sie kroch wieder hinein. »Der Pyjama ist ein wenig überflüssig.«

»Meinst du?«

»Absolut.« Seine Hände wanderten wie selbstständig unter ihr Oberteil. Er schnappte nach Luft, als sich ihre Finger in verbotenere Gefilde vorwagten und forsch sein bestes Stück umschlossen.

»Du gehst aber ran«, raunte er neben ihrem Ohr.

»Ich glaube, daran bist du schuld, du machst ein Luder aus mir. Und ich habe einiges versäumt.« Mit der anderen Hand strich sie über seinen Oberkörper. »Du wirkst auf mich wie Schokolade. Ich kann dir nicht widerstehen.«

»Das freut mich. Weil es mir mit dir genauso geht.« Dann schaltete sich sein Gehirn ab, denn sie begann ihn zu massieren.

Es war bereits nach acht Uhr, als sie sich zu ihrem Morgenspaziergang aufmachten. Das Erlebnis am Morgen hatte ihn erneut sprachlos gemacht. Es war ein friedliches Schweigen zwischen ihnen, sie zogen sich an und traten in die eisige Kälte.

Das Meer rauschte tintenschwarz vor ihnen, es lag ein wenig Schnee. Langsam wurde es heller. Er griff nach Leonies Hand und sie wanderten schweigend den Strand entlang. Der Sturm hatte nachgelassen.

Leonie ließ plötzlich seine Hand los, streckte die Arme zur Seite und drehte sich im Kreis. »Ich weiß schon, weshalb ich mir immer gewünscht habe, hierherzukommen. Tante Nora hatte ihre Zweifel, aber es ist noch schöner, als ich es mir ausgemalt habe.«

»Du bist ein Risiko eingegangen, nicht wahr? Das passt so gar nicht zur vorsichtigen Leonie.« Er hatte es scherzhaft gemeint, doch sie blieb stehen und nickte.

»Ja. Das war es oder auch wieder nicht. Richard, mein Anwalt, hat mich unterstützt und zudem aber stets betont, dass ich jederzeit verkaufen könnte. Die Häuser hier sind begehrt, trotz der hohen Preise.«

»Ja. Sylt wird ausverkauft und für die Sylter selbst gibt es kaum erschwinglichen Wohnraum. Sie leben teilweise in erbärmlich kleinen Wohnungen oder sie pendeln jeden Tag und nehmen Wartezeiten und Verspätungen in Kauf. Wenn du dein Haus verkaufst, dann vermutlich an einen Immobilienhai, der es einem Millionär als Zweitwohnsitz gibt. Genau das, was der alte Blaicken in seinem Testament verhindern wollte.«

»Ich gebe es nicht mehr her.« Sie ging langsam weiter, er folgte ihr. Der Boden knirschte unter seinen Stiefeln. Während sie sprachen, bildeten sich Wölkchen vor ihren Gesichtern. »Richard hat gemeint, der Testamentszusatz gälte nicht für Zweitverkäufe und ich könnte einiges an Geld herausschlagen.«

»Scheint geschäftstüchtig zu sein, dein Anwalt.« Matties entwickelte eine Antipathie gegen den Mann. »Kann es sein, dass er deswegen kommen möchte? Um dich zum Verkauf zu überreden?«

»Was hätte er davon?«

»Provision vielleicht?« Matties zuckte mit den Schultern. »Bei so einem Millionengeschäft ist schon was drin.«

Eine Sturmböe erfasste sie und Leonie wurde gegen ihn geworfen. Nur zu gern fing er sie auf und genoss ihren Körper in seinen Armen.

Was hatte diese Frau, dass er sich bei ihr wie ein notgeiler Teenager fühlte? Auf dem Berg oben hatte Sex wochenlang keine Rolle gespielt, nun schien es, als könnte er an nichts anderes denken.

»Ups«, sagte sie und löste sich von ihm. »Ich hätte nie gedacht, dass ich mal Wind und Kälte genießen könnte. Frank wollte immer an Orten Urlaub machen, an denen es so richtig heiß ist. Es klingt lächerlich, aber ich habe mich oft ins klimatisierte Zimmer geflüchtet.«

»Tja, auf die Berge wäre er wohl nicht mitgekommen. Wir hatten da Temperaturen bis minus dreißig Grad.«

»Ich glaube, das wäre dann auch mir zu kalt.« Sie schüttelte sich. »Aber was den Urlaub betrifft, habe ich mich seinen Wünschen gefügt.«

»Warst du glücklich mit ihm?« Er bemühte sich um einen neutralen Tonfall, denn das Thema schien sie mitzunehmen.

»Ich dachte, ich sei es. Nach seinem Tod …«

»Leonie, wir leben in der Gegenwart. Alles, was du erlebt hast, ist hier«, er tippte mit seinem dicken Handschuh auf ihre Stirn, »und hier.« Seine Hand fuhr zu ihrer linken Seite, wo er ihr Herz vermutete. »Das lass dir von niemandem wegnehmen.«

»Aber es war eine Lüge, eine Farce, eine Posse! Womöglich hat sich Frank hinter meinem Rücken über mich lustig gemacht. Ich war es nicht wert, die Mutter seiner Kinder zu werden.« Ihre Stimme kiekste nun. »Ich war eine doofe, naive Gans.«

Wütend stapfte sie mit raschen Schritten von ihm weg. Er bereute, das Thema angeschnitten zu haben. Er folgte ihr langsamer, holte sie absichtlich erst nach ein paar Minuten ein. »Das warst du nicht. Leider kannst du deinen Mann nicht fragen, was in seinem Kopf vorgegangen ist. Aber es können mehrere Motive dahinterstecken und es muss nicht unbedingt das sein, was du dir zusammengesponnen hast.«

Sie stoppte abrupt, stemmte ihre Hände in die Hüften und spuckte ihm die Worte förmlich ins Gesicht. »Dann sag mir ein Motiv. Nur ein einziges, das mich nicht so dumm dastehen lässt und mich zur Ehefrau zweiter Klasse degradiert.«

Matties fuhr zurück, schockiert darüber, wie betroffen sie war. Er überlegte.

Sie lachte höhnisch auf und ging weiter. »Ich hab's gewusst, es gibt nichts.«

»Beispiel dein Mann hätte eine Erbkrankheit und er wollte bei einer künstlichen Befruchtung – was weiß ich – man kann da schon viel machen.«

»Ich glaube nicht, dass das erlaubt ist. Aber«, sie hielt erneut inne und bohrte ihm mit ihrem Zeigefinger in die Brust, »selbst wenn es so wäre, hätte er das mit mir machen können. Warum hat er nicht mich künstlich befruchten lassen?«

»Vielleicht hatte er Angst, dass das Kind nicht gesund wäre?«

Sie schnaubte hörbar und ging weiter, wobei sie ihre Stiefel mit Gewalt in den Boden stampfte.

»Oder er wollte dir eine Schwangerschaft nicht zumuten.«

Nun sank sie auf die Knie, schlug ihre Hände vors Gesicht und schüttelte den Kopf. »Er wusste, wie gern ich ein Baby gehabt hätte. Ich habe ihn immer wieder angebettelt, aber er wollte warten. Warten auf was? Dass er noch älter wird? Er war doch schon bei der Hochzeit über fünfzig.«

»Steh auf, Leonie, es ist arschkalt.« Matties zog sie hoch und in seine Umarmung. Minutenlang standen sie da. Am Horizont zeigte sich der erste helle Streifen.

»Leonie, ich habe auch keine Erklärung für das Verhalten deines Mannes. Aber du hast selbst gesagt, wie glücklich du warst, als du ihm begegnet bist. Dass er dein Leben bereichert hat und was für eine harmonische Ehe ihr geführt habt. Das ist jetzt nicht alles wertlos, nur weil das Ende ein paar Dinge offenbart hat.«

»Meine gesamte Welt war von heute auf morgen in Millionen Teile zersplittert. Und ich habe festgestellt, dass meine sogenannten Freunde nie welche gewesen sind. Franks Schwester hat mich nie gemocht. Und Martina und ich waren auch keine Freundinnen in der Schule, aber wir haben einander toleriert. Aber die anderen aus meiner Klasse, Ines, Helga, Susanne – wir haben uns nach der Matura ab und an getroffen und hatten tolle Mädelsabende. Auch die Kolleginnen an der Schule – davon habe ich dir ja schon erzählt. Nichts hat darauf hingewiesen, dass alles nur gespielt war und ich nach Franks Tod eine Eiszeit erlebe. Und dass die Leute so schadenfroh sein würden, weil Frank eine Geliebte gehabt hat. Von der künstlichen Befruchtung wusste zum Glück niemand was.«

»Deiner Tante hast du es erzählt?«

»Nein.« Leonie löste sich und sah zum Himmel. »Freust du dich auf Weihnachten?«

»Ich mag Weihnachten«, gab er zu, ohne sich über den plötzlichen Themenwechsel zu wundern. Das kannte er schon von Leonie. »Meine Mutter ist ein richtiger Weihnachtsfreak. Und der Watten-Eiszauber wird immer ein besonderes Ereignis.«

»Ich freue mich schon drauf.« Sie sah zurück.

»Ich mich auch. Vor allem, weil ich hoffe, dass du danach mit mir zum romantischen Dinner gehst, das mein Bruder für uns kochen muss. Du erinnerst dich an die Wette?«

»Klar.« Sie lächelte verschmitzt. »Aber vielleicht esse ich lieber mit deinem Bruder?«

Er küsste sie auf die eiskalte Nase. »Untersteh dich. Außerdem, wer steht dann in der Küche? Das, was ich koche, willst du nicht essen, glaub mir.«

»Überredet! Aber nur wegen des Essens.«

»Klar, weswegen sonst.« Die Wortgefechte mit Leonie machten Spaß. Matties freute sich, dass die Stimmung wieder umgeschlagen hatte.

Sie blickte den Strand entlang. »Oh, wir sind heute ziemlich weit gekommen. Wollen wir umkehren?«

»Gute Idee. Ich freue mich auf ein Frühstück.«

»Wer sagt, dass du eins bekommst?«

»War ich dir nicht zu Diensten heute Nacht?« Er grinste sie an. »Ich fordere nur meinen Lohn.«

»Ich geb dir gleich Lohn!« Sie schlug spielerisch auf seinen Oberarm.

»Hilfe!« Er begann zu rennen, sie nahm sofort die Verfolgung auf.

18

Leonie

Der Todestag von Frank kam. Leonie besuchte an diesem Tag den Friedhof in Keitum. Rund um die kleine Kirche St. Severin befanden sich die ältesten Gräber, mehrere hundert Jahre alt. Vereinzelt lag Schnee, dort wo es schattig war. Der Friedhof strahlte Ruhe und Frieden aus. Wie von selbst zog es Leonie in die Kirche, die ihr überraschend groß vorkam. Still setzte sie sich auf eine der Bänke und sog die Umgebung in sich auf. Die goldenen Lüster über ihr verbreiteten ein angenehmes Licht.

»Warum, Frank?«, schrie es in ihr. Sie spürte ihr Herz klopfen und einen bitteren Geschmack im Mund. »Du lässt mich mit meinen Fragen allein. Ich habe gedacht, du liebst mich wie ich dich. Ich weiß, dass es anfangs keine Ehe auf Augenhöhe gewesen ist, ich war so viel jünger als du. Und du hattest um einiges mehr an Wissen und Erfahrung in dir. Trotzdem hast du mir nie das Gefühl gegeben, unterlegen zu sein. Erst jetzt, nach deinem Tod, stehe ich vor diesem Rätsel. Hast du mich jemals ernst genommen?« Ihr Hals wurde eng, sie spürte Tränen in ihre Augen schießen. »Ich möchte dich in guter Erinnerung behalten und dich loslassen. Frei sein für eine neue Liebe.« Sie blieb noch eine Weile sitzen. Die Atmosphäre der alten Steine übertrug sich auf sie. Ihr Herz schlug wieder gleichmäßig und Ruhe breitete sich langsam von ihrem Inneren bis in die Finger und Zehen aus.

Leonie erfüllte ein wohltuendes Prickeln. Glück.

Eine ganze Woche verging. Leonies Albträume kamen seltener und sie schlief wesentlich besser. Matties verbrachte jede Nacht bei ihr und ebenfalls seine gesamte Freizeit. Einen Halbtag blieb sie bei ihm im Laden und bewunderte seine geduldige Art, mit den Gästen umzugehen. Über Weihnachten schienen überraschend viele anzureisen, auch einige der Häuser in Kampen wurden bezogen. Leonie konnte vom Strand aus die Lichter sehen.

Am 13. Dezember besuchten sie den Weihnachtsmarkt in Westerland. Matties hatte sich früher vom Geschäft loseisen können. Bente würde für ihn den Abenddienst übernehmen. Matties war gerade auf dem Weg zwei ›Schneehasen‹ zu holen, ein Getränk, mit dem sich Leonie rasch angefreundet hatte: Aufgeschäumte Milch mit Eierlikör, einem Schuss Rum und Schlagsahne. Sie leckte sich voller Vorfreude die Lippen, als sie in diesem Moment ›ihren Weihnachtsmann‹ entdeckte. Sie identifizierte ihn an seinem etwas schwerfälligen Gang und den tiefblauen Augen. Und was sie überraschte, auch er erkannte sie sofort. »Das freut mich jetzt, Leonie«, sagte er mit seiner tiefen

Stimme. »Schaust schon viel besser aus, Deern. Der junge Mann tut dir gut, nicht wahr?«

Woher wusste er das? Leonie sah sich um, doch Matties stand noch in der Schlange.

»Und du musst auf alle Weihnachtsmärkte?«, fragte sie. Wenn er sie duzte, konnte sie das auch.

»Von müssen kann keine Rede sein, aber ich tue es gern. Bin mal hier, mal dort, das gehört sich doch für den Weihnachtsmann, nicht wahr?« Er trat ein wenig näher und raunte ihr zu. »Pass auf dein Glück auf, Mädchen. Nicht alle, die schön tun, meinen es auch gut.«

Eine Gänsehaut wanderte über ihren Rücken. »Wen meinst du damit?« Hoffentlich nicht Matties, nicht ihn.

Gerade, wo sie sich frisch verliebt hatte.

Verliebt? Sie schloss die Augen.

Was sonst, wo sie doch jede Sekunde mit ihm zusammen sein wollte?

»Wen meinst du damit?«

»Womit?« Matties stellte zwei Becher mit Eierpunsch auf das Stehtischchen vor ihr. Sie wippte auf den Zehenspitzen, blickte über die Menge. Der Weihnachtsmann war verschwunden. »Wen suchst du denn?«

»Er war doch gerade noch da?« Wie hatte er so schnell verschwinden können?

»Wer?«

»Der Weihnachtsmann.«

»Ah, der.« Matties hob seinen Becher hoch und leckte über die Sahne. »Vermutlich mit Rudi auf und davon.«

»Rudi?«

»Dem Rentier mit der roten Nase? Du weißt schon,« er begann zu singen, »Rudolph, the Red-Nosed Reindeer …«

Sie stupste ihn. »Nein, im Ernst. Der war eben noch da.«

»Trink lieber.« Er stieß ihre Tasse mit seiner an und sie griff danach. Wahrscheinlich war er nur rasch wieder in der Menge untergetaucht.

Was hatte er mit seiner kryptischen Äußerung gemeint? Hatte Frank sie nicht genug getäuscht?

Der heiße Schneehase rann angenehm die Kehle hinunter. Ein gefährliches Getränk, so lecker und doch hatte es einiges in sich. Sie musste es langsam genießen.

Jemand rempelte sie von hinten an, ein Teil der Eierlikörmischung landete auf dem Tisch.

»Entschuldigung«, hörte sie eine Stimme. Sie drehte sich um und sah Astrid vor sich stehen. Neben ihr stand eine etwas kleinere Frau, die eine Sonnenbrille über der Stirn in ihr blondes Haar geschoben hatte. Wer brauchte denn im Dunkeln eine Sonnenbrille? Astrid hatte nur Augen für Matties. »Matties, welche Freude, dich zu sehen.«

»Hi Matties, schön dich wiederzusehen«, grüßte nun auch die Frau mit der Sonnenbrille. »Die Fahrradtour war wirklich toll, schade, dass du am Abend bei der Rückgabe nicht da warst.«

»Hallo.« Matties Stimme klang gleichgültig und höflich. Leonie drehte sich wieder zum Tisch, Matties tupfte mit einer Serviette den verschütteten Punsch weg. »Ich hole dir einen zweiten«, sagte er sanft zu ihr.

»Passt schon, ist ja noch über die Hälfte da.« Sie lächelte ihn etwas gequält an. Hoffentlich machte sich Astrid mit ihrer Freundin hier nicht breit.

»Dürfen wir bei euch stehen«, fragte da Sigrid mit betont freundlicher Stimme und Zahnpastalächeln. »Es ist so eng hier und wir haben keinen Platz gefunden. Dankeschön.« Sie stellte ihren Becher Glühwein mit Schwung neben Matties' Schneehasen ab.

»Das ist lieb«, säuselte nun Astrid und drängte sich auf Matties' andere Seite. »Ich bin total erstaunt, dich hier zu sehen, Matties. Du warst früher immer ein Gegner von Weihnachtsmärkten. Zu viel Gedränge, zu viel Alkohol und vor allem zu viel Weihnachtsgedudel.« Aus dem Lautsprecher ertönte »Jingle Bells« zu dem sie demonstrativ mitwippte.

Hoffentlich hängte sie sich nicht bei Matties ein und schunkelte mit ihm.

»Erinnerst du dich an die Strandparty mit dem großen Lagerfeuer?« Sie kicherte.

»Die habe ich nicht so gut in Erinnerung.« Sigrid grinste. »Du und Astrid, ihr habt pausenlos geknutscht.«

»Ja, wir waren so verliebt damals.« Astrid lehnte sich an Matties. »Dein Herz habe ich übrigens noch.« Sie beugte sich zu Leonie. »Er hat mir eine Silberkette mit einem Herzchenanhänger geschenkt mit unseren Initialen. Ein M und das A darüber, wie das Dach für ein Häuschen. Sooo süß.«

Leonie fing Matties' verärgerten Blick auf. Nein, ihm war der Überfall der beiden Damen alles andere als willkommen. Das gab ihr Sicherheit.

»Manche Häuser stürzen halt leider ein«, sagte sie ruhig. Die beiden starrten sie entgeistert an. Sie hob ihren Schneehasen hoch. »Prost, meine Damen. Ich bin Leonie, Matties' Neue. Freut mich, euch kennenzulernen.«

»Ähem, ich mich auch.« Sigrid fasste sich als Erste und stieß mit ihr tatsächlich an. Astrid hingegen hielt ihren Becher Matties hin. »Auf alte Zeiten«, sagte sie.

»Darauf stoße ich gerne an.« Matties hob seinen Becher und es klirrte, als er ihn gegen Astrids stieß. »Wir haben viel Schönes miteinander erlebt und unternommen und einiges an Spaß gehabt. Das Rad der Zeit hat sich weitergedreht, doch Erinnerungen können nicht gestohlen werden. Sie sind wichtige Edelsteine in meinem Herzen, auch wenn es mit einem Crash geendet hat. Und jetzt stoße ich auf die Gegenwart an, mit Leonie, meiner Liebe. Sie ist es, die heute mein Herz wärmt und in Händen hält.«

Leonie schossen Tränen in die Augen. Automatisch hob sie ihren Becher und stieß mit Matties an. Ihre Blicke verfingen sich. Der Lärm rund um sie ebbte ab, sie waren wie allein in einer Blase. Hinter Matties' Kopf blinkte eine farbige Lichterkette an der Hausmauer, so wurde er in verschiedenen Farben beleuchtet.

»Wie kitschig«, wurden sie von Astrids Stimme aus ihrer Trance gerissen. »Ja, am Anfang war es zwischen Matties und mir auch so. Aber dann waren ihm seine Berge lieber.«

»Du klingst verbittert«, sagte er und eine ungewohnte Schärfe schwang in seiner Stimme mit. »Dabei warst du in der Zwischenzeit mit einem anderen Mann verheiratet. Ist es nicht er, auf den du böse bist?«

»Ja«, zischte sie, »ich habe Harald geheiratet, das war ein Fehler. Aber nur, weil du mich verlassen hast.«

»Ich bin zur Ausbildung nach Bayern gefahren, du wolltest nicht, dass ich gehe.«

»Ja, verdammt. Ich hätte dich gebraucht.«

»Dennoch hast du nicht angerufen.« Matties warf einen kurzen Blick zu Leonie. »Lass es gut sein, Astrid.«

»Du hast deutlich gemacht, dass ich nicht an erster Stelle in deinem Leben stehe.«

»Nur weil ich den Beruf erlernen wollte, für den ich gebrannt habe? Du hättest dich melden können, nein, müssen.«

»Nimmst du es mir übel, dass ich allein entschieden habe? Ausgerechnet du?« Ihre Stimme wurde schrill. Mittlerweile waren trotz des Lärms einige von den Nachbartischen auf die Auseinandersetzung aufmerksam geworden. »Du spielst dich immer noch als mein Richter auf, du Scheinheiliger! Was hättest du gemacht, wenn du es gewusst hättest? Wärst du zurückgekommen? Hättest du zu deiner Verantwortung gestanden? Und wärst du nicht das ganze Leben verbittert gewesen, weil du dir deinen Traum nicht mehr hättest erfüllen können?«

»Verdammt, es hätte eine Lösung gegeben. Eine bessere, als mein Kind zu töten!«

Leonie stand starr und fühlte sich wie von Eisregen übergossen. Astrid war von Matties schwanger gewesen? Hatte sein Kind abgetrieben?

Es war auf einmal still. Der Lärm und die Weihnachtsmusik rundum schienen wie gedämpft, als wäre eine Wand zwischen den anderen und ihnen. Ein eiskalter Klumpen füllte Leonies Magen. Sie schob ihren Eierpunsch zurück, hob den Kopf und sah Matties an. Er war käseweiß, erschreckt über seine eigenen Worte.

Astrids Augen waren weit aufgerissen und ihre Lippen bewegten sich, als wollte sie etwas erwidern. Es kam jedoch kein Ton heraus.

»Du hast kein Recht, das zu sagen, Matties«, kam es von Sigrid. »Ich habe sie damals erlebt. Sie war ein Häufchen Elend. Du warst es, der weggegangen ist, hast sie zurückgelassen, schwanger …«

»Davon wusste ich nichts.« Matties' Stimme klang wie ein rostiges Scharnier.

»Matties, wir waren erst achtzehn Jahre alt. Ein Kind, das hätte unsere Zukunft zerstört.« Astrids Stimme vibrierte in einem hohen Tonfall.

»Ah, endlich bist du ehrlich. Dass ich fortgegangen bin, war gar nicht das Thema. Schließlich leben wir nicht im Mittelalter. Ein Anruf hätte genügt! Sonst warst du auch ständig mit deinem Handy beschäftigt. Es ging einzig und allein darum, dass du noch kein Kind wolltest.«

»Du bist nur gekränkt, weil ich diese Entscheidung, ohne dich zu fragen, getroffen habe. Und du hättest …«

»Ich hätte es gar nicht erfahren sollen, danke auch.« Matties drängte sich an Sigrid vorbei und verschwand in der Menge. Leonie starrte zuerst auf die leere Stelle am Tisch, dann folgte sie ihm.

»Große Liebe kann's nicht sein«, hörte sie Sigrid

hinter ihrem Rücken, »er scheint sie total vergessen zu haben.«

Leonie kämpfte sich durch die Menge. Eine Gruppe war als Weihnachtsfrauen und -männer verkleidet und schunkelte zu »Winterwonderland«.

Sie drängte sich weiter durch, bis sie das Ende der Hütten erreicht hatte. Der Strand lag im Halbdunkel, sie konnte Matties nirgends entdecken. Er musste hier irgendwo sein.

So, wie sie ihn kannte, war er Richtung Meer gelaufen. In dieser Beziehung empfanden sie beide gleich, das Plätschern der Wellen am Strand schenkte Frieden.

Und sie fand ihn hundert Meter abseits. Er stand mit gespreizten Beinen, die Hände in den Jackentaschen vergraben mit Blick auf die See. Leonie näherte sich von hinten. Er musste sie hören, denn ihre Stiefel knirschten im klammen Sand.

Dann stand sie neben ihm und entdeckte, dass seine Wangen feucht waren. Er sah sie nicht an, als er sprach. »Tut mir leid, dass ich dich so habe stehen lassen.«

Leonie schluckte. »Ich weiß nicht, was ich sagen soll. Sie hat einfach dein Kind abtreiben lassen? Ohne, dass du es wusstest?«

19

Matties

Matties hatte gedacht, er hätte die Geschichte hinter sich gelassen. Sie hatte ihn oft genug eingeholt. Meist auf dem Berg, wenn er in seinem Schlafsack eingerollt um Schlaf kämpfte. Sein Kind war gestorben, bevor es hatte leben dürfen.

»Ich habe auch Schuld«, sagte er leise und er fühlte sich wie befreit, nun da er es aussprach. Es war leicht, Astrid den Schwarzen Peter zuzuschieben. Sich selbst als Opfer zu sehen, das von nichts gewusst hatte.

Er warf Leonie einen schrägen Blick zu. Im Halbdunkel konnte er ihre Miene nicht genau erkennen, doch sie schien nicht entsetzt zu sein. Sie wartete geduldig.

»Astrid und ich sind in der Oberschule ein Paar geworden, wir waren beide sechzehn damals, wir gingen in die gleiche Klasse. Wir waren fast unzertrennlich, haben zusammen gelernt und eben«, er schlug seine behandschuhten Hände aneinander, »alles.«

Sie lächelte. »Ihr wart verliebt. Habt ihr nicht verhütet?«

»Kondome, ja. Astrid wollte sich die Pille verschreiben lassen, hat es dann doch immer wieder aufgeschoben. Heute frage ich mich, warum. Und wir waren zwar – hm – enthusiastisch, aber nicht sehr geschickt. Kurz vor Weihnachten in der Abschlussklasse ist einmal das Kondom verrutscht, danach haben wir gezittert. Zum Glück hat Astrid ihre Tage bekommen, genau zu Weihnachten. Glaub mir, das war das schönste Weihnachtsgeschenk damals.«

Leonie nickte, presste aber die Lippen aufeinander.

»Ich kann mir vorstellen, dass das für dich ganz furchtbar klingt. Du hast dir immer ein Kind gewünscht und wir waren froh, dass keines kam.«

»Ich versteh das schon. Ihr wart noch ziemlich jung.«

»Und dumm. Astrid hat den Arztbesuch immer wieder hinausgeschoben, Sex hatten wir trotzdem. Meines Erachtens waren wir vorsichtig. Bereits vor dem Abi wusste ich, dass ich in Bayern die Ausbildung machen wollte. Ich habe es mehrfach angedeutet, aber Astrid hat nicht zugehört oder ich war nicht deutlich genug. Sie dachte, wir würden miteinander nach Hamburg zum Studium gehen. Auf der Abiturfeier kam es zur Aussprache, sie ist komplett ausgeflippt, hat mich beschimpft und mir unterstellt, ich hätte eine andere. Eine Fernbeziehung könnte nie funktionieren und so hat sie mehr oder weniger Schluss gemacht.«

»Und dann? Warst du traurig darüber?«

»In dem Moment war ich geschockt, aber je näher meine Abreise rückte, desto erleichterter war ich, dass sie die Entscheidung für uns getroffen hatte. Ich habe mich dann noch von ihr verabschiedet, da war sie schroff und kurz angebunden.«

»Wusste sie da schon, dass sie schwanger war?«

»Sie behauptet nein.«

»Weshalb denkst du, dass du Mitschuld trägst?«

»Weil ich sie verletzt habe. Tief gekränkt. Aus Kränkung sind schon Kriege entstanden, und bei Astrid war es eben die Rache, mir nichts von dem Baby zu erzählen und es heimlich wegmachen zu lassen.« Er holte geräuschvoll Atem. »Wegmachen, was für ein scheußliches Wort.«

»Matties, du hast nichts Verwerfliches getan. Du bist deinen Weg gegangen, beruflich meine ich, und für dein Ziel war eine Ausbildung in Bayern nötig. Du hättest dich immerhin auf eine Fernbeziehung eingelassen und vielleicht hätte es sogar gehalten? Aber dazu gehören immer zwei. Astrid wollte euch von vornherein keine Chance geben.«

»Nein. Trotzdem ist da der Teufel in mir, der mir sagt, dass, wäre ich wegen des Babys zurückgekommen, ich meinen Traum hätte aufgeben müssen und wer weiß, was das mit mir gemacht hätte?«

»Wann hast du von dem Baby erfahren?«, fragte Leonie.

»Das war vor fünf Jahren. Ich habe meine Eltern besucht und überraschend tauchte Harald, Astrids Mann, im Kapitän Seppe auf. Sie haben offenbar versucht, ein Baby zu bekommen, und es hat nicht geklappt. Harald hat mich angeschrien, es wäre meine Schuld, weil ich Astrid zur Abtreibung getrieben hätte. Ich bin aus allen Wolken gefallen! Ich bin noch am gleichen

Abend zu Astrid gefahren und habe sie auf das Übelste beschimpft. Irgendwie war ich nicht mehr ich selbst an dem Abend.« Er schüttelte den Kopf. »Ich war dermaßen zornig, dass ich nicht mehr klar denken konnte.«

»Das ist verständlich.«

»Dennoch habe ich damals überreagiert und Beleidigungen ausgestoßen, die unentschuldbar sind.«

»Dann sag ihr das.« Leonie überbrückte die Distanz zu ihm, umschlang ihn fest. »Hast nicht du zu mir gesagt, man lebt in der Gegenwart? An der Vergangenheit kannst du nichts ändern, Jahre später ist es leicht zu sagen: Hätte, wäre, könnte ... du hast nichts von dem Baby gewusst. Astrid hat ihre Entscheidung – aus welchen Gründen auch immer – getroffen und sie ist es, die damit leben muss. Weißt du, ob sie nicht ebenfalls gehadert hat? Bestimmt hat sie sich den Entschluss nicht leicht gemacht. Mit achtzehn ein Kind aufzuziehen, ist schwierig. Meine Mutter hat mich mit achtzehn bekommen, mein Vater war nur zwei Jahre älter, als du es gewesen wärst. Sie haben geheiratet und sind beide unglücklich geworden. Meine Mutter hat zu trinken begonnen, mein Vater war selten zu Hause. Und ich, ich war dazwischen. Hätte es meine Oma nicht gegeben, wäre ich vor die Hunde gegangen. Wer hätte euer Kind großgezogen? Deine Eltern oder die von Astrid? Ich will nicht sagen, dass es unbedingt so hätte kommen müssen. Leicht wäre es trotzdem nicht geworden.«

Er nagte an seiner Unterlippe. »Ich weiß nicht, was geworden wäre. Doch hätte deine Mutter so gedacht, wärst du nicht auf der Welt. Und das wäre jammerschade.«

»Finde ich auch.« Sie gab ihm einen flüchtigen Kuss und löste sich rasch, ehe er intensiver werden konnte. »Bei meiner Mutter war Abtreibung damals kein Thema, aber eine Adoption wäre möglich gewesen. Möglicherweise hat sie später ihren Entschluss, mich zu behalten, bereut? Dennoch hat man genau zu diesem Zeitpunkt mit den gegebenen Fakten nicht anders entscheiden können? Es bringt nichts, eine Wahl, die in der Vergangenheit getroffen wurde, immer von Neuem zum Vorwurf zu machen. Weder sich selbst noch anderen. Du musst jetzt das Beste draus machen.«

Er nickte.

»Astrid hat sich mit der Abtreibung auch gegen dich entschieden.«

»Und weshalb steigt sie mir dann jetzt nach? Tut so, als wollte sie mich zurück?«

»Vielleicht möchte sie eine Art Absolution von dir?«

Matties riss die Augen auf. Konnte das sein? Er hatte sie immer nur beschimpft und für ihre Eigenmächtigkeit verurteilt.

Auf einmal sah er das achtzehnjährige Mädchen vor sich. Der Freund weg, schwanger – ein Weltuntergang in diesem Alter. Und wusste er, wie schwer oder leicht sie sich ihren Entschluss gemacht hatte? Konnte Leonie recht haben? Brauchte Astrid seine Verzeihung?

Konnte er das tun? Jahrelang war er verbittert gewesen. Eine rote Flamme war vor seinem inneren Auge entflammt, hatte er nur an Astrid gedacht.

Es war Zeit, Frieden zu schließen und bei diesem Gedanken spürte er, wie ihn Entspannung und Seelenruhe überkamen.

Er drehte sich um und sah auf die Lichter vom Weihnachtsmarkt. Die Musik war aus dieser Entfernung immer noch leise zu hören, das ausgelassene Lachen der Menschen, die Gespräche, Gläserklirren.

Er liebte diese Stimmung.

Und neben ihm stand die Frau, die sich intensiv in sein Herz geschlichen hatte.

»Was hältst du davon, wenn wir uns beide noch mal Schneehasen holen, schließlich haben wir sie nicht ausgetrunken und ich spendiere eine Portion Futjes.«

»Was ist denn das?«

»Du kennst Futjes noch nicht? Was für eine Bildungslücke.«

Sie kehrten zurück, mussten zwar eine Weile anstehen, aber für das fluffige Hefegebäck aus der Pfanne hatte es sich gelohnt. Leonie war auf Anhieb begeistert und schlang ihre Portion in Rekordgeschwindigkeit hinunter. Rund um sie herum herrschte ausgelassenes Treiben. Die Besucher hatten sich in Gruppen zusammengeschlossen und brüllten fast, um den Lärm der anderen zu übertönen.

»In der Muschel soll ein Shanty-Chor singen.« Leonie kam vom Mülleimer ein paar Meter weiter weg zurück, wohin sie die leeren Pappteller gebracht hatte. »Wollen wir dahin? Ich habe noch nie einen Shanty-Chor live erlebt.«

Er stöhnte innerlich beim Gedanken, sich durch das Gedränge bis zur Musikmuschel am Strand vorkämpfen zu müssen. Ihre Augen glänzten, die Wangen waren gerötet und ihre Stimme klang aufgeregt. Wie hätte er ihr auch nur einen Wunsch abschlagen können?

Eine Viertelstunde später hatten sie es geschafft und einen Platz erreicht, wo sie einen guten Blick auf die kleine Bühne mit ihrem muschelförmigen Dach hatten. Etwa zwanzig Männer in Matrosenkleidung standen aufgereiht, statt der Matrosenkappen trugen sie blinkende Weihnachtsmützen. Auch die Bühne selbst war mit leuchtenden Ketten und Girlanden geschmückt.

Leonie zückte ihr Handy und schoss ein paar Fotos. »Hast du was dagegen, wenn wir ein Selfie machen?« Sie lächelte ihn an.

»Solange du es nicht postest?«

»Ich habe nicht einmal einen Account.«

»Echt nicht?« Das wunderte ihn. Er kannte kaum jemanden, der nicht auf den üblichen Plattformen vertreten war.

»Frank hat es verboten, er hat mir eindrücklich klar gemacht, dass das Internet niemals vergisst. Alles, was ich poste, bleibt lebenslänglich und über mein Leben hinaus erhalten. Finde ich schon gruselig. Weißt du, wie viele Accounts es gibt, deren Besitzer gestorben sind?« Sie musste fast brüllen, denn der Chor hatte angefangen zu singen, und es wurde über Lautsprecher übertragen. Sie sangen gerade »Feliz Navidad« und gar nicht einmal schlecht. Bei den meisten Chören kam speziell dieser Song zu langsam, doch der Shanty-Chor hatte es drauf.

»Darüber habe ich nicht nachgedacht.« Er hatte das mit dem Posten eher als Spaß gemeint, aber dass Leonie gar keinen Account besaß? Das war ungewöhnlich. Selbst er war auf Instagram, hatte Bergerlebnisse mit beeindruckenden Fotos ins Netz gestellt und so zahlreiche Follower erworben. Mittlerweile war er nicht mehr so oft online, doch auch Fotos von Sylt fanden Anklang.

Matties zog Leonie zu sich. »In diesem Fall – Achtung – Sag Cheese!«

Sie lachte, hob ihr Handy hoch und sie schossen ein paar Bilder. Danach lehnte sie sich an ihn, er umschlang sie von hinten mit seinen Armen und fühlte sich wohl. Der Chor wechselte zu »White Christmas« und schließlich folgten einige deutsche Weihnachtslieder.

Leonie drehte das Gesicht zu ihm und blickte ihn von unten an. Immerhin war er doch einige Zentimeter größer als sie. »Ich bin kein Musikprofi, aber ich glaube, die sind richtig gut.«

»Muss man ein Profi sein, um beurteilen zu können, was einem gefällt?« Er gab ihr einen schnellen Kuss auf die Nasenspitze.

Eine längere Unterhaltung war nicht möglich, es war zu laut. Er genoss es, sie zu halten, und sie blieben bis zum Ende des Konzerts.

Anschließend tranken sie noch einen alkoholfreien Punsch. Einige Hütten waren bereits geschlossen, der Markt hatte nur bis zehn Uhr abends offen und es war kurz davor. Plötzlich wies Leonie auf den Stand gegenüber. »Den muss ich haben. Pass auf meinen Punsch auf.« Überrascht beobachtete er, wie sie mit großen Schritten hinüberlief. Was konnte sie gesehen haben? Es war ein Verkaufsstand mit Dekorationsgegenständen von Handarbeit bis Kitsch. Es dauerte ein wenig, bis sie zurückkam. Ein etwa zwanzig Zentimeter großer Weihnachtsmann aus Filz lag in ihrer Hand. Etwas verlegen drückte sie ihn an sich, in ihre Handtasche hätte er nicht hineingepasst. »Er erinnert mich an jemanden«, sagte sie, als wollte sie sich entschuldigen.

In Matties blitzte etwas auf. Der kleine Kerl sah genauso aus, wie der Weihnachtsmann, der ihm geraten hatte, die Schneekugel zu kaufen.

»Er ist süß. Und du brauchst dich weiß Gott nicht zu rechtfertigen, wofür du dein Geld ausgibst.«

Sie schenkte ihm jenes Lächeln, das ihm von Kopf bis zu den Zehen ein angenehmes Prickeln bescherte. Plötzlich wurde ihm klar, dass ihr Ehemann ihr einige Vorschriften gemacht hatte.

Wie kam er dazu, sich mit ihm zu vergleichen? Schließlich war er nicht mit Leonie verheiratet und sie waren auch kein richtiges Paar.

Mach dir nichts vor! Er hatte sie als seine Freundin bezeichnet und nicht gelogen.

Sie waren zusammen.

Auf der Heimfahrt verstärkte sich das wohlig-warme Gefühl noch. Matties sah zu Leonie hinüber, die hielt den Weihnachtsmann an sich gedrückt. Ob er ihr von seiner Begegnung mit dem Mann erzählen sollte? Offensichtlich hatte sie ihn auch gesehen, hatte sie nicht gesagt, dass die Puppe sie an jemanden erinnerte?

Doch dann hielten sie vor Leonies Haus und wie selbstverständlich kam er mit hinein.

In ihr Haus, ihr Schlafzimmer und in ihre Arme.

Dort gehörte er hin.

20

Leonie

Leonie erlebte die kommenden Tage wie im Traum. Matties verbrachte seine gesamte Freizeit bei ihr, doch er hatte auch reichlich Arbeit. Das Wetter hatte aufgeklart und es gab zahlreiche Touristen, die sich Fahrräder ausliehen. Zudem arbeitete er an seinem Buch weiter, die Abgabefrist für das Manuskript war im Januar.

Ihre Liebe zu ihm wuchs täglich. Es ging weit über eine Verliebtheit hinaus, sie mochte einfach alles an ihm, sogar seine Macken. Dass er sich beispielsweise die in die Stirn fallenden Haarsträhnen immer zurückschütteln musste. Dafür ließ seine angenehm tiefe Stimme ihr Inneres vibrieren, seine Hände auf ihrem Körper ihr Herz hüpfen und seine Küsse sie im Paradies wähnen.

Er konnte zuhören und nahm immer Rücksicht auf ihre Bedürfnisse. Erst jetzt wusste sie, was das bedeutete.

Sie telefonierte einmal mit ihrer Tante Nora und dann mit ihrer Cousine Laurella, die nach Schottland gereist waren. Weshalb, daraus machten sie ein großes

Geheimnis, das Leonie ihnen nicht hatte entlocken können. Aber an den Stimmen hatte sie erkannt, dass beide gelöst und glücklich klangen.

Der 20. Dezember war gekommen, der Tag des Watten-Eiszaubers. Leonie legte sich ihr neues Kleid zurecht, das sie extra in Westerland gekauft hatte. Für Matties wollte sie besonders hübsch sein. Sie föhnte ihre Haare und hätte fast das Klingeln ihres Handys überhört.

Es war Richard.

»Hallo Leonie, wie geht es dir?«

»Wunderbar.«

»Du klingst fröhlich.« Richards Stimme klang sachlich wie immer. »Ich möchte dir sagen, dass ich morgen am späteren Vormittag zu dir komme.«

Ausgerechnet am Tag nach dem Watten-Eiszauber! Da hätte sie gern ausgeschlafen. Aber Matties würde sowieso arbeiten müssen.

»Wann kommt ihr an?« Er brachte ihre Pläne durcheinander, zudem wusste sie instinktiv, dass er ihre gute Stimmung zerstören würde. »Soll ich euch in Westerland abholen?« Sie bot es widerwillig an, denn seine Frau war kaum zu ertragen.

Doch zu ihrer Überraschung sagte er: »Nein, danke. Ich habe meinen BMW dabei. Der Autoreisezug kommt ungefähr um zehn an, bis ich bei dir bin noch eine Viertelstunde oder so?«

»Ihr fahrt mit dem Wagen? Rentiert sich das?«

»Ja, ich erkläre dir dann alles. Uschi ist nicht dabei, sie wollte nicht mitfahren. So können wir ungestört reden. Ich freue mich auf dich, bis bald.« Er räusperte sich. »Vielleicht darf ich dich nach dem geschäftlichen Teil am Abend zum Essen ausführen?«

Zum Essen? Mit dem überkorrekten Anwalt?

»Aber, das ist nicht nötig ...«

»Doch, ist es. Bis morgen, Leonie.« Richards Stimme hatte auf einmal einen weichen Unterton.

Leonie starrte verblüfft auf ihr Handy.

Die Freude auf das Fest war ihr vergangen. Wenn Richard extra anreiste, dann musste die Lage ernst sein. Konnte wirklich mehr hinter Katharinas Drohung, vor Gericht zu gehen, stecken? Und was bedeutete das für sie?

Doch nun würde sie sich auf das Fest konzentrieren, auf keinen Fall wollte sie Matties den Spaß verderben. Wie sie bisher mitbekommen hatte, sollte die Sause etwas ganz Besonderes sein.

Sie hatte ein silbriges Kleid gewählt, passend zum Winter. Matties hatte ihr gesagt, dass die meisten sich in ›eisige‹ Winterfarben kleiden würden, blau, weiß, Silber und grau.

Als Matties sie abholte, war sie ziemlich nervös. Das Oberteil mit den silbrigen Pailletten ohne Ärmel schmiegte sich an, darunter trug sie einen flauschigen Cashmerepullover, dazu der Rock in hellem Blau mit Strängen aus Glitzersteinen.

»Wow, du bist meine Eiskönigin.« Matties musterte sie mit glühenden Augen. Unter seinem anerkennenden Blick wurden ihre Wangen heiß. »Du bist wundervoll.«

Nun betrachtete sie ihn genauer, er trug einen eisblauen Anzug mit silbergrauem Hemd. »Du siehst auch klasse aus.«

»Danke. Ehrlich gesagt ist das derselbe Anzug vom Vorjahr, letztes Jahr hatte ich nur ein weißes Hemd dazu.«

»Vermutlich wäre es auch teuer, jedes Jahr etwas Neues zu kaufen.«

»Stimmt. Manche leihen sich Kostüme aus.«

»Richtige Kostüme?«

»Ja, du wirst staunen.« Er bot ihr den Arm. »Prinzessin Elsa, darf ich bitten?«

»Königin, so viel Zeit muss sein.« Sie lachte in Anspielung auf Walt Disneys Eiskönigin. »Ah, Moment, einen Mantel sollte ich schon anziehen.«

»Ja, nimm warme Sachen mit. Es gibt später ein Lagerfeuer mit Glühwein.«

»Also auch die Stiefel. Darf man überhaupt Lagerfeuer machen?«

»Nein, aber in Ausnahmefällen genehmigt es die Gemeinde und unser Fest hat bereits Tradition. Es findet heuer zum 39. Mal statt. Meine Großeltern haben es eingeführt.«

»Ich bin schon so gespannt.« Vor ein paar Wochen hätte sie niemals daran gedacht, seine Einladung anzunehmen und auf dieses Fest zu gehen. Wäre Matties nicht, würde sie immer noch einsam und isoliert in ihrem Haus hocken. »Danke, dass du mich eingeladen hast«, sagte sie spontan.

Matties schien sofort zu verstehen, was sie wirklich damit sagen wollte, und lächelte. Ihr wurde heiß.

»Beeil dich, sonst sind wir die Letzten.«

Das war bei Weitem übertrieben, aber einige waren bereits da, als sie am Kapitän Seppe ankamen.

Matties nahm Leonie den Mantel und ihre Tasche mit der zusätzlichen warmen Kleidung ab und brachte sie ins Büro seines Bruders. »Dann müssen wir nachher nicht in der überfüllten Garderobe graben«, war sein Argument.

Leonie war beeindruckt von den geschmückten Räumen. Zu der Dekoration, bei der sie mitgeholfen hatte, war noch einiges dazugekommen. Überall leuchtete und blinkte es. Jetzt bei Dunkelheit kamen die Girlanden, Lichtketten und beleuchteten Figuren so richtig zur Geltung.

Ein heißer Cocktail wurde ihnen in die Hand gedrückt, in der Ecke spielte bereits ein Musikerduo und sang ein Lied auf Plattdeutsch.

»Kannst du plattdeutsch?«, fragte sie Matties.

»Ein wenig. Meine Eltern können es noch gut. Übrigens, dort sind sie.« Er zog sie zu Theo und Britta, die mit mehreren Personen in einer Gruppe standen. Von Matties wusste Leonie, dass zum Watten-Eiszauber sowohl Einheimische als auch Stammtouristen, die bereits jahrelang Weihnachten auf Sylt verbrachten, eingeladen wurden. Matties' Eltern begrüßten sie herzlich und stießen danach mit allen an. Sie schienen ausgesprochen beliebt zu sein. Britta bat Matties um Hilfe, eine heruntergefallene Girlande neu zu befestigen, so war Leonie kurz allein und beobachtete das Treiben. Die Musik gefiel ihr gut, die beiden Musiker spielten ein gemischtes Programm. Weihnachtslieder wechselten mit sanften Melodien ab, dazwischen kam ein Rock 'n' Roll und anschließend ein Shanty.

Matties plagte sich immer noch mit der Girlande, so beschloss Leonie, Jonte Hallo zu sagen. Sie fand ihn in der Küche. Auch er trug einen Anzug, hatte aber eine Schürze umgebunden und rührte in einem Topf. Drei andere Männer in Kochkleidung waren ebenfalls beschäftigt. Einer wusch Salat, der zweite war dabei den Teig zu kneten, der dritte schnitt Gemüse.

»Hi Jonte.«

Er sah auf. »Ah, Leonie, hast du vielleicht Zeit, mir zu helfen? Die Aushilfe hat mir im letzten Moment abgesagt.«

»Klar, gern. Was soll ich tun?«

»Einfach auf jeden der Vorspeisenteller eine Tomaten- und eine Gurkenscheibe legen. Ist alles vorgeschnitten.« Die Teller sahen bereits appetitlich aus, mit Fischröllchen und einer Art Tatar. Leonie wusch sich rasch die Hände und griff nach der Schüssel mit den geschnittenen Scheibchen. Es war keine anspruchsvolle Aufgabe, doch Leonie machte es Spaß, helfen zu können. Ihr schoss durch den Kopf, dass sie nicht dauerhaft zum Müßiggang geschaffen war, so sehr sie ihre Auszeit auch gebraucht hatte. Vielleicht sollte sie wenigstens irgendeinen Hilfsjob annehmen? Oder etwas Ehrenamtliches?

»Hier bist du!« Matties kam herein. »Das darf doch nicht wahr sein, Jonte! Teilst meine Freundin für Hilfsarbeiten ein.«

»Das ist absolut in Ordnung, tue ich gern.« Leonie garnierte gerade den letzten Teller. »Das sieht so lecker aus. Ich freue mich schon aufs Essen.«

Matties legte den Arm um sie. »Bist du fertig?« Er wandte sich an Jonte. »Dann nehme ich sie wieder mit.«

»Ich helfe gern, wenn du noch was hast.« Leonie hatte die Arbeit richtig Spaß gemacht.

Jonte ließ den Blick über die Küche schweifen. »Ich denke, es ist fertig. Danke dir, Leonie.« Er nahm die Schürze ab. »Ich komme mit. Mama sagt auch immer, ich soll mehr delegieren und mein Team hat alles im Griff, nicht wahr?«

»Klar, Chef.« Es kam im Chor wie eingeübt, und Leonie musste lachen.

Das »nicht wahr« rief ihr wieder den Weihnachtsmann mit den blauen Augen in Erinnerung, der gefühlt nach jedem Satz diese Floskel einfließen ließ.

Matties zog sie zur Tanzfläche und sie schmiegte sich in seine Arme, als sie zu Bing Crosbys »White Christmas« tanzten. Sie hatte mit Frank auch oft getanzt, vor allem damals auf ihrem Maturaball. Frank war ein geübter Tänzer gewesen und sie hatte seine sichere Führung genossen.

Mit Matties zu tanzen war wie eine Melodie, die sich von ihren Zehen bis in den Kopf übertrug. Ihr Körper drehte sich wie eine Blüte, deren Blätter sich im Lufthauch nahezu selbstständig bewegten. Matties Hände hinterließen heiße Spuren auf ihrem Körper und sie hätte weinen mögen, so sehr war sie durchdrungen von dem Gefühl der Verbundenheit, das sie noch nie in diesem Ausmaß hatte empfinden können.

Ein kristallenes Klingeln riss sie aus ihrer Trance.

»Zu Tisch, meine Lieben!«, ertönte Brittas Stimme.

Leonie empfand den Abend wie ein Traum. Hatte Matties sie als Prinzessin tituliert und hatte sie es als scherzhaft empfunden, so war sie nun vom Gegenteil überzeugt. Keiner Prinzessin konnte es momentan besser gehen als ihr. Die kulinarischen Genüsse verzauberten sie ebenso wie die Melodien und Matties' liebevolle Blicke. Auf einen winterlichen Salat mit verschiedenen Nüssen folgte ein Schaumsüppchen aus gelben Tomaten mit gebratenen Jakobsmuscheln. Die Hauptspeise war ein saftiges Rinderfilet Colbert mit Rosmarinkartoffeln und Pilzen. Leonie und Matties sprachen kaum miteinander, sondern wurden von ihren Tischgenossen, zwei Touristenpärchen, in Beschlag genommen. Aber jedes Mal, wenn sie sich in die Augen sahen, wunderte sich Leonie, dass der Raum nicht in Flammen aufging.

Das Dessert waren ›Schneebälle‹, wie Jonte sie nannte: mit Krokant überbackene Eiskugeln mit Schokoladenmousse und Früchten.

Danach war Leonie komplett satt.

»Es ist Zeit für ein wenig frische Luft.« Matties zog sie hoch.

Sie zogen sich warm an und Minuten später blies der Wind kühl über Leonies erhitztes Gesicht. Am Strand hatte Theo bereits das Lagerfeuer entzündet, Britta schenkte an einem improvisierten Stand heiße Getränke aus, Glühwein und eine alkoholfreie Variante, wie Matties ihr mitteilte.

Doch zuerst zog es sie ans Wasser, Matties ging es genauso. Ohne Worte spazierten sie einträchtig nebeneinander durch den Sand, der durch die Kälte fester geworden war.

Schließlich standen sie Hand in Hand vor dem Meer, der zunehmende Halbmond spiegelte sich im Wasser und zog eine Leuchtspur darin. Vom Lagerfeuer drang gedämpft der Lärm der fröhlichen Menschen zu ihnen. Leonie vernahm das tiefe Lachen von Theo.

»Ich mag deine Familie.«

»Ich auch. Obwohl sie manchmal nerven.« Er wandte ihr den Kopf zu. »Du solltest deinen Vater anrufen. Einfach so, für dich.«

In diesem Moment flog eine Sternschnuppe quer über den Himmel. Es war die erste Sternschnuppe in ihrem Leben. »Hast du das gesehen?«, fragte sie aufgeregt.

»Ja.« Matties drückte ihre Hand. »Wenn das kein gutes Zeichen für unsere Liebe ist.«

Leonie sog tief die frische eiskalte Luft ein. Sie fühlte sich friedlich und ausgeglichen wie seit Langem nicht mehr. Matties' Vorschlag ihren Vater betreffend erschien ihr nun sinnvoll. »Ja. Ich werde Papa schöne Weihnachten wünschen. Durch deine Geschichte mit Astrid ist mir klar geworden, dass es nicht nur Schwarz und Weiß gibt. Meine Eltern haben sich damals entschieden, mich zu bekommen. Es hat beide zerstört. Meine Mutter ist Alkoholikerin geworden, wurde mit ihrer frühen Mutterschaft nicht fertig. Und mein Vater erst recht nicht. Er hat sich um seine Jugend betrogen gesehen. Als Mann konnte er sich leichter abseilen. Aber hätte sie mich abtreiben lassen, wäre ich heute nicht auf der Welt.«

»Gott sei Dank haben sie sich für dich entschieden.« Matties legte den Arm um sie. »Das habe ich, glaube ich, schon mal erwähnt.«

»Ja. Aber um welchen Preis? Hätten sie es getan, wenn sie gewusst hätten, wie sehr ich – sprich das Baby – sie belastet? Man kann eben nicht in die Zukunft sehen.«

Er schwieg.

»Ich werde meinen Vater anrufen, es wird Zeit, dass ich ihm vergebe.« Leonie fühlte sich plötzlich federleicht.

»Klingt gut. Schließlich ist Weihnachten.« Matties lächelte. Dann nickte er Richtung Lagerfeuer. »Offenbar ist es auch für mich Zeit, jemandem zu verzeihen.«

Leonie folgte seinem Blick. Astrid und ihre Freundin waren hinzugekommen. »Sie ist da? Ich habe sie drinnen nicht gesehen?«

»Für das Essen haben wir nur begrenzt Platz, danach kommen aber viele zum Lagerfeuer.«

»Geh zu ihr.«

Er schaute sie an. Im Halbdunkel konnte sie sein unvergleichliches Lächeln nur erahnen. »Ich liebe dich.«

Leonie blickte ihm nach, als Susanne Schnabls Stimme hinter ihr erklang. »Leonie?«

Sie drehte sich um. Die Tierärztin hatte einen dicken Mantel, eine weiße Mütze und Fellstiefel an. »Ein Glück, dass ich dich hier erwische. Das Du ist hoffentlich okay?«

Leonie konnte Susanne nur anstarren.

»Ich möchte mich entschuldigen«, fuhr diese schon hastig fort. »An diesem Tag – ich weiß nicht, was in mich gefahren ist. Ich habe mich unmöglich benommen. Mittlerweile hat sich das Ganze auch aufgeklärt,

Balu hat sich wirklich von der Leine losgerissen. Ein Touristenkind hat den Kleinen mit in den Bus nach Kampen genommen und wollte ihn zur Ferienwohnung mitnehmen. Aber in Kampen hat sich Balu aus den Armen gestrampelt und ist weg. Das Mädchen hat sich nicht getraut, das sofort seinen Eltern zu erzählen. Erst später kam alles heraus.« Susanne presste ihre behandschuhten Hände aneinander. »Es tut mir leid, dass ich dich verdächtigt habe. Und dass dich das dermaßen aus der Fassung gebracht hat. Ich würde mich freuen, wenn du und Matties mal auf einen Kaffee und ein Stück Bienenstich zu mir kommt.« Sie sah Leonie bittend an.

Diese streckte ihr die Hand hin. »Ich freue mich schon drauf.«

21

Matties

Wie könnte er Leonie nicht lieben? Kaum zu glauben, dass sie erst so kurz zusammen waren. Mit dem Näherkommen sah er Astrids Gesicht deutlicher im Licht der Flammen. Sie wirkte verkrampft, die Lippen zusammengepresst, ihr Blick war gesenkt. Leonie hatte recht, sie war unglücklich. Weswegen auch immer die Ehe mit Harald gescheitert war, sie litt offensichtlich.

Sie bemerkte ihn erst, als er schon fast bei ihr war. Er kämpfte sich zu ihr durch und sie blickten sich sekundenlang an. »Ich möchte mit dir reden«, sagte er sanft.

Astrid nickte, offenbar spürte sie, dass er verändert war. Er fühlte es selbst, die unbändige Wut, wann immer er sie gesehen hatte, war verschwunden.

»Soll ich mitkommen, Astrid?«, ertönte Sigrid vor ihnen. Sie hielt zwei Becher Glühwein in Händen.

»Nein, danke«, sagte Matties. »Aber, danke für den Glühwein.« Er nahm der völlig überrumpelten Frau die Becher ab.

»He, einer gehört mir«, rief sie hinter seinem Rücken.

Er blickte über seine Schulter. »Ich gebe dir nachher einen aus.«

Matties führte Astrid ein gutes Stück abseits. Der Lärm war nur noch gedämpft zu hören, auch sonst war niemand in der Nähe. Dieses Gespräch wollte und musste er unter vier Augen führen.

Schließlich blieb er stehen und drückte Astrid einen der Becher in die Hand. »Ich weiß nicht, wo ich anfangen soll.« Das war schon mal eine miserable Eröffnung.

»Was sagt deine neue Freundin dazu, dass wir hier so allein im Dunkeln sind?«

»Sie hat mich animiert, mit dir zu reden.«

Astrid blieb der Mund offen stehen. Seine Worte flossen auf einmal wie von selbst. »Ich möchte mich bei dir entschuldigen, Astrid. Es war anmaßend und hochmütig von mir, deine damalige Entscheidung dermaßen niederzumachen und dich so anzuschreien. Ich wollte, ich könnte meine Worte zurücknehmen. Leider kann ich das nicht, nur sagen, wie leid mir das tut. Du warst erst achtzehn und allein, klar, du hättest mich anrufen können. Doch du hast recht, begeistert wäre ich nicht gewesen, dass meine gesamten Pläne für die Zukunft den Bach runtergegangen wären. Vielleicht hätten wir es hingekriegt, vielleicht nicht – aber es ist nun so gekommen, und ich kann deine Entscheidung akzeptieren.«

Er bemerkte, wie sich ihr Brustkorb hob und senkte. »Du bist nicht mehr sauer auf mich?«

»Nein. Ich war lange Zeit verbittert, weil du es mir nicht einmal hinterher gesagt hast, Harald hingegen schon. Es von ihm so unter die Nase gerieben zu bekommen …«

»Ich habe es ihm nie erzählt.« Sie schüttelte den Kopf. »Die Einzige, die von der Abtreibung gewusst hat, war Sigrid, denn sie hat mich ins Krankenhaus begleitet.«

»Aber woher wusste er es dann?«

»Es war ein Fehler, Harald zu heiraten. Bereits kurz nach der Hochzeit hat er sich als furchtbarer Kontrollfreak entpuppt. Immer musste ich auf die Minute genau sagen, wo ich wann gewesen bin. Oft ist er unvermutet aufgetaucht, wenn ich mit Sigrid unterwegs war. Wir wollten Kinder, als es nicht geklappt hat, hat er in meinen Unterlagen gestöbert und ist auf die Entlassungspapiere von der Klinik gestoßen. Er war stinksauer und hat dem Eingriff die Schuld gegeben, dass es nun nicht mehr klappt.« Sie seufzte. »Aber ich habe mich untersuchen lassen, ich kann jederzeit wieder Kinder bekommen.«

»Das war euer Scheidungsgrund?«

»Wir haben nur noch gestritten. Es ging nicht mehr. Unsere Ehe hat nicht mal sechs Jahre gehalten.«

»Das tut mir leid.« Er nahm einen Schluck aus seiner Tasse.

»Und du? Bist du glücklich?«

»Ja.«

»Ich freu mich für dich.« Astrid schluckte merklich, führte rasch den Becher an den Mund und nippte von dem Glühwein, ehe sie hinzufügte. »Sie scheint eine taffe Frau zu sein.«

»Das ist sie.« Er räusperte sich. »Magst du mir erzählen, wie du es damals erlebt hast? Du musst dich nicht rechtfertigen, aber ich will es hören, damit ich, nein, wir beide, unseren Frieden schließen können. Denn auch du bist nicht darüber hinweg.«

Sie umschloss den Becher mit ihren behandschuhten Händen und musterte ihn. Zum ersten Mal sah Matties in ihr nicht die Mörderin seines Kindes, sondern entdeckte Seelenschmerz, Verzweiflung und Reue in ihren Zügen.

»Ich war am Boden zerstört, als du mir auf der Abifeier gesagt hast, dass du nach Bayern gehst. Es war ja nicht nur deine Ausbildung, du hast so gestrahlt, als du von den Bergen gesprochen hast. Da wusste ich, dass ich dich verlieren würde. Du hast immer wieder betont, dass du zurückkommen wirst. Aber«, sie deutete auf das Meer und dann auf die Dünen, »was gibt es hier zum Klettern für dich? Die Uwe-Düne vielleicht?«

Er lachte. »Mit gerade mal zweiundfünfzig Metern wäre das eine große Herausforderung.«

»Wozu solltest du ein Zertifikat als Bergführer erwerben, wenn du danach nicht weiterhin deinen Beruf ausüben wolltest? Also waren deine Beteuerungen, du würdest nur für die Zeit deiner Ausbildung weggehen, Schall und Rauch.«

»Stimmt. Aber ich hatte im Hinterkopf, dass du vielleicht nachkommen könntest, dass es egal wäre, wo wir beide wohnen.« Es war nicht die Wahrheit, denn er hatte damals nicht so weit gedacht. Das Wichtigste war für ihn gewesen, die Ausbildung zu machen. Die

Liebe zu den Bergen war stärker gewesen als die Liebe zu ihr.

Sie musste ihm ansehen, dass er log, doch sie ging nicht darauf ein. »Eine Woche, nachdem du gegangen warst, wurde mir in der Früh schlecht. Da dachte ich noch, ich hätte was Falsches gegessen und war froh, dass ich mich rasch erholt habe. Doch am nächsten Morgen kam es wieder. Sigrid hat mir einen Test besorgt und als der positiv war ...« Sie brach ab. Eine Träne rollte ihre Wange hinunter. Mit seinem Zeigefinger, der im dickgefütterten Handschuh steckte, fing er sie auf. »Es war ein Weltuntergang, ich habe fast einen ganzen Tag geheult. Meine Mutter ist zum Glück zwei Tage fort gewesen, sie hat Verwandte auf dem Festland besucht. Und dann habe ich mir ausgemalt, das Baby zu bekommen. Auf meine Mutter konnte ich nicht zählen, die wäre daran verzweifelt, dass ich das gleiche Schicksal wie sie erlitten hätte.«

Matties nickte kurz. Astrids Vater hatte sie nie kennengelernt. Er war ein Urlaubsflirt gewesen und ihre Mutter war eine ständig jammernde Frau, die stets betont hatte, wie schwer es war, ein Kind allein durchzubringen.

»Ich habe ihr nichts gesagt, sondern nur mit Sigrid geredet. Sie hat mir geraten, dich anzurufen, schließlich sei es auch deine Verantwortung. Aber ich habe gezögert. Du warst noch viel zu sehr in meinem Herzen drin und hättest mich zu allem überreden können. Ich war bei der Beratung, es war eine wirklich nette Frau. Sie hat etwas Wahres gesagt. Dass ich es sei, die mit den Konsequenzen leben müsse, wie immer ich mich entschiede. Wählte ich die Abtreibung, so hinterließe diese Spuren. Es wäre auf jeden Fall eine psychische Belastung. Bekäme ich das Baby und gäbe es zur Adoption frei, dann würde ich mich vermutlich an jedem Tag meines Lebens fragen, wo mein Kind ist und ob es ihm gut geht. Und wenn ich es behielte, was könnte ich ihm bieten? Sie hat mir natürlich auch dargelegt, welche Hilfen ich erhalten könnte, aber irgendwie ... ich habe Panik bekommen.« Nun strömten noch mehr Tränen über ihre Wangen.

Matties stellte seinen halb leeren Becher auf den Boden, nahm ihren ab und warf ihn dazu. Es war ihm egal, dass er umkippte und das Getränk im Sand versickerte. Er zog Astrid in seine Arme. Sie schluchzte und er strich beruhigend über ihren Rücken. »Es tut mir leid, dass du das allein hast durchmachen müssen. Ich hätte für dich da sein sollen und habe nur egoistisch meine eigenen Pläne verfolgt. Es gibt keine Entschuldigung für mein selbstsüchtiges Benehmen. Ich habe mich rücksichtslos verhalten, da ist nichts zu beschönigen.«

»Du warst genauso jung und blöd wie ich.« Sie löste sich von ihm, zog ihren Handschuh aus, holte ein Taschentuch aus ihrer Jackentasche, schnäuzte sich und tupfte ihre Augen ab. »Ich muss furchtbar aussehen.« Sie lächelte schief. Ihr Make-up war verschmiert.

»Ein wenig«, grinste er.

»Ach du«, sie stupste ihn an.

Matties legte seine Hände auf ihre Schultern. »Ich möchte Frieden schließen. Mit dir und mit mir selbst. Mein Verhalten damals mit achtzehn, ja, da war ich jung. Doch wie ich dich behandelt habe, als ich Jahre später von der Abtreibung erfahren habe, war verabscheuungswürdig. All die Beleidigungen tun mir wirklich leid. Leonie und ich, wir werden hier auf Sylt leben und das ist auch deine Heimat. Wir sind nicht sehr zahlreich, wir Einheimischen, aber wir müssen zusammenhalten.«

»Du verzeihst mir?« Fast hätte er ihre Worte nicht gehört, sie klangen erstickt.

»Wir müssen uns beide verzeihen, Astrid. Ich habe dich im Stich gelassen und du musstest mit achtzehn eine Entscheidung treffen, die dich an deine Grenzen gebracht hat. Du hast es verdient, glücklich zu werden und die Vergangenheit hinter dir zu lassen.«

Sie nickte. »Danke.« Spontan drückte sie ihm einen Kuss auf die Wange. »Alles Gute für dich und Leonie.«

Damit ging sie mit raschen Schritten zum Lagerfeuer zurück.

Matties sah ihr nach. Leonie hatte recht gehabt, das Gespräch hatte ihm gutgetan. Die Zukunft lag vor ihm wie ein leuchtendes Band.

Er bückte sich, hob die Becher vom Boden auf und schüttete den Rest des mittlerweile kalt gewordenen Glühweins in den Sand. Je näher er dem Feuer kam, desto lauter wurden Musik und Gelächter. Ein paar tanzten ausgelassen. Er erkannte seinen Bruder Jonte, der eine ihm unbekannte Frau im Kreis schwenkte. Vermutlich eine Touristin.

Wo war Leonie? Schließlich entdeckte er sie bei seiner Mutter. Sie half, Glühwein und Punsch auszuschenken. Das sah ihr ähnlich, dass sie sofort mit anpackte, wenn Hilfe nötig war. Nichtstun, das passte nicht zu ihr.

Er erreichte sie mit federnden Schritten. Sie sah ihn an und eine Wagenladung an Informationen ging ohne Worte zwischen ihnen hin und her.

»Wie war's?«

»Alles super.«

»Es geht dir besser.«

»Ja.«

Britta blickte von einem zum anderen und lächelte.

»Ich denke, wir fahren nun besser zurück.« Matties nahm ihre Hand.

Leonie löste sich noch einmal und umarmte seine Mutter. »Es war ein fantastisches Fest, vielen Dank.«

Offenbar hatten sich die beiden Frauen angefreundet. Das gefiel ihm. Seine Aufmerksamkeit wanderte zu den Tanzenden. Als Jonte stolperte, musste er lachen. »Jonte hat's drauf heute.«

»Ja, ich habe ihn schon lange nicht mehr so fröhlich gesehen.« Britta musterte ihn. »Und dich auch nicht.«

»Wollt ihr schon gehen?«, ertönte der tiefe Bass seines Vaters hinter ihnen.

»Ja. Aber es war richtig toll.« Leonie umarmte ihn ebenfalls.

»Dann kommst du nächstes Jahr wieder?« Theo zwinkerte sie an.

Leonie warf Matties einen frechen Blick zu. »Wenn Matties mich mitnimmt.«

Sein Herz hüpfte in seinem Brustkorb. Das klang nach etwas Bleibendem, ein für Immer. Und es fühlte sich an wie heimkommen.

»Du bist uns auf jeden Fall willkommen, auch ohne Matties.« Theo drückte sie ein zweites Mal.

He, was hatte er verpasst?

»Du hast ja ordentlich einen Stein im Brett bei meinen Eltern«, brummte er auf dem Weg zum Wagen.

»Eifersüchtig?«

»Klar, sind meine Eltern.« Er gab seiner Stimme einen gespielt grollenden Tonfall.

»Von Jonte haben wir uns gar nicht verabschiedet.« Leonie wollte umdrehen, doch Matties hielt sie am Ärmel zurück. »Stopp, der tanzt so ausgelassen, gönn ihm ein wenig Glück.« Er würde es nicht verkraften, wenn sie Jonte so fest umarmte, wie seine Eltern gerade eben.

Hoppla, was war mit ihm passiert? So besitzergreifend kannte er sich selbst nicht!

Er stoppte abrupt vor seinem Auto, zog Leonie an sich und küsste sie. Sie empfing ihn mit jener Bereitwilligkeit, die bald in hitzige Leidenschaft überging. Puh, er musste aufpassen, dass er sie nicht hier und jetzt an einen Wagen gelehnt ... er löste sich und schob sie weg. »Einsteigen und nach Hause, sonst garantiere ich für nichts mehr.«

22

Leonie

Der Tag nach dem Watten-Eiszauber brach an. Leonie und Matties verzichteten auf die morgendliche Strandrunde, sie schliefen lieber eine Stunde länger. Schlafprobleme hatte Leonie so gut wie keine mehr, auch die Suche nach einem Therapeuten hatte sie momentan auf Eis gelegt.

Sie fühlte sich blendend.

Beim Frühstück erzählte Leonie Matties von dem bevorstehenden Besuch.

»Heute kommt Franks bester Freund, du weißt schon, Richard, sein Anwalt.« Sie stellte eine zweite Tasse Kaffee vor ihn hin, die erste trank er immer ziemlich schnell.

»Das sagst du mir erst jetzt?«

»Ich wollte dir nicht die Stimmung verderben.«

Er klopfte sanft auf ihre Stirn. »Leonie, ich bin dein Freund. Wenn du Sorgen hast, will ich sie teilen.«

Rasch beugte sie sich zu ihm, gab ihm einen Kuss auf die Wange und ging zur Kaffeemaschine zurück. Während sie sich selbst eine Tasse zubereitete, fuhr sie fort. »Ich rechne mit ihm zum Mittagessen, hoffe aber, er bleibt nicht ewig. Er kommt sogar mit dem Auto.«

»Das sieht für mich schon nach längerem Aufenthalt aus. Du willst ihn doch nicht bei dir einquartieren?« Matties rührte in seinem Kaffee und nahm einen Schluck.

»Um Himmels willen, auf gar keinen Fall!«

»Wie gut kennst du ihn?«

»Er war Franks bester Freund und natürlich sein Anwalt. Wir haben uns bei Festivitäten gesehen. Er war nett und höflich zu mir, dennoch hatte ich immer das Gefühl, dass er meine Ehe mit Frank nicht billigt. Doch er war einer der wenigen, die nach Franks Tod zu mir gehalten haben. Er ist kompetent und arbeitet effizient, hat bei den Beerdigungsformalitäten geholfen und beim Verkauf von Franks Firma. Er hat für Moritz, Franks Sohn, eine geeignete Regelung getroffen, die Unterhaltszahlungen laufen weiter und der Erbteil wurde mündelsicher angelegt. Und er hat das Haus hier auf Sylt gekauft. Kurz und gut, er hat mir das Unangenehme vom Leib gehalten. Und das alles, obwohl ich weiß, dass seine Frau Uschi mich nie mochte.«

»Hm.« Matties zögerte kurz. »Ich werde heute früher zu dir zum Mittagessen kommen. Den Herrn muss ich mir ansehen.« Er trank noch einen Schluck, dann stand er auf.

»Ich habe einen Teig für Flammkuchen mit Nordseekrabben vorbereitet. Sein Pech, wenn er das nicht mag.«

»Dafür liebe ich es.«

»Ich weiß.«

»Du weißt schon viel von mir.«

»Na hoffentlich.«

Er zog sie hoch und küsste sie ausgiebig, ehe er ging. »Bis bald, ich drück dich.«

Gestärkt durch das Gespräch bereitete Leonie das Mittagessen vor, damit sie den Flammkuchen später nur noch ins Rohr schieben musste.

Danach räumte sie ein wenig auf, nicht, dass ihr Haus das besonders nötig gehabt hätte. Ihre Ordnungsliebe hatte Frank stets gelobt, obwohl er selbst öfter mal was liegen gelassen hatte.

Sie wollte nicht mehr an Frank denken, sein Verrat schmerzte immer noch. Und jetzt kam Richard ins Haus und würde alte Erinnerungen wecken. Um sich zu beruhigen, zog sie sich an und ging eine Runde spazieren. Das Rauschen des Meeres, die kühle Luft im Gesicht und der weite Ausblick beruhigten sie. Obwohl es bewölkt war, genoss sie den kleinen Ausflug und kehrte nach einer halben Stunde mit Bedauern zurück. Sie bereitete den Flammkuchen vor, wusch den Salat und stellte die Teller parat.

Kurz vor zehn Uhr klingelte es. In der Kamera erkannte sie Richards dunklen BMW vor dem Tor stehen. Sie drückte auf den Knopf, öffnete die Haustür und beobachtete, wie der elegante Wagen den Weg heraufkam. Es nieselte mittlerweile, eine Mischung aus Schnee und Regen, der kalte Wind blies unangenehm durch ihren Pullover. Sie hätte die Daunenjacke überziehen sollen, auch wenn sie nur ein paar Minuten an der frischen Luft war. Richard stoppte direkt vor dem Haus, was Leonie ärgerte. Das war Matties' Platz!

Der Anwalt stieg aus. Er wirkte drahtig und dynamisch, obwohl er die sechzig überschritten hatte. Gekleidet in einen modischen Ledermantel kam er mit federnden Schritten näher und blieb vor ihr stehen.

»Gut schaust du aus, Leonie.« Er grinste breit und offenbarte eine Vorderreihe mit weißen Zahnkronen. Sie hatte sich einst gewundert, weshalb seine Zähne so unnatürlich strahlend waren, mittlerweile wusste sie, dass es Kronen waren.

»Danke. Komm herein.« Sie ließ ihn eintreten und nahm ihm die Jacke ab.

»Kalt ist es.« Er rieb seine Hände und wollte weitergehen.

»Ich habe Gästepantoffel«, hielt sie ihn zurück.

»Entschuldigung, natürlich.« Er streifte seine Schuhe ab und schlüpfte in die Pantoffeln, die Leonie ihm hinhielt.

»Ist Uschi allein in Hamburg geblieben?«

Er schüttelte den Kopf und sah an ihr vorbei. »Uschi und ich haben uns getrennt.«

»Was? Das finde ich schade, ihr wart doch über dreißig Jahre zusammen?«

»Na ja«, er klang verlegen, »manchmal passieren eben unvorhersehbare Dinge, Gefühle ändern sich und man fragt sich, ob das alles war im Leben.« Er zuckte mit den Schultern und betrat ihr Wohnzimmer. »Sehr gemütlich, wunderschön. Aber du hast es ja immer schon verstanden, aus einem Wohnort ein Heim zu machen. Frank hat diese Eigenschaft besonders an dir geschätzt.«

»Hm, ja.« Sie wusste nicht, was Frank wirklich an ihr geliebt oder gehasst hatte. Nicht mehr, seit er das Kind, das sie sich so sehr gewünscht hatte, mit einer anderen gezeugt hatte.

Sie ging zur Kaffeemaschine. »Schwarz, mit einem Stück Zucker, wie immer?«

»Gern. Schön, dass du meine Vorliebe behalten hast.« Er setzte sich auf die Couch und Leonie schossen Bilder in den Kopf, wie sich Matties und sie vor ein paar Stunden auf eben diesem Möbelstück heiß geliebt hatten. Davon ahnte der korrekte Anwalt zum Glück nichts. Selbst heute, da er halb privat gekommen war, saß er im Anzug da.

»Dann warst du gar nicht bei einem Musical in Hamburg?« Hatte er extra aus Österreich den weiten Weg auf sich genommen? Und wofür?

»Nein, nein, das stimmt schon. Wir waren eine Gruppe Anwälte dort. Wir planen einmal im Jahr einen Ausflug und heuer war's eben Hamburg.«

Leonie stellte die Tasse Kaffee vor ihn hin und die Zuckerdose daneben. »Du machst mir Angst. Es muss etwas Schlimmes sein, dass du extra so weit hierhergefahren bist.«

Er holte sich einen Löffel Zucker aus der Dose und rührte um. »Du ahnst gar nicht, wie nötig ich diesen Kaffee habe. Gestern wurde es spät, wir haben uns nach dem Musical in einer Bar getroffen.« Er verzog das Gesicht.

»Was hast du angesehen?«

»Was meinst du?«

»Welches Musical?«

»Ah so. Hamilton hieß es und es war gar nicht schlecht. Zuerst dachte ich, dass die Hip-Hop-Musik nicht so meins wäre, aber die Show war unterhaltsam.«

»Schön.« Leonie fühlte sich unwohl und sie wollte, dass er zur Sache kam.

»Ich habe leider keine guten Neuigkeiten.« Er nippte an seiner Tasse und stellte sie wieder ab. »Es ist tatsächlich ein jünger datiertes Testament von Frank aufgetaucht.«

»Jetzt? Nach über einem Jahr?«

»Es wurde kurz nach der Geburt von Moritz verfasst und in diesem erwähnt er seinen Sohn auch.« Er räusperte sich. Leonie roch Schweiß. Richard war unter jenen Bedauernswerten, die viel und oft Ausdünstungen absonderten und bei denen jedes Deo versagte.

Weshalb schwitzte er jetzt? Die Raumtemperatur war auf 21 Grad gestellt, Leonie mochte es nicht wärmer.

»Und wo war es versteckt?« Langsam wurde ihr bewusst, dass etwas Unangenehmes auf sie zurollte.

»Er hat es vor drei Jahren Martina mitgegeben, sie sollte es ihrer Mutter bringen. Zu dem Zeitpunkt befand sich seine Schwester jedoch auf einer Kreuzfahrt. Martina hat die Mappe ganz hinten in ihren Schrank gelegt und dort vergessen.«

»Das sah Frank nicht ähnlich, ausgerechnet Martina sein Testament zu überlassen. Und was heißt, sie hat es vergessen?«

»Ja, ich habe mich auch gewundert. Martina ist jetzt ausgezogen, sie will heiraten, wusstest du das?«

»Nein. Ich habe schon lange keinen Kontakt zu Franks Nichte.«

»Nun, auf jeden Fall ist sie zu ihrem Verlobten gezogen und beim Ausräumen des Schranks ist ihr das Kuvert in die Hände gefallen. Wie gesagt, ich habe es auch komisch gefunden, aber glaube mir, ich habe das Testament mit Franks Schrift verglichen und es sieht echt aus.«

»Wo ist das Ding jetzt? Und warum hat Frank sein neues Testament nicht offiziell beim Notar gemacht?« Da war doch etwas faul an der Sache?

»Das kann ich dir nicht sagen. Tatsache ist, dass in diesem seinem wirklich letzten Willen die Karten komplett neu gemischt werden.«

Sie starrte ihn an.

»Ach was soll's!« Er klopfte sich auf den Schenkel. »Es gibt keinen Weg, dir das schonend beizubringen. In der neuen Version wirst du nicht erwähnt.«

Wie zäher Schleim sickerten die Worte in ihr Gehirn. Sie befeuchtete ihre Lippen. »Was bedeutet das? Und wer erbt nun?«

»Frank hat seine Schwester Katharina ...«

»Niemals! Sie hatten keinen innigen Kontakt, trotzdem hat er sie zu Lebzeiten unterstützt. Aber dass er sie als Erbin einsetzt?« Sie sprang auf und trat zum Fenster. Der Wind blies über die Dünengräser, Eiskristalle wirbelten in der Luft. Wie sie diesen Anblick liebte! Nur heute bot er ihr keinen Trost. Sollte sie alles wieder verlieren? Ausgerechnet Martina hätte Frank genug vertraut, ihr sein Testament anzuvertrauen, um es an Katharina weiterzugeben?

»Das schreit doch zum Himmel!«, sagte sie laut.

»Leonie, Frank hat sich in den letzten Jahren verändert.« Richards Stimme klang besänftigend, als würde er zu einem kleinen Kind sprechen. »Er hat hinter deinem Rücken ein Kind gezeugt, weshalb sollte er nicht auch noch sein Testament ändern? Natürlich wird das ein Grafologe bestätigen, aber für mich besteht leider kein Zweifel. Und ich bin extra gekommen, um mit dir eine Art Schadensbegrenzung zu machen. Ich mag dich, Leonie, das hast du nicht verdient.«

Die Worte kamen nur teilweise bei Leonie an. Das konnte einfach nicht sein! Nach allem, was sie im letzten Jahr hatte erleben müssen, wurde ihr nun auch noch das Erbe streitig gemacht? »Du klingst ziemlich sicher«, sagte sie lahm, kam wieder zur Sitzecke zurück und setzte sich.

»Das bin ich.« Sein Blick war voller Anteilnahme. »Leonie, du erhältst zumindest den Pflichtteil als Ehefrau.«

Pflichtteil! Und das nach neun Jahren Ehe? Sie verstand das alles nicht. Nichts in Franks Verhalten hatte je darauf hingedeutet, dass er sie nicht mehr liebte!

Richard sah sich abschätzend um. »Vermutlich hattest du dieses Haus ohnehin nur für vorübergehend eingeplant.«

»Wieso sagst du so etwas?« Sie hätte schreien mögen, doch die Worte kamen nur leise heraus.

»Leonie, ich bitte dich! Ich habe deinen Wunsch verstanden, mal ein paar Monate abschalten zu können in einer fremden Gegend, wo dich niemand kennt. Aber das hier ist doch nicht deins, da gehörst du nicht hin. Du bist Lehrerin aus tiefster Seele, Frank war immer von deinem Enthusiasmus begeistert. Hier wird vermutlich nicht einmal deine Ausbildung anerkannt. Willst du dich mit noch nicht mal dreißig aufs Altenteil zurückziehen?« Er lachte. Es klang wie Blechgetöse in ihren Ohren. »Ich verkaufe das Haus für dich gewinnbringend, wir sind ja nicht an ein – ohnehin sittenwidriges – Testament gebunden. Der Gewinn gehört dir zusätzlich, Katharina wird nur das normale Erbe erhalten.«

»Ich will das Haus nicht hergeben.« Sie beugte sich vor. »Das ist mein Zuhause geworden, ich fühle mich wohl hier.«

»Das glaube ich dir. Und wir werden den Verkauf so lange wie möglich hinauszögern, damit du noch hier wohnen bleiben kannst. Ein paar Wochen oder Monate sind sicher drin.«

»Du verstehst mich nicht, Richard. Ich werde hierbleiben. Das ist mein Haus und es gefällt mir.«

»Nein, Leonie, du bist diejenige, die nicht begreifen will. Du bist nicht die reiche Erbin, wie du glaubst. Und von deinem Pflichtteil kannst du dir das Haus nicht leisten. Zumal du auch nichts verdienst. Wovon willst du leben?«

»Ich halte das Testament für eine Fälschung. Wo ist es? Ich erkenne Franks Handschrift sofort. Hast du es dabei?«

»Natürlich nicht. Katharina hat es in ihrem Besitz.«

»Eine Kopie?«

»Ja, es war ein Fehler, dass ich keine anfertigen ließ, vielleicht hätte sie das zugelassen. Doch verschließe bitte deine Augen nicht vor den Tatsachen, Leonie. Frank war meines Erachtens nicht mehr ganz richtig im Kopf. Er hat dich so geliebt und dann ... ich war fassungslos, als er mir von dem Jungen erzählt hat.«

Leonies Gedanken drehten sich im Kreis. Sie stand auf, musste sich ablenken. »Bleibst du zum Essen? Ich habe genug da, es gibt Flammkuchen mit Nordseekrabben und Salat.«

»Das nehme ich glatt an. Ich helfe auch gern beim Kochen.«

»Nicht nötig, es ist alles vorbereitet. Ich muss den Flammkuchen nur in«, sie warf einen Blick auf ihre Kuckucksuhr, »einer halben Stunde in den Ofen schieben.«

»Hättest du vielleicht eine zweite Tasse Kaffee für mich?« Sie nahm ihm die Tasse ab und ging in die Küche. Als der Kaffee aus der Maschine tropfte, hörte sie ihn hinter sich. »Ich kann verstehen, dass du dich hier heimisch fühlst. Du hast aus dem Haus ein Schmuckstück gemacht. Darf ich mir auch den Rest ansehen?«

»Später«, winkte sie ab. Ihr Unbehagen, Richard ihr Heim zu zeigen, überraschte sie. Matties hatte sie gern herumgeführt.

Aber Matties wollte es auch nicht verkaufen.

Sie mochte nicht daran denken, hier alles wieder aufgeben zu müssen. Gerade erst war sie richtig angekommen. Und Matties?

Aber Richard hatte recht. Hier konnte sie nicht arbeiten. Und sollte die Sache mit dem Testament stimmen, dann musste sie möglichst schnell wieder Geld verdienen. Sie musste sich erkundigen, ob ihre Ausbildung hier wenigstens teilweise anerkannt wurde.

»Sand und Dünen, mit der Zeit wärst du ohnehin alles leid geworden, glaube mir.«

Wie konnte er den Anblick des wehenden Strandhafers mit dem Meer im Hintergrund so abtun?

Sie schaltete das Backrohr ein, um vorzuheizen, und holte den vorbereiteten Flammkuchen aus dem Kühlschrank. Richard sah sich in der Küche um, ließ seine Blicke über die marmorne Arbeitsfläche gleiten und nickte wohlwollend. »Ansprechend eingerichtet, wundervoll. Die Holzeinrichtung, rustikal und doch praktisch. Das wird sich gut verkaufen lassen.«

War er so unsensibel oder wollte er ihr absichtlich wehtun?

»Vergiss es«, ihre Stimme war scharf, »bevor das mit dem Testament nicht eindeutig erwiesen ist. Ein unabhängiger Gutachter ...«

»Willst du wirklich vor Gericht gehen? Das ist kostspielig und wenn du verlierst, was so gut wie sicher ist, bleibst du auf sämtlichen Kosten sitzen.«

»Du bist überzeugt, dass ich verliere? Mit dir als Anwalt? Frank hat immer gesagt, du seist der Beste.«

Sein Lächeln fiel gequält aus. »Selbst der Beste hat es schwer bei einem aussichtslosen Fall.«

Richard war Franks Freund gewesen. Offenbar war das Testament eine Jahrhundertfälschung oder tatsächlich echt, denn Richard kannte Franks Schrift in- und auswendig.

Sie mochte es nicht glauben. Frank konnte nicht so ein begnadeter Schauspieler gewesen sein. Niemals wäre ihr in den Sinn gekommen, dass er sie nicht mehr liebte. Bis zum Schluss hatte er sie verwöhnt.

Die Existenz von Moritz konnte sie jedoch nicht leugnen.

Leonie schob das Blech ins Rohr und holte Teller aus dem Schrank. Am Fenstersims stand der Weihnachtsmann, den sie gekauft hatte, weil er dem Weihnachtsmann mit den blauen Augen ähnelte. Seine Bemerkung auf dem Weihnachtsmarkt fiel ihr wieder ein.

Hatte er Richard damit gemeint? Log der sie dreist an?

Sie wollte hier nicht mehr fort.

»Es gibt noch eine andere Möglichkeit.« Richards Stimme hatte einen eigenartigen Klang angenommen. Rau und sanft zugleich. »Soll ich dir sagen, weshalb ich mich von Uschi getrennt habe? Weil ich schon sehr lange in eine andere Frau verliebt bin. Solange du verheiratet warst, habe ich meine Gefühle in den Hintergrund gerückt, ich hätte dir nie Avancen gemacht. Doch nun sieht es anders aus, mein bester Freund ist tot und ...«, er stoppte kurz, trat einen Schritt näher, wobei sein scharfer Schweißgeruch Leonie erneut in die Nase stieg.

Richard war in sie verliebt? Sie hatte das Gefühl in einer jener Vergnügungsmaschinen zu sitzen, die zuerst langsam hochgezogen wurden, um im freien Fall herunterzustürzen. Das Hochziehen hatte sie in diesem Fall verpasst, denn sie fühlte nur, dass es bergab ging.

Ihr wurde übel.

Doch er ließ ihr keine Atempause. »Leonie, wir beide könnten das Haus hier als Ferienhaus behalten, wenn du unbedingt möchtest. Und du müsstest nicht arbeiten ...«

Die Türglocke erlöste sie.

Leonie hastete hinaus, holte mehrmals tief Atem, den sie wegen des Schweißgeruches angehalten hatte. Ihre Übelkeit ebbte ab.

Matties.

Sie fiel ihm um den Hals, er drückte sie an sich.

23

Matties

Leonie zitterte in seinen Armen. Was war passiert? Er drückte sie fest, dann trat er ein. In der Tür zur Küche stand ein älterer Mann im dunkelgrauen Anzug und mit Krawatte – der ihn nun mit stechenden Augen von oben bis unten musterte.

Matties zog seine Jacke aus, stellte seine Schuhe auf die Ablage und schlüpfte in die Filzpantoffeln. Als er den Kopf wieder hob, bemerkte er die gerunzelte Stirn des Mannes. »Sie müssen der Anwalt sein, der Leonie so hilfreich beigestanden hat«, sagte er spontan und streckte ihm die Hand hin. »Ich bin Matties Jorgensen.«

»Stimmt. Doktor Richard Berg mein Name.« Der Kerl drehte sich Richtung Küche, ohne seine Hand genommen zu haben.

Leonie wechselte einen Blick mit Matties, zuckte die Schultern und ging ihm voran. »Was magst du trinken, Matties? Der Flammkuchen dauert noch eine Viertelstunde.«

»Ich bin heute früher dran, zu windig für Fahrräder.« Er deutete hinaus. »Keine Umstände, ich hole mir einen Orangensaft aus dem Kühlschrank.«

»Und deine sonstige Arbeit?«

»Geht voran.«

»Darf ich fragen, in welcher Beziehung Sie zu Leonie stehen?«, fragte nun der Anwalt, der wie angewachsen mitten in der Küche stand.

Matties, der die Frage zu unverschämt fand, als dass er sie beantworten wollte, schlenderte an ihm vorbei zum Kühlschrank, holte die Flasche heraus und schenkte sich ein Glas ein. Dabei spürte er die Blicke des Anwalts wie Dolche in seinem Rücken.

»Er ist mein Freund«, kam ihm Leonie zuvor und lächelte ihn an.

Freund klang schon mal gut.

»Aber, das ...« Der Typ war käsebleich geworden, wirkte, als würde er sich gleich übergeben. Mit großen Schritten eilte er in den Wohnraum hinüber.

»Was hat er?«, flüsterte Matties.

»Kurz bevor du gekommen bist, hat er mir seine Liebe gestanden.« Leonie schüttelte den Kopf. »Er hat sich angeblich sogar von seiner Frau getrennt.«

»O mein Gott.« Matties hätte sich gern wie ein Neandertaler auf den Kerl gestürzt. Wie konnte er es wagen!

Seit wann war er so eifersüchtig? Erst auf Jonte und jetzt auf diesen geschniegelten Anwalt?

»Er hat schlimme Neuigkeiten gebracht.« Leonie sprach nun lauter, sodass auch Richard das mitkriegen konnte. »Angeblich existiert ein jüngeres Testament und darin erbe ich nichts.«

»Den Pflichtteil habe ich gesagt«, tönte es aus dem Wohnzimmer.

»Auf jeden Fall müsste ich das Haus hier verkaufen. Deckst du bitte den Tisch, Matties? Ich mache den Salat fertig.«

Er holte die Teller und Besteck heraus. »Möchten Sie auch ein Glas Orangensaft?«, rief er in den Wohnraum hinüber. »Oder ein Glas Wein?«

Der Anwalt checkte offensichtlich, dass sie nicht nachkommen würden, und kam in die Küche zurück. »Sie haben sich also eine reiche Frau geangelt?« Es klang scharf. »Leider muss ich Sie drauf hinweisen, dass das mit dem Reichtum ein Irrtum war.«

Matties sah zu Leonie. »Was meint er damit?«

»Sie haben es bereits mitgekriegt. Den Löwenanteil erbt jemand anderes, Leonie nur einen Bruchteil. Wenn Sie also gedacht haben, dass Sie sich ins gemachte Nest setzen, haben Sie sich getäuscht ...«

Matties ballte seine Hände. Was bildete sich dieser Fatzke ein?

»Richard, was soll das?« Leonie stützte sich mit den Händen auf dem Tisch ab und beugte sich vor. »Weshalb machst du meinen Freund blöd an? Und du beleidigst mich, wenn du unterstellst, dass ein Mann nur wegen meines Geldes mit mir zusammen ist.«

»Leonie, du bist eine wundervolle Frau und jeder Mann wäre glücklich, dich an seiner Seite zu haben. Aber du bist leider zu unschuldig, um sämtliche Machenschaften durchschauen zu können. Sylt hat gerade mal achtzehntausend Einwohner, die meisten der Jüngeren wandern aus und ausgerechnet du stolperst so rasch über einen liebenden Mann? Noch dazu einen, der aus einem Hochglanz-Erotikmagazin entsprungen zu sein scheint? Das ist ein bisschen viel Zufall, findest du nicht?«

Matties schnappte nach Luft.

Doch Leonie grinste. »Mindestens so ein Zufall, als dass plötzlich ein vergessenes Testament in irgendeinem Schrank auftaucht.«

»Leonie, du willst einfach nicht begreifen, dass ich nur dein Bestes im Sinn habe. Die Sache wird bei Gericht landen, du kennst doch deine Schwägerin. Und sie hat einen langen Atem, um alles durchzuziehen. Du wirst jedoch nach Abzug der Gerichtskosten gar kein Erbe mehr übrig haben.«

»Seit wann hat Katharina einen langen Atem? Sie hat von Frank immer Geld bekommen, er hat sie seinen Blutegel genannt. Also woher sollte sie plötzlich Geld fürs Gericht haben?«

Ein verbrannter Geruch stieg Matties in die Nase. Er stürzte zum Backofen und riss ihn auf. Rauchschwaden strömten heraus.

»Oh Shit, der Flammkuchen.«

»Nur der Rand ist ein wenig angesengt.« Matties hob das Blech heraus. »Wir können essen.«

»Danke, mir ist der Appetit vergangen.« Berg stand auf und verließ die Küche. Leonie ging ihm nach, Matties vernahm noch einen heftigen Wortwechsel, dann klappte die Tür, und der feine Herr Anwalt war fort.

»Ich fass es nicht.« Leonie war eindeutig wütend. »Richard hat keinen Grund beleidigt zu sein. Er behauptet, er wäre schon lange in mich verliebt, ob ich nichts bemerkt hätte.«

»Hast du nicht?«

»Nein!« Mit ihren geröteten Wangen wirkte sie noch verführerischer auf ihn.

»Ich kann schon nachvollziehen, dass er scharf auf dich ist.« Er grinste.

»Ach du.« Sie lächelte zurück und er war froh, dass sie sich langsam wieder beruhigte. »Aber ich verstehe es nicht. Richard war für mich immer Franks Freund. Ein etwas hölzerner Geselle, korrekt und höflich. Dafür hat seine Frau das ausgeglichen, sie konnte in einem fort plappern, meist über ihre diversen Wehwehchen, Arztbesuche und Wellnessbehandlungen.«

»Kurz und gut, sie war anstrengend. Dann kann ich verstehen, dass er sich nach etwas anderem gesehnt hat. – Wollen wir essen?«

Leonie holte den Salat und er schnitt den Flammkuchen an, wobei er den Rand zur Seite legte.

»Machst du dir Sorgen wegen des Erbes?«

»Ich weiß nicht. Ja, ein wenig.« Sie schob ihm ein Salatschüsselchen zu. Ihm lief bereits das Wasser im Mund zusammen. Leonies Salatmischungen waren klasse, mit verschiedenen Gemüsen und Eisbergsalat. »Frank hat mir ein luxuriöses Leben ermöglicht und als er mir damals von dem Testament erzählt hat, war das für mich weit weg. Es sind so viele Rätsel offen, was ihn betrifft. Ich frage mich, was er noch geregelt hätte, wäre er am Leben geblieben. Niemand rechnet damit, mit sechzig zu sterben.«

»Mit dem Tod muss man doch immer rechnen. Ein Unfall ist schnell passiert. Offenbar war es ihm wichtig, dich als Erbin einzusetzen. Er ist extra zum Notar gegangen und hat alles perfekt geregelt. Das hätte er auch tun müssen, als sein Sohn geboren ist. Sein Zögern war in diesem Fall unverantwortlich.«

»Ja, das passte nicht zu ihm.« Leonie schnitt ein Stück Flammkuchen ab und nahm es in die Hand. »Aber dass er ein neues Testament mit der Hand geschrieben hat und es ausgerechnet Martina anvertraut haben soll, ist nicht stimmig. Er war nicht todkrank oder so was. Weshalb ist er nicht zum Notar gegangen und hat sein Testament geändert?« Sie legte das Stück wieder zurück. »Wenn es aber stimmt und Frank mich wirklich enterbt hat, dann werde ich das Haus hier verlieren.« Es klang traurig.

»Nun warte mal ab.« Matties griff nach ihrer Hand und drückte sie kurz. »So wie du die Testamentsverlesung geschildert hast, wusste der Notar von der Existenz von Moritz?« Matties biss ab. »Schmeckt lecker, ich hab ja gesagt, nur der Rand muss weg. Iss, es wird kalt!«

Leonie nahm ihr Stück wieder auf. »Der Notar wusste es von Richard. Frank hat seinen Sohn zweimal die Woche besucht.« Sie tippte an ihre Stirn. »Wie blöd muss man sein, das nicht mitzubekommen.«

»Mit so etwas konntest du nicht rechnen.«

»Nein. Und mit dem Hass und der Schadenfreude nach Franks Tod noch weniger. Sie alle haben mich als Goldgräberin verurteilt, obwohl ich ein biederes Leben geführt habe, keine Partys und wilden Exzesse, nur Schulausflüge mit meinen Kindern und Wohltätigkeitsveranstaltungen.«

Eine Woge Mitleid überspülte Matties. »Deine Jugend wurde dir gestohlen.«

Ihr Mund blieb offen. »So kann man das nicht sagen.«

»Genau so. Du hast einen Mann geheiratet, der dein Vater hätte sein können. Und daraufhin hast du ein in seinem Alter angepasstes Leben geführt. Die Dinge, die du aufgezählt hast, sind normal für junge Leute. Partys, manchmal zu viel Alkohol, tanzen bis in die Nacht hinein, Lärm machen. Gut, Drogen müssen nicht sein, aber du bist offenbar nach der Uni folgsam zu deinem Mann nach Hause gefahren.«

»Es hat mir nichts ausgemacht, ich war nie so der Partytyp.«

»Vielleicht. Dennoch hast du dich ihm untergeordnet, keine Haustiere, keine Kinder ...«

Sie wurde käseweiß und ihre Augen füllten sich mit Tränen. Matties ließ sein Stück Flammkuchen fallen, sprang um den Tisch herum und umschlang sie von hinten. »Entschuldigung, ich wollte nicht an alten Wunden rühren!«

»Nein, ist schon gut. Ich werde damit leben müssen, dass ich nie mehr erfahren werde, weshalb Frank das getan hat.« Sie wischte über ihre Augen und drückte seine Hand. »Iss fertig, du musst ja wieder arbeiten.«

Er ging zurück. »Wenn du überzeugt bist, dass das Testament eine Fälschung ist, musst du kämpfen.«

»Das werde ich. Ich möchte hier nicht weg. Es war die allerbeste Idee hierherzukommen und das miese kleine Dorf hinter mir zu lassen. Aber mir ist klar, dass ich mir das ohne Franks Erbe nicht leisten kann. Und ich möchte auch irgendwann wieder mit Kindern arbeiten. Ich liebe meinen Beruf. Daher werde ich mich erkundigen, ob es möglich ist, hier zu unterrichten.«

»Leonie, es findet sich immer ein Weg. Du hast dich verändert, seit du hier bist. Du bist fröhlicher und selbstbewusster geworden. Sylt tut dir gut.«

»Du tust mir gut.« Sie war so ernst bei dieser Aussage, ihre großen Augen blickten ihn mit einer Innigkeit an, dass ihm Tränen in die Augen stiegen.

»Sag nicht solche Sachen, Leonie, du machst mich verlegen.« Sein Hals kratzte. »Ich liebe dich.«

Es kam spontan und aus tiefster Seele. Wie oft hatte er diese Worte damals zu Astrid gesagt. Sie waren jung und leichtsinnig gewesen, die Worte waren viel zu leicht über ihre Lippen geschlüpft. Jetzt wusste er, was sie bedeuteten.

Er wollte Leonie. Für immer? Momentan glaubte er es fest. Weshalb sollte man sich die Gegenwart durch miese Vorstellungen von der Zukunft versauen?

Das Hier und Jetzt zählte – hatte er das Leonie nicht in Bezug auf ihre Vergangenheit gesagt?

Es galt auch für die Zukunft.

Leonie war aufgesprungen und warf sich in seine Arme. Ihr Kuss war leidenschaftlich wild und ihre Hände tasteten sich bereits unter seinen Pullover.

»Lass mich nie wieder los«, flüsterte sie an seinem Ohr.

»Gewiss nicht.«

Was sonst noch gesprochen wurde, ging unter im Strudel ihres Begehrens. Sie überbrückten die Distanz zur Couch, waren hungrig darauf, Haut an Haut zu spüren. Matties konnte sich nicht erinnern, jemals so seine Beherrschung verloren zu haben. Sie nahmen sich nicht die Zeit, sich komplett auszuziehen. Da war ein Drang zueinander zu kommen, der so gewaltig war, dass er sich dem nicht entziehen konnte. Leonie schien es genauso zu gehen. Sie riss an seinem Gürtel, schließlich rutschte seine Hose hinunter und gab sein geschwollenes Geschlecht frei. Er atmete auf, als er endlich ans Ziel seiner Bedürfnisse kam.

Viel später lagen sie halb entkleidet auf der Couch. »Ich habe das Kondom vergessen«, beichtete er leise.

»Bei mir gibt es keine Abtreibung«, kam es ebenso sanft zurück.

»Du wärst eine wundervolle Mutter.«

Sie zog ihn an sich und küsste ihn. Erst Minuten später konnte er wieder klar denken. »Im Ernst, Leonie, es tut mir leid. Doch wenn du schwanger sein solltest, dann werde ich …«

»Dann ist es so und wir werden beide für unser Kind da sein.« Sie richtete sich halb auf und malte mit dem Finger Kreise auf seinen nackten Oberkörper. Sein Pullover hing noch halb an einem Arm. »Unsere Liebe ist über uns gekommen wie ein Tornado. Ich möchte nie mehr ohne dich sein. Wir wissen nicht, was die Zukunft bringt, doch wir sind beide verantwortungsvolle Menschen. Nun gut, mit dem vergessenen Kondom haben wir uns jetzt ein wenig gehen lassen, aber …« Sie lächelte und er wurde bereits wieder hart.

Wann war er zum geilen Höhlenmenschen mutiert?

Denn in eine Höhle wollte er sie schleppen und nie mehr herauslassen.

»Was ich sagen wollte: Wir werden uns beide um das Kleine kümmern, auch wenn die Beziehung nicht halten sollte. Ein Baby, das wäre ein Geschenk für mich.« Sie legte sich zurück, ihre Augen glänzten.

»Für mich ebenfalls«, sagte er weich. »Und das Wort Beziehung klingt für mich auch sehr schön. Nur das mit dem ›nicht halten‹ nicht.«

»Dann lassen wir das weg.«

Sie schlang erneut ihre Arme um ihn. Diesmal ließen sie sich mehr Zeit.

24

Leonie

Leonie war noch erfüllt und träge von dem mittäglichen Intermezzo. Matties hatte sich nur ungern verabschiedet, aber das Wetter hatte dann doch aufgeklart und er wollte im Geschäft sein.

Nachdem sie aufgeräumt hatte, beschloss sie, Richard anzurufen. Leider nahm er das Gespräch nicht an. Beim zweiten Versuch drückte er sie sogar nach dem ersten Klingelton weg.

Leonie zerbrach sich den Kopf darüber, wann und wo sie ihm Anlass gegeben hätte, dass er mehr für sie empfand als Freundschaft. Sie musste noch einmal mit ihm reden. Sollte Katharina vor Gericht ziehen, dann brauchte sie einen verlässlichen Anwalt. Und sie war sich unsicher, ob Richard noch an ihrer Seite stand.

Eine SMS erreichte sie.

Bin im Hotel Miramar in Westerland, erwarte dich um fünf in der Lounge.

Sollte sie seiner Aufforderung nachkommen? Andererseits, was konnte ihr in einem öffentlichen Hotel schon passieren?

Sie wählte eine elegante Garderobe, ein Kostüm mit einer roten Bluse. In einem Ratgeber hatte sie mal gelesen, dass Rot die Farbe des Selbstbewusstseins wäre. Sie rief Matties an. Offenbar war er mit Kundschaft beschäftigt, daher schickte sie ihm eine Nachricht.

Eine halbe Stunde später betrat sie das Foyer des kultivierten 5-Sterne-Hotels direkt am Strand. Sie entdeckte Richard sofort. Er hatte einen Fensterplatz in der Bar, die nachmittags als Café genutzt wurde. Er erhob sich, als er Leonie sah und nahm ihr den Mantel ab. Ganz alte Schule.

»Schön, dass du gekommen bist.« Seine Stimme klang indifferent.

»Nach deinem plötzlichen Aufbruch möchte ich das nicht so stehen lassen. Warum hast du dein Telefon nicht abgenommen?«

»Weil ich mit dir persönlich reden wollte.« Außer ihnen waren nur noch zwei andere Tische besetzt. »Ich habe gedacht, wenn ich dir eine Nachricht schicke, dann kannst du nicht so leicht ablehnen.«

Leonie nahm ihm gegenüber Platz.

»Schön hast du es hier.« Sie wählte die gleichen Worte, die er über ihr Haus von sich gegeben hatte. »Der Aufenthalt hier ist bestimmt nicht billig.«

»Ich kann es mir leisten«, gab er ungerührt zurück. Offenbar hatte er geduscht, denn er roch nun nach Deo, von dem er reichlich aufgetragen hatte. »Was darf ich dir bestellen?«

»Eine heiße Schokolade bitte.«

Er winkte dem Kellner. »Einmal heiße Schokolade.«

»Sehr gern. Wir haben ausgezeichnete hausgemachte Torten und Kuchen, wenn Sie an der Vitrine schauen möchten?«

»Nein, danke«, wehrte Leonie ab. Sie wandte sich nun direkt an Richard. »Ich wollte dir noch sagen, dass ich dir sehr dankbar bin für alles, was du rund um Franks Tod und im Laufe des letzten Jahres für mich getan hast. Du warst für mich immer ein loyaler Freund, auch wenn ich dir – genau wie allen anderen – böse bin, weil du nichts von Moritz erzählt hast.«

»Frank war sehr eigen, er hat es mir verboten. Glaube mir, ich habe ihn oft genug darauf angesprochen und ihm gesagt, dass er dich unfair behandelt. Aber du kanntest ihn ja auch, er konnte stur sein und auf seiner Meinung beharren wie kein Zweiter.«

Natürlich erinnerte sich Leonie an diese Eigenschaft. Sie hatte sich selbst oft dran die Zähne ausgebissen.

»Leonie, ich möchte nur das Beste für dich. Wenn wir beide heiraten würden, dann würde ich dir ermöglichen, das Haus zu behalten und außerdem ...«

Leonie hörte nicht mehr zu. Heiraten! Was war in Richard gefahren?

»Wie kommst du auf die Idee, dass ich dich jemals heiraten würde«, brach es schon aus ihr heraus.

Richard stoppte mitten im Satz und starrte sie an. Der Kellner stellte ihre heiße Schokolade vor ihr ab und verschwand in Lichtgeschwindigkeit. Offensichtlich hatte er ihre Bemerkung gehört.

»Und was ist mit Uschi?«, fuhr sie fort.

Er grinste plötzlich wieder. »Um Uschi mach dir keine Sorgen, wir lassen uns scheiden. In ein paar Monaten könnten wir heiraten.«

»Nein.« Sie schüttelte heftig den Kopf. »Auf keinen Fall.«

»Und warum nicht?« Er klang gekränkt. »Du hattest bereits einen Mann, der in meinem Alter ist. Denkst du, ich bin schlechter als er? Und du könntest dein Luxusleben weiterführen.«

»Du sagst es. Ich war mit einem Mann verheiratet, der mein Vater hätte sein können. Den Fehler will ich nicht wiederholen.«

»Fehler!« Er schnaubte. »Das ist mal ein wahres Wort von dir. Wenn ich bedenke, wie Frank dich auf Händen getragen und vergöttert hat, dass er sogar ...«

Er brach ab, nahm seine Kaffeetasse und trank hastig.

»Was hat er sogar?«

»Nichts.« Mit einem Ruck stellte er die Tasse zurück. Leonie spürte, dass er ihr etwas verheimlichte. Doch er blieb verschlossen. Ein bitterer Zug legte sich um seinen Mund.

Aber heiraten? Sie überlegte fieberhaft, ob irgendetwas von seinem Betragen im letzten Jahr auf Zuneigung von ihm hingedeutet hätte. Sie konnte sich nicht erinnern, er hatte sich stets höflich und formell verhalten.

»Wie dem auch sei, ich glaube einfach nicht, dass das Testament echt ist. Niemals hätte Frank das auf diese Art und Weise gehandhabt. Er wäre zum Notar gegangen und ...« Sie gab ihrer Stimme den energischsten Klang, den sie besaß und draufhatte und nahm einen

Schluck von ihrem Getränk. Es rann angenehm warm und süß die Kehle hinunter.

»Da irrst du dich gewaltig«, ertönte eine Stimme.

Das durfte nicht wahr sein! Mit einem Ruck drehte sie sich um und tatsächlich stand Katharina hinter ihr. »Bestell mir auch so eine Schokolade, Richard.« Sie deutete mit einem perfekt manikürten rot lackierten Fingernagel auf Leonies Becher.

Leonie wurde leicht übel. Sie lehnte sich zurück und atmete tief ein. »Was für eine Überraschung, Katharina. Dass du den weiten Weg auf dich genommen hast um – ja? Warum? Das erschließt sich mir nicht.«

Katharina ließ sich auf dem Stuhl nieder, sodass sie Richard auf der einen und Leonie auf der anderen Seite hatte. »Deine hochgestochenen Phrasen kannst du dir sonst wohin stecken, Herzchen. Seinen Stall kann man nicht verleugnen und wir wissen doch alle, wo der stand.« Ihre Stimme klang fast freundlich. Gerade deswegen erzeugte die Aussage Gänsehaut bei Leonie.

»Katharina, bitte«, sagte Richard, er blinzelte verlegen.

»Nein, wieso? Es muss einmal gesagt werden. Leonie hatte eine alkoholkranke Mutter und ihr Vater hat bei der Müllabfuhr gearbeitet. Keine passende Partnerin für einen Aschauer.« Sie beugte sich vor. »Weshalb denkst du, wünschte sich Frank keine Kinder mit dir? Weil er seine Gene nicht mit so minderem Material mischen wollte.«

Ein Eisregen überzog Leonie und sie begann zu zittern. Rote Schleier tanzten vor ihren Augen.

War das wirklich der Grund, warum Frank eine andere Mutter für sein Kind gewollt hatte? Weil er sie für Abschaum hielt? Denn genau darauf lief es hinaus. Sie sah Katharina und Richard nur noch verschwommen vor sich, war zu keiner Antwort fähig.

»Was glaubst du, weshalb Frank es sonst getan hat? Er hat mir erzählt, wie du ihn förmlich angebettelt hättest, dass du ein Baby wolltest. Wenigstens dazu hat er sich nicht hinreißen lassen.« Katharina beugte sich vor. »Wir wollen dir nichts Böses, Leonie.« Ihre Stimme behielt den sanften Tonfall bei. »Ich muss dir zugutehalten, dass du deine Ehejahre skandalfrei mit ihm verbracht hast. Daher möchte ich dir ein Angebot unterbreiten. Richard und ich haben etwas vorbereitet.«

»Richard und du?« Ihre Stimme kam ihr fremd vor wie ein rostiger Wasserhahn.

»Natürlich. Er und ich sind die Begünstigten im Testament.«

Ihr wurde übel. Sie sprang auf, rannte fast den Kellner um, der ihr mit Katharinas heißer Schokolade entgegenkam und im letzten Moment zur Seite treten konnte. Irgendwo mussten die Toiletten sein. Da entdeckte sie die Aufschrift. Leonie stürzte darauf zu, riss eine der lackierten weißen Kabinentüren auf und beugte sich gerade rechtzeitig über die Schüssel, um ihren Mageninhalt loszuwerden.

Es dauerte eine Ewigkeit, bis sie sich halbwegs erholt hatte. Zitternd schwankte sie in den Vorraum. Eine Frau, die sich gerade die Hände wusch, verschwand blitzartig.

Ihre Augen tränten, im Spiegel sah sie ihr zerlaufenes Make-up und die fleckige Haut darunter. Immer schon hatte sie einen Ausschlag bekommen, wenn sie sich übergeben musste. Sie wusch sich die Hände und spritzte sich kaltes Wasser ins Gesicht. Das war wohltuend, hatte aber keinen Einfluss auf ihr Aussehen.

Hatte Frank so wenig von ihr gehalten? Warum hatte er sie dann geheiratet? Und sie stets zuvorkommend behandelt?

Tief im Inneren hatte sie immer gewusst, dass sie Franks Geld nicht verdiente. Weshalb hatte sie geglaubt, dass es ihr zustünde? Ihr Mann hatte ihren Wunsch, nach Sylt zu fahren, stets verschoben, hatte sie mit dem Kinderwunsch vertröstet und ihr ein Haustier ausgeredet. Im Grunde genommen hatte sie sein Leben gelebt. Und nun war sie dem Irrtum erlegen, ihres leben zu dürfen.

Leonie wollte weder Katharina noch Richard begegnen. Die beiden hatten gemeinsame Sache gemacht. Erst hatte es Richard auf die sanfte Tour versucht und als sie ihn abgewiesen hatte, war Katharina aufgetreten.

Wenn Frank sie als minderwertig angesehen hatte, konnte das zweite Testament echt sein. Vielleicht war es seine Art von Häme gewesen, sie zuerst als Alleinerbin einzusetzen, damit sie sich im Glück wähnte, um sie dann umso tiefer in den Abgrund zu stoßen.

Hatte sie ihren Mann wirklich so überhaupt nicht gekannt?

Sie verließ die Toilettenanlagen und lief Katharina in die Arme. »Meine Arme, das war offenbar ein richtiger Schock für dich.« Katharinas Heuchelei verursachte eine neue Welle von Übelkeit in ihr. »Ich kann verstehen, dass dich das mitnimmt. Aber glaube mir, weder Richard noch ich wünschen dir etwas Böses. Wir wollen nur Gerechtigkeit im Sinne von Frank.«

Natürlich, schrie es in ihr, am Geld sind sie überhaupt nicht interessiert.

»Ich kann nicht glauben, dass Frank wirklich ein zweites Testament geschrieben hat.«

»Das verstehe ich, deswegen habe ich auch eine Kopie mitgebracht. Die zeige ich dir gern. Du kanntest seine Handschrift zweifelsohne am besten und wirst sie gleich identifizieren können.« Katharina klang nicht ein bisschen unsicher.

»Ich bin erschöpft«, murmelte sie, »daher gehe ich nun nach Hause.«

»Das verstehe ich, Kindchen. Wir werden uns morgen treffen und vernünftig verhandeln. Richard hat Verträge vorbereitet. Ich denke nicht, dass wir unnötig die Gerichte bemühen müssen. Wir machen das unter uns aus und du wirst sehen, dass wir auch dich großzügig bedenken werden. Vielleicht springt sogar eine kleine Eigentumswohnung in St. Florian für dich raus?«

»Dahin kehre ich bestimmt nicht zurück.« Sie spuckte die Worte förmlich aus.

»Alles gut, meine Liebe. Das bleibt natürlich dir überlassen. Es muss ja nicht so ein teures Pflaster wie hier sein!« Sie machte mit ihrer Hand einen Halbkreis in der Luft.

Leonie stolperte zur Garderobe, zog ihren Mantel vom Aufhänger, ohne noch einen Blick zu ihrem alten Platz zu werfen. Sie wollte Richard nicht mehr sehen.

»Erhol dich Kleines«, säuselte Katharina hinter ihr. »Ich rufe dich morgen an.«

Die kalte Luft war wohltuend auf ihren erhitzten Wangen. Ohne sich umzusehen, machte sie sich auf den Weg zum Parkplatz.

»Hallo Leonie, so traurig heute?« Die tiefe Stimme kannte sie. Vor ihr stand der Weihnachtsmann mit den tiefblauen Augen. Überrascht drehte sie sich zur Seite und sah einen Shop mit Weihnachtsdekoration.

»Bist du hier angestellt?«

»Kann man so sagen, ja. Darf's etwas sein? Wir haben heute Sterne im Angebot.«

»Nein, danke.« Sie hatte wahrlich keine Lust auf einen Einkaufsbummel.

Wie toll es wäre, würde es wirklich einen Weihnachtsmann geben! Einer, der Wünsche erfüllen könnte.

»Hier«, sagte er plötzlich und hielt ihr eine kleine Tasse mit einem dampfenden Getränk hin. »Das wird dir nach der Strapaze guttun, nicht wahr?«

Woher wusste er, dass sie Schlimmes erlebt hatte? Ohne lang zu überlegen, nahm sie die Tasse. Ein süßer Duft mit einem Hauch von Zimt stieg ihr in die Nase. Bestimmt war Alkohol drin. War es klug, das zu trinken, nachdem sie sich gerade hatte übergeben müssen?

Doch dann nahm sie einen Schluck. Das heiße Getränk war wohltuend und beruhigte ihren wunden Hals.

»Deern, du gefällst mir gar nicht. Komm mal mit hinein.« Sie ließ sich von ihm ins Geschäft ziehen und fand sich in einem Wunderland wieder. Innen drin war es viel größer, als es von außen ausgesehen hatte. Die

Decke war hoch und Tausende von Sternen flimmerten daran. Kurz waren ihre Sorgen wie weggeblasen. In den Regalen waren verschiedene Dekorationsgegenstände rundum beleuchtet in allen Farben. Es blinkte und glitzerte überall. Ehrfürchtig schritt sie hindurch, nahm den einen oder anderen Gegenstand in die Hand. Am Ende des Raums hingen gläserne Sterne, in deren Mitte je ein leuchtendes rotes Herz flimmerte.

»Mundgeblasen«, erklärte der Weihnachtsmann hinter ihr. »Unsere besten Stücke.«

»Sie sehen zerbrechlich aus.«

»Stimmt, aber das macht nichts. Wenn der Stern zerbricht, ist es der Richtige.«

»Das verstehe ich nicht.«

»Es braucht seine Zeit. Bald wirst du es deuten können.«

Einer der Sterne zog sie magisch an. Er war zartblau gemustert und das Herz darin blinkte besonders stark. »Den nehme ich.«

»Ich verpacke ihn dir.« Vorsichtig holte er ihn von der Wand und sie folgte ihm Richtung Kasse. Dabei sah sie sich weiter rechts und links um. Der Laden war einfach zu schön.

Der Stern war nicht billig, aber das hatte sie auch nicht erwartet. Da kam ihr wieder in den Sinn, dass sie bald keine vermögende Frau mehr wäre.

»Hier, bitte schön.« Der Weihnachtsmann legte das Päckchen vor sie hin. Sie reichte ihm ihre Kreditkarte. Während er die Karte über das Lesegerät zog, sagte er auf einmal. »Man darf nicht alles glauben, was die Leute erzählen. Gestern hat einer behauptet, es würde heute stürmen und was war? Die Sonne scheint. Es wird alles gut, Mädchen, wenn man dran glaubt, nicht wahr?«

»Schöne Weihnachten«, sagte sie, ohne auf seine kryptischen Äußerungen einzugehen.

»Dir auch, Leonie.« Seine blauen Augen leuchteten über der Brille. »Alles wird gut.«

Er nannte sie schon wieder beim Namen. Wirklich aufmerksam!

Irgendwie hatte sie die Begegnung mit ihm erleichtert. Draußen war es mittlerweile stockdunkel, es war bereits nach sechs. Vom Weihnachtsmarkt ertönte gedämpft Musik zu ihr, aber sie musste in die andere Richtung. Der Wind war wieder stärker geworden und sie kämpfte sich zum Parkplatz. Schritt für Schritt nahm der Optimismus, der sie noch in der Gesellschaft des Weihnachtsmannes umgeben hatte, ab.

Vielleicht konnte sie sich mit Katharina einigen, dass sie das Haus in Kampen behalten dürfte, wenn sie dafür den gesamten Rest bekämen?

Träum weiter! Richard hatte ihr schon gesagt, dass der Pflichtteil zu wenig wäre. Moritz fiel ihr ein. Es war kein Thema gewesen, was der Junge bekommen würde. Würden sie die Arrangements für ihn beibehalten? Weshalb hatte sie nicht nach Franks Sohn gefragt? Es war ihr wichtig gewesen, dass Moritz gut versorgt sein würde. Hatte Richard nicht erwähnt, dass Frank Moritz im zweiten Testament bedacht hätte und dass es aus diesem Grund glaubhaft sei?

Zumindest fühlte sie sich körperlich wieder besser, das Getränk des Weihnachtsmannes hatte Wunder gewirkt.

Erst als sie im Wagen saß, checkte sie ihr Handy. Matties hatte mehrmals versucht sie zu erreichen. Sie wählte seine Nummer.

»Ich muss das Haus verkaufen.«

25

Matties

Matties arbeitete an seinem Buch, konnte sich jedoch nicht richtig konzentrieren. Dass Leonie allein zu dem Anwalt ging, gefiel ihm nicht. Er nahm sein Smartphone in die Hand und wählte zum x-ten Mal ihre Nummer. Wieder nur die Mailbox. Ein Skype-Anruf kam herein. »Hi Matties, schön dich zu sehen.« Es war tatsächlich Marie! Seit ihrer letzten Begegnung vor mindestens drei Jahren hatte sie sich kein Stück verändert. »Hi Marie, ich freue mich auch.«

»Wie geht's dir? Du siehst richtig zivilisiert aus.«

»Du meinst, weil mein Haar kürzer ist?« Er lachte. »Das täuscht.«

»Ich habe gerade neulich die Fotos von unserer Tour in Schweden angesehen.«

»Die auf deinem Blog? Die sind wahnsinnig toll. Als ich sie gesehen hab, habe ich fast Fernweh nach Schweden und den guten alten Zeiten bekommen.«

»Du liest meinen Blog?«

»Natürlich. Ich muss doch wissen, wo sich meine Lieblingsglobetrotterin gerade aufhält.« Er zwinkerte ihr zu.

»Das war aber auch eine fantastische Zeit. Und wir waren so eine lustige Gruppe. Du und dein Freund Sven, ihr habt mir unvergessliche Eindrücke geschenkt.«

»Das Wetter hat damals zum Glück auch mitgespielt. Wir können im Januar, wenn du kommst, Erinnerungen austauschen.«

Das Strahlen verschwand aus ihren Augen. »Leider nein, deswegen rufe ich an. Ich muss meinen Besuch bei dir erst mal absagen. Dabei war ich schon so neugierig auf die Wattwanderung!«

»Was ist passiert?«

»Meine Oma ist gestorben.« Ihre Stimme zitterte.

»Das tut mir leid.«

»Ich bin in Dänemark und regle ihren Nachlass. Das ist eine schwierige Angelegenheit und ich habe im Moment noch keine Ahnung, wie es für mich weitergehen wird.«

»Oje, das ist wirklich schade, aber ich verstehe dich. So niedergeschlagen kenne ich dich gar nicht. Kann ich dir helfen? Wie ist es dir sonst ergangen?«

Marie erzählte von ihren letzten Reisen und versprach schließlich, es irgendwie möglich zu machen, spätestens im Frühling nach Sylt zu kommen.

»Wenn du irgendwas brauchst, dann melde dich«, schloss Matties. Ein Blick auf die Uhr sagte ihm, dass fast eine Stunde vergangen war. Das Gespräch hatte ihn erfolgreich von Leonie abgelenkt.

Gerade wollte er erneut ihre Nummer wählen, da rief sie an. Ohne Begrüßung ertönte es: »Ich muss das Haus verkaufen.« Ruhig, fast emotionslos, als hätte sie sich bereits damit abgefunden.

Doch gleich darauf erklang ein Schluchzer.

Er fröstelte. »Bist du noch in Westerland?«

»Ja.«

»Komm zu mir, wir reden in Ruhe über alles.«

Die nächsten zwanzig Minuten saß er wie auf Nadeln. An eine Weiterarbeit an seinem Manuskript war nicht mehr zu denken.

Was bedeutete das? Und was waren die Konsequenzen für ihre Beziehung? Matties kannte Leonie seit nicht einmal einem Monat richtig gut, dennoch war sie ein Teil seines Lebens geworden. Nein, nicht irgendein Teil, sondern der wichtigste. Nicht austauschbar, nicht zu ersetzen, nicht wegzudenken. Er hatte ihr gesagt, sie solle zu ihm kommen. Es dauerte ihm zu lange, bis sie zu Hause war und er zu ihr könnte.

Endlich hörte er ihren Wagen auf den kleinen Vorplatz vor seinem Geschäft fahren. Er stürzte förmlich die Treppen hinunter, riss die Tür auf und kurz darauf lag sie in seinen Armen.

O Gott, sie zitterte.

Vorsichtig führte er sie hinauf in seine Wohnung. Leonie schaute sich um, da wurde ihm bewusst, dass sie zum ersten Mal bei ihm war. Sein Zuhause war klein im Vergleich zu ihrem Haus, nur für eine Person gedacht. Ein Wohnraum, ein Schlafzimmer und eine Küche.

Sie zog ihre Jacke aus und setzte sich an seinen Tisch.

»Tee?«, fragte er und sah in seinem Regal nach. »Leider kann ich dir sonst nicht viel anbieten. Bier hätte ich noch.«

»Tee ist okay. Irgendeine milde Sorte.«

»Habe ich.« Er machte sich an die Zubereitung. »Das Gespräch ist nicht gut gelaufen?« Es war nur eine halbe Frage, er wusste es schließlich schon. Ihre Aussage und die hängenden Schultern sprachen Bände.

»Das ist die Untertreibung des Jahrhunderts. Es war ein einziger Albtraum. Es scheint zu stimmen. Katharina, meine Schwägerin ist ebenfalls hier. Sie haben bereits Dokumente mitgebracht, damit wir uns außergerichtlich einigen.«

»Wie bitte?« Matties stellte die Teetassen mit Schwung auf den Tisch. »Das stinkt doch zum Himmel! Wieso das?«

»Sie hat eine Kopie des Testaments mit, die will sie mir vor Unterzeichnung vorlegen.« Leonie schluckte sichtlich. Und dann sprudelte die gesamte Geschichte aus ihr heraus, Matties hörte entsetzt zu. Dazwischen goss er das kochende Wasser über die Teebeutel und stellte die Kanne auf das Stövchen mit der Teekerze.

»Leonie«, er beugte sich zu ihr und nahm ihre Hände in seine. »Ein Jahr nach dem Tod deines Mannes, der Nachlass ist geregelt, taucht zuerst dein Anwalt auf, faselt von einem jünger datierten Testament und dass er dich liebt. Als du nicht auf seine Avancen eingehst, stellt sich heraus, dass auch deine Schwägerin mit an Bord ist, und komischerweise sind sie beide die neuen Begünstigten. Da muss es doch bei jedem Klick machen.« Er nahm die Teekanne, der Tee hatte jetzt schließlich ausreichend Zeit zum Ziehen gehabt, schenkte ihnen ein und schob ihr die Zuckerdose zu. Leonie holte sich ein Stück Kandiszucker heraus, den sie lieben gelernt hatte, wie er wusste. Das heiße Getränk würde ihr guttun. Er selbst versuchte zu ordnen, was er eben von ihr gehört hatte.

Diesen alternden Anwalt hatte er gleich unsympathisch gefunden.

Und die Story konnte nicht stimmen, aber irgendwie war es dem Duo gelungen, Leonie zu demotivieren und weichzukochen, sodass sie fast bereit war, irgendwelche Papiere zu unterschreiben.

»Du zweifelst plötzlich daran, dass das Testament eine Fälschung ist?«

Sie umschloss die Tasse mit beiden Händen, als ob ihr kalt wäre. Dabei hatte er gut eingeheizt. »Katharina hat mir gesagt, weshalb Frank kein Kind mit mir wollte.«

»Ah.« Er holte sich nun ebenfalls ein Stück Kandis aus der Dose. »Und du glaubst dieser Frau? Weil sie integer und ehrlich ist und dir aus reiner Nächstenliebe die Wahrheit sagt?«

»Nein.« Leonie lachte nicht einmal. »Es ergibt einfach Sinn, was sie sagt. Das letzte Mosaiksteinchen im Bild sozusagen.«

»Das wäre?« Matties runzelte die Stirn über Leonies Zögern.

Sie senkte den Kopf. »Frank wollte kein Kind mit meinen Genen.« Sie würgte es fast heraus.

»Was stimmt mit deinen Genen nicht?«

»Meine Mutter war Alkoholikerin.«

»Das hast du mir erzählt. Aber was hat das mit dir zu tun? Alkoholismus ist keine Erbkrankheit, soweit ich weiß.«

»Mein Vater war bei der Müllabfuhr angestellt, als Lkw-Fahrer.«

»Und? Das ist ein ehrenwerter Job.«

»Aber kein Akademiker.«

»Und? Das heißt nicht, dass er dumm ist.« Matties verstand ihre Deprimiertheit nicht. »Auf keinen Fall unterschreibst du hier auf die Schnelle irgendwelche Verzichtserklärungen.«

»Aber ich kann nicht vor Gericht.« Sie klopfte auf den Tisch. »Wenn ich nur den Pflichtteil erbe, verschlingt die Verhandlung mein gesamtes Geld.« Sie räusperte sich. »Ich denke mir, Hochmut kommt vor dem Fall. Unbedingt musste ich mir meinen Traum erfüllen und dieses teure Haus kaufen. Es geschieht mir recht, wenn ich auf den Boden der Tatsachen gestoßen werde.« Sie trank einen großen Schluck und schloss die Augen.

»Denkst du, dass ich dich gehen lasse, Leonie?«, fragte er auf einmal sanft. Ihre Augenlider klappten auf und sie starrte ihn an. »Ich liebe dich, das meinte ich so, wie ich es sagte. Das ist in mir drin und das werde ich nicht mehr los.« Er legte seine rechte Hand mit der Handfläche aufs Herz. »Wenn es so weit kommt und du das Haus verkaufen musst, dann finden wir eine andere Unterkunft für uns beide. Ich bin auch nicht mittellos. Und ich habe heute beim Schulamt Kreis Nordfriesland angerufen, du kannst sogar als Lehrerin hier arbeiten. Du musst nur deine Unterlagen beim Ministerium einreichen und die Möglichkeit einer Anerkennung prüfen lassen. Der nette Herr klang optimistisch, dass das lediglich eine Formsache sei. Oder ist Sylt für dich nur interessant, wenn du dein Haus behalten darfst?«

»Nein.« Ein zartes Lächeln glitt über ihr Gesicht. Endlich! »Du hast nachgefragt?«

Es grummelte in Matties Bauch und er wurde verlegen. Hoffentlich fand sie es nicht anmaßend, dass er den Anruf getätigt hatte. »Ich habe befürchtet, dass du, solltest du dein Erbe verlieren, deine Zelte hier abbrichst. Daher wollte ich gleich alle deine Argumente, dass du nicht bei mir bleiben könntest, entkräften.« Er stand auf, trat zu ihr, zog sie hoch und umarmte sie fest. »Du Dummerchen, denkst du, dass ich dich jemals wieder loslasse? Egal, was kommt! Aber kampflos sollst du nicht aufgeben. Wir werden einen Plan austüfteln, wie wir deine Schwägerin und diese traurige Vogelscheuche von Anwalt überführen können. Sie will dir das Testament zeigen? Gut. Du wirst zum nächsten Treffen mit einem Grafologen gehen.«

»Aber ich kenne niemanden. Und hier auf Sylt wird sich auf die Schnelle keiner finden lassen. Matties, in drei Tagen ist Weihnachten!«

»Derjenige, den ich im Sinn habe, der wird es machen.« Er küsste sie, denn er konnte ihr einfach nicht länger widerstehen.

Später sah er auf Leonie, die friedlich in seinem Bett schlief. Zum Glück war es ihm gelungen, sie abzulenken. Dass sie nun bereits um acht Uhr eingeschlafen war, bewies, wie sehr sie der Tag erschöpft hatte.

Er selbst hingegen hatte noch ein Telefonat zu führen. Der Angerufene nahm nach dem dritten Klingeln ab. »Ich hoffe, es ist wichtig! Hier ist viel los.« Im Hintergrund hörte er Teller klappern, Musik und den Lärm von Menschen, die sich unterhielten. Klar, das Kapitän Seppe war um diese Zeit sicherlich ausgebucht.

»Ich brauche deine Hilfe, Papa.« Er konnte seinen Vater förmlich nach Luft schnappen sehen.

Seit er ein Kind war, hatte er nicht mehr um Hilfe gebeten.

26

Leonie

Leonie fühlte sich in Begleitung von Matties und seinem Vater sicher. Was für ein Zufall, dass Theo, Matties' Vater, sich mit Grafologie auskannte. Er sah komplett verändert aus, trug einen Anzug und eine Hornbrille, seine grauen Haare zurück gegelt. Leonie hatte ihn kaum wiedererkannt.

Richard im dunklen Anzug und Katharina im eleganten mitternachtsblauen Etuikleid mit aufgestelltem Kragen erwarteten sie am selben Ort im Miramar Hotel. Vor ihnen lagen Papiere ausgebreitet. Die beiden stritten über etwas, denn sie gestikulierten wild. Erst als sie Leonie erblickten, die gerade ihren Mantel aufhängte, klebten sie sich ein Lächeln auf ihre Züge, das sich jedoch ein wenig verzerrte, als ihre Blicke auf Matties und seinen Vater fielen.

»Ich hatte eigentlich gedacht, dass wir unter uns bleiben«, konstatierte Katharina in säuerlichem Tonfall.

»Ich dachte, es wäre in eurem Sinne, wenn ich einen Grafologen mitbringe. Das ist Doktor Theo Jorgensen, der eine Menge Erfahrung – auch vor Gericht –

gesammelt hat, Schriften zu vergleichen. Sollte es eine Fälschung sein, so wird er das herausfinden.«

Katharina zuckte merklich zurück. Ein Schwall ihres süßlichen Parfums erreichte Leonies Nase. Ihre Schwägerin befeuchtete die rot geschminkten Lippen und tauschte einen Blick mit Richard. Wurden die beiden nervös? Es war nur eine Zehntelsekunde, sodass sich Leonie nicht sicher war, wirklich etwas gesehen zu haben.

»Aber gerne, Leonie.« Sie zeigte ihr Lächeln, das an einen Hai erinnerte. Aus einer der Mappen zog sie eine Klarsichtfolie heraus. »Vielleicht möchtest du einen Blick drauf werfen? Ich bin sicher, du wirst selbst gleich erkennen können, dass Frank es höchstpersönlich geschrieben hat.«

Leonies Finger zitterten ein wenig, als sie nach dem Dokument griff. Matties beugte sich über ihre Schulter.

Ihr Hals wurde eng. Die Schrift sah tatsächlich wie Franks Handschrift aus.

Mein Testament

Ich, DI Frank Aschauer, geboren am 30.11.1962, vererbe hiermit mein Barvermögen sowie meine Firma zu gleichen Teilen meiner Schwester, Frau Katharina Wimmer, geborene Aschauer, geboren am 4.2.1958 und meinem Freund Herrn Doktor Richard Berg, geboren am 12.5.1963.

Mein leiblicher Sohn Moritz, geboren am 5.5.2020 erhält den Pflichtteil, seine Mutter Annabell Schneider, geboren am 21.3.1991, erhält den vereinbarten Unterhalt bis zur abgeschlossenen Berufsausbildung von Moritz.

Es folgten Unterschrift und Datum – und es sah alles verdammt echt aus. Leonie ließ das Blatt sinken. Katharina musste den Schock von ihrem Gesicht ablesen können, denn ihr Lächeln wurde noch breiter.

»Na, bist du überzeugt? Frank hat das Testament eine Woche nach der Geburt seines Sohnes verfasst. Niemals hätte er ihn vergessen.«

»Das denke ich auch.« Matties' Hand legte sich auf Leonies Schulter und drückte leicht zu. Das gab ihr Kraft und ihre Stimme wurde wieder fest. »Aber weshalb hätte er es nicht ordentlich beim Notar regeln sollen? Das passt nicht zu ihm. Zudem ist es knapp gehalten. Hätte er mich nicht wenigstens erwähnt? Er wusste ja, dass ich auf jeden Fall den Pflichtteil bekommen müsste.«

»Vielleicht nur den halben Pflichtteil, schließlich bist du in diesem Testament überhaupt nicht bedacht.«

»Unsinn«, flüsterte ihr Matties ins Ohr.

Leonie gönnte sich ein paar Atemzüge, ehe sie weitersprach. »Weshalb hasst du mich so? Ich habe dir nie etwas getan und du könntest respektieren, dass dein Bruder mich geliebt hat.«

»Er war vernarrt«, zischte Katharina. Für einen kurzen Moment schien es, als verlöre sie die Beherrschung, doch gleich darauf wurde ihre Miene wieder gelassen. »Am Anfang zumindest. Das hat sich bald gelegt. Du warst für ihn ein dummes Ding, das ihn mit einer hübschen äußeren Hülle bezirzt hat. Glaub mir, seine Faszination für dich hatte sich schnell abgekühlt.«

»Das ist mir nicht aufgefallen. Frank war bis zum Schluss liebenswürdig und leidenschaftlich mir gegenüber.« Leonie spürte Matties' Wärme an ihrem Rücken.

»Das Gespräch führt zu nichts«, kam es nun von Richard. »Es ist ja schön für Leonie, wenn sie weiterhin an die große Liebe glaubt. Aber Märchen enden nun mal nicht immer mit Happy End. Setz dich hin, damit wir die Übergabemodalitäten besprechen können.«

»Nicht so rasch.« Leonie drehte sich um und deutete auf Theo Jorgensen, der im Hintergrund gewartet hatte. »Wie gesagt, ich habe einen Spezialisten mitgebracht, der seine fachgerechte Expertise abgeben wird.«

»Und wie soll er das tun? Ich kann mir nicht vorstellen, dass du Handschriftliches von Frank dabei hast.« Katharina klang spöttisch.

»Selbstverständlich.«

Wurde ihre Schwägerin blass? Nein, sie musste sich täuschen, das war bestimmt das Licht.

Katharina nahm Leonie das Blatt aus der Hand und reichte es Theo. »Hier ist es, Herr Doktor. Wenn sie es sich ansehen mögen?« Ihre Stimme klang gewohnt energisch und fest, als hätte sie nichts zu befürchten. Leonie musste schlucken.

Theo blickte auf das Papier. »Leonie, gibst du mir die Briefe von deinem Mann?«

»Briefe?« Katharina wirkte nun doch etwas irritiert. »Wann soll er die geschrieben haben?«

»Nicht gerade Briefe, er hat mir oft Nachrichten hinterlassen. Liebevolle Sätze, wenn er auf Geschäftsreise musste.« Leonie holte nun die Mappe heraus. Als Matties nach Schriftstücken gefragt hatte, waren ihr diese eingefallen, und sie war froh, sie nicht weggeworfen zu haben.

Theo nahm sie ihr ab. »Ich setze mich mal an den Nachbartisch, das braucht eine Weile.« Er ging hinüber, setzte sich, breitete die Zettel und das Testament vor sich aus und zog eine Lupe aus der Tasche.

»Nun ja, in der Zwischenzeit kannst du schon mal anschauen, was wir für dich vorbereitet haben.« Katharina zog sie zu sich herunter auf den einzigen Stuhl, der zwischen ihr und Richard stand. Matties ließ sich zum Glück nicht abfertigen. Er holte vom Nachbartisch einen Stuhl und sie rückte ein wenig zur Seite, sodass er neben ihr Platz fand.

»Das hier ist vertraulich. Es wäre besser, wenn er nicht dabei wäre.« Richard deutete mit dem Daumen auf Matties, ohne ihn anzusehen. Das und dass er ihn nicht direkt ansprach, war definitiv eine provozierende Beleidigung.

Doch Leonie war ausgezeichnet gebrieft. »Die Anwesenheit meines Freundes steht nicht zur Diskussion.« Sie war stolz auf sich, dass sie den Satz mit einiger Schärfe herausgebracht hatte.

In ihr drinnen sah es anders aus. Matties und sein Vater waren restlos davon überzeugt, dass das Testament eine Fälschung war. Sie war unsicher. Waren es Franks Schriftzüge? Sie konnte es nicht mit Sicherheit bejahen, aber auch nicht verneinen. Menschen schrieben in unterschiedlichen Situationen anders.

Richard legte ihr eine Aufstellung mit Zahlen vor. »Ich habe hier Franks Vermögenswerte zusammengefasst. Hier ist die Summe, die du beim Verkauf der Firma erhalten hast, der Verkauf eurer Villa in St. Florian, das Barvermögen und die Aktien ...«

Die Buchstaben und Zahlenkolonnen verschwammen vor ihren Augen. Richard war natürlich bestens informiert, schließlich hatte er sämtliche Transaktionen für sie vorgenommen. Sie war ihm noch dankbar gewesen! Und jetzt setzte er genau diese Informationen ein, um ihr alles wegzunehmen. Leonie fühlte sich, als wäre sie von einer Klippe gestoßen worden. Kurz kämpfte sie mit Schwindel und Übelkeit.

Hatte Frank ihr den liebenden Ehemann wirklich nur vorgespielt? Sie erinnerte sich an ihren letzten Sommerurlaub auf Bali. Es war nur eine Woche im September gewesen, aber sie hatten geturtelt wie gleich nach der Hochzeit.

Und das sollte alles geschauspielert gewesen sein?

»Was sagst du dazu?«, drang Katharinas Stimme wieder in ihr Bewusstsein.

»Ist perfekt aufgeschlüsselt.« Sie warf einen Blick auf Matties, der starr auf das Blatt sah. Offenbar war er überrascht von den hohen Zahlen.

»Jetzt ist mir klar, dass Sie beide verärgert waren, dass kein Stück vom Kuchen für Sie abgefallen ist.« Matties' Stimme klirrte wie Glas.

»Was mischen Sie sich ein!« Katharina legte ihre Hand mit den perfekt manikürten blutroten Fingernägeln auf das Papier. »Das geht Sie überhaupt nichts an, Sie dachten vermutlich, dass da ein Luxusleben an Leonies Seite auf sie zukäme? Pech, Leonie wird das Haus verkaufen müssen.« Sie beugte sich zu Leonie. »Richard hat mir schon erzählt, was du da für ein wertvolles Kleinod erstanden hast. Und ich spiele mit dem Gedanken, es eventuell zu behalten. Wobei die weite Distanz natürlich dagegen spricht.« Sie zuckte mit den Schultern. »Frank hätte es hier gehasst. Er wollte es warm haben. Wenn er jemals von einem Alterssitz gesprochen hat, dann war von Portugal oder Mallorca die Rede.«

»Das weiß ich.« Leonie erinnerte sich selbst gut genug an die Gespräche mit Frank. Er liebte die Hitze, daher hatten sie auch immer in südlichen Ländern Urlaub gemacht. »Aber Frank ist tot. Und du kannst mir nicht verübeln, dass ich, nachdem ich neun Jahre lang nach seinen Wünschen gelebt habe, jetzt meine eigenen verwirkliche.«

»Gewiss nicht mit Franks Geld.« Es klang höhnisch.

»Nach Ihren Aufstellungen«, kam Matties' ruhige Stimme. »Was bliebe dann für Leonie?«

»Ah, das ist Ihnen wichtig, nicht wahr?« Ihre Schwägerin lachte. Es klang nach einem Huhn, das Bauchweh hatte.

»Kommen wir zum Wesentlichen«, sagte Richard ruhig. Er zog ein zweites Blatt hervor. »Ich habe deinen Teil ausgerechnet, es ist – falls wir uns hier ohne Gericht einigen können – sogar um ein Vielfaches mehr als der Pflichtteil, der dir zustehen würde.«

Leonie starrte auf das Blatt und fuhr zurück, als sie die Zahl am Ende der Kolonne registrierte. »Ihr verrechnet mir die Beerdigungskosten?«

»Er war dein Mann.« Richard zuckte mit den Schultern. »Wer sollte sonst dafür aufkommen?«

»Die Haupterben«, schlug Matties vor. »Das kriegen Sie niemals durch.«

»Nun, wir könnten uns die Kosten teilen.« Katharinas gönnerhafter Tonfall verursachte Übelkeit in Leonie. Was für eine falsche Schlange.

Sie drehte sich kurz zu Theo um, der sich Notizen machte und vertieft in seine Arbeit war. Ihre Hoffnung sank, dass das Testament doch eine Fälschung sein könnte.

Leonie erinnerte sich, was sie vorab besprochen hatten. »Ich werde hier und heute nichts unterschreiben, aber ich nehme die Unterlagen gern mit. Matties kennt einen ausgezeichneten Anwalt, der mich beraten wird.«

Richard hob den Kopf. »Ein deutscher Anwalt wird dir nichts nützen, Leonie. Hier wird nach österreichischem Erbrecht verhandelt werden. Und ich kann dir noch einmal dringend anraten, dass wir nicht vor Gericht gehen müssen und das hier regeln, denn sonst erhältst du keinen Cent mehr als den vorgeschriebenen Pflichtteil. Wir sind ausgesprochen großzügig mit diesem Angebot.«

»Und Sie arbeiten mit der typischen Betrugsmasche: Rasch handeln müssen, keine Zeit das Kleingedruckte zu lesen und die Aussicht, dass es nur schlimmer werden kann.« Matties schob die Papiere zurück. »Leonie lässt sich nicht über den Tisch ziehen.«

»So ist es,« ertönte Theos tiefe Stimme. Er stand auf und trat zu ihnen. »Das Testament ist eine Fälschung.«

Erleichterung durchströmte Leonie so vehement, dass ihr schwindlig wurde. Matties griff nach ihrer Hand und drückte sie.

»Unverschämtheit«, keifte Katharina los. »Haben Sie überhaupt eine gesetzliche Zulassung? Glauben Sie, wir lassen uns hier von irgendeinem Insulaner etwas sagen?«

»Ich kann es beweisen.« Theos Stimme klang ruhig. Er legte das folierte angebliche Testament vor ihnen auf den Tisch und daneben Franks Zettel. »Seht euch mal das A von Aschauer an und hier auf dieser Nachricht.«

Es war eines von Franks Papierstücken:

»Mein Schatz, leider wird die Arbeitsbesprechung länger dauern. Aber bis acht Uhr bin ich verlässlich zu Hause. Und ich freue mich schon darauf, was du heute wieder für mich zaubern wirst. Bussi F.«

»Das A von Aschauer hat einen kleinen Bogen, mit der Lupe deutlich zu sehen, der fehlt bei dem Wort Arbeitsbesprechung.« Zur Veranschaulichung hielt Theo die Lupe über die entsprechenden Stellen.

»Meine Güte, Sie wissen selbst, dass man je nach Tagesverfassung mal anders schreibt.« Katharina zupfte an ihrem Kleid.

»Es gibt auch Unterschiede bei anderen Buchstaben. Die Fälschung ist wirklich passabel gemacht, aber einer Expertenüberprüfung hält sie nicht stand. Hier beispielsweise die Neun. Glücklicherweise habe ich eine Neun auf einer der Nachrichten gefunden. Er schreibt, dass er die Weihnachtsfeier auf den 19.12. fixiert hat. Sehen Sie sich die Neuner an, die sind komplett anders geschrieben.«

27

Matties

Matties war stolz auf seinen Vater, er machte die Sache wirklich ausgezeichnet. Katharina wurde immer blasser, je mehr Unterschiede aufgezählt wurden. Richard hielt den Kopf verlegen gesenkt. Dass er den Ausführungen nicht folgte, war ein weiterer Beweis dafür, dass er wusste, dass das Testament eine Fälschung war.

Wut stieg in ihm auf, wenn er daran dachte, wie diese Bagage Leonie hatten betrügen wollen. Richard war eindeutig der schwächere Part des Duos. Der Anwalt war ihm zwar nicht sympathisch gewesen, dennoch hätte er ihm so eine Nummer nicht zugetraut.

Versierte Verbrecher waren sie wohl nicht, sonst wären sie die Sache gescheiter angegangen.

Auch nachdem sein Vater mehr als die zehnte Unstimmigkeit aufgezeigt hatte, brach Katharina nicht zusammen. Matties beschloss, die Sache abzukürzen.

»Ich denke, wir werden vor Gericht ziehen, Leonie«, sagte er laut. Theo richtete sich auf und nickte.

»Das machen wir. Und dann wird ein gerichtlich beeideter Gutachter darüber entscheiden, wer recht hat.« Katharina drehte sich zu Leonie. »Und du wirst es bereuen. Die Gerichtskosten werden dir das letzte Hemd ausziehen.«

»Eher nicht. Auf Urkundenfälschung und Betrug steht Gefängnis.« Matties legte den Arm um Leonies Schultern. »Ich habe genug Geld, um sie zu unterstützen. Und wir werden gewinnen, dann bleiben die Kosten ohnehin an Ihnen hängen. Ich hoffe, Sie haben Reserven?«

Katharina schnappte nach Luft.

»Und für Sie«, wandte sich Matties nun an Richard, »die Zulassung für Ihre schicke Anwaltskanzlei wird dann wohl vom Tisch sein.«

»Das werden wir ja sehen.« Katharinas Augen funkelten. »Wir werden ...«

»Lass gut sein, Katharina.« Richard erhob sich und schob die Papiere zusammen. »Wir haben gepokert und verloren. Das Ganze hätte nur funktioniert, wenn Leonie eingebrochen wäre.«

»Schwächling!«, zischte sie ihm zu. »Alles nur, weil du ein verliebter Gockel bist. Wenn wir das nüchtern und ohne Emotionen durchgezogen hätten, wäre nichts schiefgelaufen. Deine närrischen Gefühle für dieses Püppi haben alles ruiniert. Was ist an ihr? Ich habe schon Franks Vernarrtheit nicht verstanden, aber von dir hätte ich mehr erwartet.« Mit raschen Schritten verließ sie den Raum.

»Hoffentlich auf Nimmerwiedersehen«, flüsterte Matties Leonie ins Ohr.

Sie drehte sich zu ihm und gab ihm einen Kuss.

Richard räusperte sich. »Leonie, kann ich kurz unter vier Augen mit dir reden?«

»Auf keinen Fall.« Matties drückte sie an sich.

»Ich bin enttäuscht von dir«, sagte sie leise zu Richard. »Und traurig. Ich habe dir vertraut und du wolltest mich über den Tisch ziehen. Noch dazu mit Katharina. Nein, ich wüsste nicht, was wir zu bereden hätten. Ich habe gedacht, du wärst mein Freund.«

»Ich hole mir ein Bier«, meldete sich sein Vater. Fast hätte er Theos Anwesenheit vergessen.

»Ich möchte ein paar Dinge klarstellen.« Richard steckte alle Papiere in eine Aktenmappe und setzte sich wieder auf seinen Platz. »Bitte, setz dich noch einmal hin, ich muss es loswerden.« Dabei warf er Matties einen bittenden Blick zu, den er aber ignorierte.

Leonie setzte sich ihm gegenüber, Matties nahm wieder den Stuhl daneben. Richard beachtete ihn nicht, stützte seine Ellbogen auf den Tisch und verschränkte die Finger. »Ich möchte mich entschuldigen, dass ich mitgemacht habe. Katharina kam vor ein paar Monaten zu mir und erzählte von einem begnadeten Fälscher. Sie wollte sich nicht damit abfinden, dass sie leer ausgegangen war. Und als sie mir anbot, dass wir teilen könnten, habe ich nur aus einem einzigen Grund zugestimmt: Ich dachte, ich könnte deine Liebe gewinnen und dir so zumindest einen Anteil deines Erbes wieder zurückgeben.«

»Ich habe nie auch nur irgendwelche Andeutungen gemacht, dass ich in dir mehr als meinen Anwalt gesehen habe.« Leonie schüttelte den Kopf. »Du warst mir nicht einmal übermäßig sympathisch, als Frank noch gelebt hat. Nach seinem Tod hast du mir geholfen, das stimmt, doch das war deine Pflicht als mein Anwalt.«

»Dennoch habe ich gehofft, dass es irgendwann mehr wird.« Er senkte seine Hände und knetete die Finger. »Wir wussten beide, dass die Fälschung des Testaments vermutlich nicht vor Gericht standhalten könnte. Unsere einzige Chance bestand darin, dich von der Echtheit zu überzeugen. Dabei spielte uns Franks Testament, in dem er seinen Sohn nicht bedacht hatte, in die Hände. Wir wussten, wie gekränkt du über die Tatsache von Moritz' Existenz warst, und diese Labilität wollten wir ausnützen. Katharina hatte diesen Plan schon länger. Sie hat bewusst für niederträchtige Stimmung im Ort gesorgt. Sie hat verbreitet, wie unglücklich Frank angeblich mit dir gewesen ist und dass du nur sein Geld wolltest. Ihr Plan war, dass du isoliert und ohne Freunde ein leichtes Opfer sein würdest. Den Hauskauf in Sylt beäugte sie mit Misstrauen, allerdings haben wir beide aus anderen Gründen gehofft, dass du hier einsam, allein und deprimiert wärst. Dann wärst du noch empfänglicher für …« Er stoppte und schluckte.

»Für euren Betrug«, vollendete sie.

»Ihr seid unglaublich«, mischte sich Matties ein, der nun Leonies Hand ergriffen hatte. »Mir ist nun klar, weshalb es Leonie so schlecht ging.«

»Es tut mir leid.« Richard schob seine Brille nach oben. »Ich Narr habe eben gedacht, dass du meine Liebe erwidern würdest.« Seine Stimme wurde nun rauer. »Ich entschuldige mich dafür, Leonie, aus tiefstem

Herzen. Was ich gemacht habe, war idiotisch und verrückt. Und ich bin froh, dass es aufgeflogen ist. Zeit meines Lebens habe ich mich bemüht, ehrlich und im Rahmen der Legalität zu bleiben, um jetzt so einen Blödsinn zu machen.«

Es klang aufrichtig und reuig, das musste Matties dem Anwalt zugutehalten. Auch Leonie ließen seine Worte nicht unberührt, Tränen glitzerten in ihren Augen.

»Für mich stellt sich aber trotzdem die Frage, warum er Moritz in seinem richtigen Testament nicht bedacht hat? Bei seinem Tod war er bereits zweieinhalb Jahre alt, in der Zeit hätte er längst etwas unternehmen können.«

Richard nickte. »Du hast die Wahrheit verdient, die zumindest kann ich dir geben. Frank war abgöttisch in dich verliebt. Seit er dir auf dem Maturaball begegnet ist, wollte er dich. Und er hat sein Repertoire an Verführungskünsten bei dir angewendet. Ich kannte ihn schon seit der Schulzeit. Er war immer mein bester Freund und er hatte zahlreiche Freundinnen, doch nie zuvor das Bedürfnis zu heiraten. Aber von dem Augenblick an, da er dich getroffen hatte, war er wie ausgewechselt, sprach die ganze Zeit nur von dir. Ich habe versucht, es ihm auszureden. Der Altersunterschied - über dreißig Jahre. Das konnte niemals gut gehen. Dann habe ich dich kennengelernt und war selbst fasziniert von dir. Doch du hattest zu dem Zeitpunkt schon nur noch Augen für ihn. Ihr habt rasch geheiratet und ich habe gewartet, dass eure Ehe den Bach hinuntergeht. Das passierte aber nicht, ihr wart nach wie vor eine Einheit. Erst wenige Monate vor seinem Tod, ihr kamt gerade aus Bali zurück, hat er mir vorgeschwärmt, wie glücklich er sich schätzen kann, weil er dich hat.«

»Warum wollte er dann kein Kind von mir?« Leonies Stimme klang erstickt. Sie entzog Matties ihre Hand und lehnte sich mit verschränkten Armen zurück. »Weshalb gibt es Moritz?«

»Frank war kein Heiliger, nein, nicht was du denkst.« Richard hob seine Hand. »Als er vor ein paar Jahren mit der bescheuerten Idee der künstlichen Befruchtung zu mir kam, hatte ich ihn angebrüllt. Du hast mir auf irgendeiner Party erzählt, wie sehr du dir ein Kind wünschst, und genau das habe ich ihm vorgeworfen.«

Matties spürte Leonies Anspannung. Würde sie eine Antwort darauf bekommen, weshalb Frank ihr das angetan hatte? Er hoffte es für sie.

»Es ist nicht einfach zu erklären. Ich möchte Frank nicht in schlechtem Licht dastehen lassen, aber in dieser einen Sache hat er sich grauenhaft benommen. Wie gesagt, er hat dich vergöttert und dazu gehörte auch dein Körper. Er wusste von deinem Kinderwunsch, doch vermutlich hätte er ihn dir niemals erfüllt.«

»Weil meine Gene schlecht sind?«

»Der Unsinn ist allein auf Katharinas Mist gewachsen. Nein, das Gegenteil ist der Fall. Frank hielt dich für perfekt. Und er wollte nicht, dass diese Vollkommenheit durch irgendetwas ruiniert würde. Zu oft hatte er bei Kollegen und Freunden miterlebt, dass Frauen nur noch Mutter sein wollten und den Partner vernachlässigten. Er wollte im Zentrum deiner Aufmerksamkeit stehen und dich nicht mit einem Kind teilen müssen.«

»Das ist doch irre.« Matties klopfte auf den Tisch.

Richard nickte. »Da stimme ich zu. Außerdem meinte er, dass Frauen nach Schwangerschaften und Geburten ihre Figur verlieren würden und nur noch im Jogginganzug und ungepflegt herumliefen. Na ja, meine eigene Frau Uschi hat sich genau so verhalten. Seit unsere Kinder auf der Welt sind, hat sie zwanzig Kilogramm mehr.«

»Na und?« Matties schlug mit der Hand auf den Tisch. »Das sind Äußerlichkeiten. Man liebt einen Menschen doch nicht nur wegen eines hübschen Gesichts oder schlanken Körpers!«

Richard warf ihm einen gequälten Blick zu. »Für Frank gehörte das offenbar zum Gesamtpaket. Leonie war sein Eigentum, er hat sie jung kennengelernt und konnte sie formen.« Er wandte sich nun direkt an Leonie. »Er wollte deine Liebe für sich und da hatte kein Baby Platz. Er sonnte sich in deiner hingebungsvollen Art, Leonie.«

»Das verstehe ich nicht!« Sie holte geräuschvoll Luft. »Frank hatte Angst, dass ein Baby Konkurrenz für meine Liebe zu ihm wäre?«

»So in etwa. Aber er wurde nicht jünger und er wollte trotzdem ein Kind. Und da kam ihm die Idee einer Leihmutterschaft. Das ist in Österreich nicht legal, daher hat er sich überall informiert. Zuerst hat er sich vorgestellt, das Kind zu sich zu nehmen und quasi dir zum Geschenk zu machen.«

»Was? Ein Kind ist doch kein Paket mit Schleife drum.«

»Er hat sich dann für die leichtere Variante entschieden. Künstliche Befruchtung, dazu ist er mit Annabell nach Dänemark gefahren. Und er hat sie bezahlt, sein Kind aufzuziehen. Denn auf einmal war ihm auch die Mühe, ein Kind großzuziehen, zu viel. Er wollte, dass nichts die Zweisamkeit zwischen euch stört.«

»O mein Gott.« Leonie vergrub das Gesicht in ihren Händen. Matties rückte mit seinem Stuhl enger an sie heran und legte den Arm um ihre Schultern.

»Bereits während Annabells Schwangerschaft hat er das Ganze bereut. Er wollte es um jeden Preis vor dir geheim halten und hat alle Register gezogen, damit du es nicht erfährst. Nur ich wusste von Annabell. Er hat sie selten besucht. Mit dem schreienden Baby, wie er sich ausdrückte, konnte er nichts anfangen.«

»Wann hätte er es mir gesagt?«

»Ich weiß es nicht. Er hatte Angst davor. Aus diesem Grund hat er auch sein Testament nicht geändert, denn das wäre womöglich zu dir durchgedrungen.«

»Du hast es von Anfang an gewusst.« Der Vorwurf in ihrer Stimme war nicht zu überhören.

Die Schultern des Anwalts sanken herab. »Ja.«

»Und ich kannte Frank offenbar wirklich nicht. Er war immer aufmerksam und liebevoll, großzügig zu allen. Nie hätte ich gedacht, dass er ein Kind auf diese kalte gefühllose Art in die Welt setzt.« Sie holte geräuschvoll Luft. »Weshalb hat sich Annabell darauf eingelassen?«

»Sie hatte gerade ihren Job verloren. Frank hat sie weinend auf einer Parkbank vorgefunden. Er dachte, er könnte helfen und so kamen sie ins Gespräch.«

»Was hatte sie für einen Job?«

»Assistentin der Geschäftsleitung bei Eisen & Co. Du erinnerst dich, an die Firma, die Konkurs anmelden musste?«

»Ja.«

»Zudem war sie frisch geschieden und sie wollte genauso ein Kind wie du. Ich kann nur raten, aber es war vermutlich dieselbe spontane Handlung wie bei Frank. Und dann war Moritz da und sie konnten beide nicht zurück.«

Leonie stand abrupt auf, seine Hand rutschte von ihren Schultern. Ihr Blick war durch das Fenster auf das Meer gerichtet. »Danke, dass du etwas Licht in die Sache gebracht hast. Aber ich kann nicht behaupten, dass ich die Handlungsweise von Frank verstehen, geschweige denn gutheißen kann.«

Auch Richard erhob sich und reichte ihr die Hand. »Ich wünsche dir Glück, mehr als du bis jetzt hattest.«

In Matties' Gedanken rotierte es. Ein paar Rätsel hatten sich für Leonie gelöst, aber einiges würde wohl auf immer im Dunkeln bleiben. Franks Verhalten war definitiv nicht normal gewesen. Besessen von seiner um viele Jahre jüngeren Frau, die er komplett für sich haben wollte und nicht gewillt war, sie mit Kindern zu teilen? Das war krankhaft. Zudem passte es nicht zu dem gewieften Geschäftsmann, der allein eine große Firma aufgebaut und geführt hatte, die Milliardenumsätze machte.

»Danke, ich habe Glück. Da ist ein Mann, der mich liebt«, Leonie schenkte ihm jenes warme Lächeln, das ihn verrückt machte, »und auch Frank hat mich auf seine Art geliebt.«

Sie sah umwerfend aus, wie sie mit glänzenden Augen und geradem Rücken vor dem Anwalt stand. Matties war stolz auf sie.

Und er hatte sie noch nie mehr geliebt als in diesem Moment.

28

Leonie

Leonie? Bist du es wirklich? Dass du anrufst!« Die Stimme ihres Vaters klang aufgeregt und freudig.

»Papa? Wie geht es dir und Simone?« Leonie zitterte innerlich. Es war der 24. Dezember und sie hatte plötzlich das Bedürfnis verspürt, den Kontakt zu ihrem Vater aufzunehmen. Ihr Blick fiel auf das mit Lichterketten geschmückte Kapitän Seppe. Es war bereits dunkel, hinter ihr rauschte die Nordsee. Sie war zum Telefonieren vor die Tür gegangen.

»Danke, bei uns ist alles gut.« Ihr Vater zögerte kurz. »Und bei dir? Wo bist du denn? Du wolltest weg aus St. Florian?«

»Ich lebe jetzt in Kampen auf Sylt.« Hinter einem der hell erleuchteten Fenster sah sie Matties stehen mit einem Glas Grog in der Hand. Wild gestikulierend sprach er mit seinem Vater.

Himmel, wie sie diesen Mann liebte!

»Sylt? Das ist doch ganz im Norden? Meine Güte, das ist total weit weg.« Ihr Vater räusperte sich. »Ich hab gedacht, dass wir uns endlich wieder mal sehen könnten.«

»Möchtest du das, Papa?« Sie drehte sich um und sah diesmal auf das tintenschwarze Meer, in dem sich der Mond spiegelte. Er war fast voll, nur noch drei Tage fehlten.

Wunderschön.

»Wie kannst du daran zweifeln.« Es klang wie ein Schluchzen. »Du bist doch meine Tochter.«

»Ich habe immer geglaubt, ich sei nur ein Ärgernis für euch. Mama hat meinetwegen angefangen zu trinken und du warst nie da.« Sie schluckte.

»Es tut mir so leid, Leonie. Mama und ich, wir waren beide jung und dumm, wir haben so eine wunderbare Tochter wie dich nicht verdient. Ich wusste dich bei meiner Mutter gut aufgehoben, besser als bei mir. Aber ich habe dir zu selten gesagt, wie viel du mir bedeutest. Ich liebe dich so sehr.« Ihr Vater brach ab.

»Ach, Papa.« Jetzt flossen Tränen über ihre Wangen, die sich im kalten Wind eisig anfühlten. »Könnt ihr herkommen, du und Simone? Über Silvester? Ich habe ein Haus hier, du weißt ja, Frank hat mir alles hinterlassen. Ihr könnt bei mir wohnen, kannst du dir freinehmen?« Eine Sekunde später fügte sie hinzu. »Es ist weit, ich bin nicht böse, wenn es euch zu anstrengend ist ...«

»Ich würde sogar zu Fuß zu dir gehen, um dich endlich wieder in die Arme schließen zu können. Simone freut sich auch, es gibt allerdings etwas, das du wissen solltest.«

»Was, Papa? Ich kann euch die Reise zahlen ...«

»O nein, das ist es nicht. Simone ist schwanger, wir erwarten im April ein Baby. Wir haben nicht mehr damit gerechnet, Simone ist ja bereits über vierzig, aber wir sind sehr glücklich.«

Sie würde ein Halbgeschwisterchen bekommen?

»Leonie, sag doch was. Du bist trotzdem meine älteste Tochter und ...«

»Papa, das weiß ich.« Sie lachte. »Ich freue mich für euch. Und dass ihr zu Besuch kommt.«

»Du klingst so anders, Leonie. Ausgeglichen und euphorisch.«

»Das bin ich Papa. Ich bin frisch verliebt. Matties ist«, sie schloss die Augen, »überwältigend. Es gibt keine Worte, die dem gerecht werden, was ich empfinde.«

»Leonie, das freut mich so. Ich habe mir so gewünscht, dass du glücklich wirst. Und ich freue mich, deinen Matties kennenzulernen.«

Ihr Matties. Das klang wunderschön. Und passte.

»Sag Simone alles Gute. Frohe Weihnachten!«

»Mache ich. Leonie, dass du mich angerufen hast, das ist mein schönstes Weihnachtsgeschenk. Frohe Weihnachten, mein Schatz.«

Sie drehte sich um und sah Matties hinter sich stehen. »Alles gut gegangen?« Er trat zu ihr und schloss sie in die Arme.

»Ja, Papa und Simone kommen Silvester zu Besuch.«

»Wie schön.« Er fuhr mit dem Finger über ihre Wangen. »Dann waren das hier Freudentränen?«

Sie nickte. Das Telefonat klang in ihr nach. Wieso hatte sie so lange damit gewartet? Astrids Geschichte hatte ihr bewusst gemacht, dass ihre Eltern keinen leichten Weg gewählt hatten, indem sie das Baby behielten.

»Du findest mich überwältigend? Unbeschreiblich?«, riss Matties sie aus ihren Gedanken.

»Du …! Mit dir habe ich ein Hühnchen zu rupfen! Zu behaupten dein Papa wäre Grafologe. Ich hab's auch noch geglaubt! Es hat so echt ausgesehen, mit Lupe und dann die Argumente!«

»Das war der Sinn der Sache! Papa konnte schon immer gut schauspielern, er war mal Teil einer Laienspielgruppe.«

»Hätte ich das gewusst …«

»… hättest du unseren Plan verraten. Du bist durch und durch ehrlich.«

Sie stupste ihn, doch er küsste sie einfach.

Er hatte auf jeden Fall recht, daher konnte sie nicht lange böse sein.

»Komm jetzt hinein, Mama wird ungeduldig.«

Der Weihnachtsbaum stand glitzernd in der Ecke, er war zwei Meter hoch. Sie hatten ihn gemeinsam am Vormittag geschmückt, Matties' Eltern, Jonte und sie beide. Leonie hatte die Einladung der Familie nur zu gern angenommen. Auch in ihrem Haus wartete ein Weihnachtsbaum, Matties und sie wollten den Christtag dort allein verbringen und sie freute sich schon darauf.

Am Nachmittag hatte sie noch mit Laurella und Tante Nora telefoniert, Matties hatte seinen Freund Sven in Norwegen angerufen. Im neuen Jahr wollten sie sowohl ihre Tante und Cousine als auch Matties' Freund besuchen.

Aber der Heilige Abend sollte seinen Eltern gehören. Das Festtagsessen wurde gemeinsam zubereitet. Das war Tradition im Hause Jorgensen. Und Jonte wurde zu freiwilligen Hilfsdiensten degradiert.

Es wurde Ente gebraten mit Knödeln, Rotkraut und Rosenkohl. Als Vorspeise hatte Jonte frische Austern besorgt, den Nachtisch übernahm Leonie. Gebackene Apfelscheiben mit Vanillesoße. Sie konnte sich nicht erinnern, jemals so viel Spaß in der Küche gehabt zu haben.

»Austern esse ich nicht«, verkündete sie.

»He, das gilt nicht. Wir essen ja deine Apfeldinger auch«, protestierte Jonte.

»Musst du nicht.«

»Sie muss keine Austern essen«, mischte sich Matties ein.

Nun saßen sie am festlich gedeckten Tisch und Jonte lobte das Essen überschwänglich. »Ich denke, ihr übernehmt nun die Küche vom Restaurant«, sagte er und klopfte sich auf den Bauch.

»Unsere Kochkünste sind begrenzt.« Theo hob sein Glas. »Teamwork ist alles.«

»Übrigens, Leonie, in der Schülerbetreuung in Westerland werden Kräfte gesucht. Ich wette, da könntest du aushelfen, bis deine Ausbildung anerkannt wird«, sagte Britta plötzlich.

»Wirklich?« Sie hatte keinen finanziellen Druck arbeiten zu müssen, seit Matties und Theo ihr Erbe gerettet hatten, dennoch wollte sie nicht auf Dauer zu Hause herumsitzen. »Das überlege ich mir. Ich hatte ohnehin schon an eine ehrenamtliche Tätigkeit gedacht. Und ich werde meine Unterlagen an das Ministerium schicken. Wenn alles klappt, kann ich im Herbst als Lehrerin anfangen.«

»Großartig«, Britta nickte anerkennend. »Du wirst eine Bereicherung für die Schule sein.«

In Leonies Bauch breitete sich ein wohlig warmes Gefühl aus.

Nach dem lukullischen Abendessen gab es die Bescherung. Leonie hatte zum Glück an Geschenke für alle gedacht. So freute sich Matties' Vater über den graugemusterten Cashmereschal, für Britta hatte sie einen Liebesroman von Sandra Pulletz besorgt. Ihr war aufgefallen, dass Britta gern romantische Geschichten las. Britta hielt das Buch hoch. »Die kenne ich noch gar nicht.«

»Sie ist aus meiner Heimat, sie wohnt in Graz und schreibt wirklich gut, eine aufstrebende junge Autorin. Ich habe fast alle Bücher von ihr gelesen.«

Matties überreichte sie den Stern mit dem eingeschlossenen Herz und erinnerte sich an die Worte des Weihnachtsmanns. Er wickelte es aus und hielt es hoch.

»Wunderschön«, rief Britta aus und nahm es ihm aus der Hand. »Das Herz blinkt, als würde es pulsieren.« In diesem Moment ertönte ein lauter Knall aus der Küche und Britta ließ den gläsernen Stern fallen. Er zersprang auf dem Boden in unzählige Teile, das pulsierende Herz landete direkt vor Matties Füßen.

Und es spielte auf einmal eine Melodie.

»Das tut mir so leid«, sagte Britta und sie sah aus, als würde sie anfangen zu weinen.

Jonte kam aus der Küche und entschuldigte sich, einer der größeren Töpfe war von der Spüle auf den Boden gescheppert.

»Du hast wieder zu viel aufeinandergestapelt«, rügte Theo.

Matties hingegen hob das Herz hoch und lauschte. »Eins meiner liebsten Lieder«, flüsterte er.

Es wurde still und nun hörten es alle. »All you Need is love«, von den Beatles.

Er trat auf Leonie zu und umarmte sie, hob sie hoch und wirbelte sie durch die Luft. »Ich liebe dich, ich liebe dich, ich liebe dich.«

Leonie lachte laut. Schon lange nicht mehr hatte sie so befreit lachen können.

Matties setzte sie ab und fingerte aus seiner Tasche ein kleines Päckchen. »Ich habe natürlich auch etwas für dich.«

Sie löste die Schleife, holte ein Schmuckkästchen heraus und klappte es auf. »O, wie wunderschön.« Darin lag eine Halskette mit einem roten Herz aus Granatstein. Es wirkte fast wie eine Miniatur von dem Herz, das sie Matties geschenkt hatte. Matties griff über sie, nahm die Kette heraus und legte sie um ihren Hals. »Du hast mir dein Herz überreicht, ich gebe dir meins. Pass gut drauf auf.«

»Das werde ich.« Sie tastete kurz nach dem Anhänger, dann drehte sie sich um und küsste ihn.

Der Kuss wurde schnell wilder.

»Stopp«, durchdrang Jontes Stimme den Nebel der Leidenschaft. »Für eine Pornoaufführung ist es noch zu früh.«

Verlegen löste sich Leonie von Matties.

Es war nach Mitternacht und der Himmel sternenklar, als sie zu Leonies Haus zurückfuhren. Beide waren noch zu aufgekratzt, um zu schlafen. So gingen sie zum Strand hinunter. Nie zuvor hatte Leonie die Sterne dermaßen bewusst wahrgenommen. Es war magisch. Die Wellen schwappten in ungewohnter Trägheit an den Strand, es war still rundum. In einigen Häusern brannte noch Licht, über Weihnachten waren doch mehr Menschen nach Kampen gekommen, um das Fest hier zu feiern.

Aus einem der Häuser tönte ganz leise das Lied der Lieder: »Stille Nacht.«

Leonie dachte an ihr Weihnachtsfest vor einem Jahr. Ihre Welt war zusammengebrochen, um nun mit neuer Kraft wieder aufzustehen.

Schöner.

Besser.

Glänzender.

Sie schmiegte sich an Matties.

Und sie dachte an den Weihnachtsmann mit den blauen Augen.

Alles wird gut.

Ob es doch der Echte gewesen war?

Liebe Leserinnen und Leser

Liebe Leserinnen und Leser!

Seit ich einen dreiwöchigen Urlaub auf Sylt verbracht habe, ist diese Insel fest in meinem Herzen. Deswegen war es nur eine Frage der Zeit, dass ein Weihnachtsroman in diesem zauberhaften Ambiente spielen sollte. Da ich die Insel im Herbst erlebt habe, musste ich trotzdem einiges recherchieren. Wie schaut Sylt zu Weihnachten aus? Manches ist auch meiner Fantasie entsprungen. Daher bitte ich alle Einheimischen um Verzeihung, falls nicht jedes Detail hundertprozentig realistisch ist.

In der ersten Fassung meines Manuskripts tranken meine Protas noch »Lumumba«. So wird heiße Schokolade mit Rum in vielen Gaststätten und Cafés genannt. Meine liebe Freundin hat mich darauf aufmerksam gemacht, dass dieser Name von manchen kritisiert wird: Patrice Lumumba war der erste kongolesische Premierminister, der für einen unabhängigen Kongo gekämpft hat. Er wurde von den belgischen Kolonialherren unter Mithilfe des CIA im Jahr 1961 gefangen genommen, gefoltert und erschossen. Ob die Namensgebung des heißen Kakaogetränks aus Sarkasmus und Bösartigkeit geschah oder ob man damit den Mann, der bezweckte, den Kongo friedlich aus der Kolonialherrschaft zu führen, ehren wollte, konnte ich nicht herausfinden. Dennoch erscheint es mir nicht angebracht, ein Heißgetränk ›mit Schuss‹ nach einem erschossenen Politiker zu nennen. Aus dem Grund habe ich auf diesen Ausdruck verzichtet.

Das letzte Wort ist ein Dankeschön!

Zuerst an meine Mitautorinnen, es ist bereits das vierte Gemeinschaftsprojekt mit **Danielle A. Patricks, Lisa Diletta, Ingrid Fuchs** und **Sandra Pulletz.** Ein dickes Danke für die komplikationslose, konfliktfreie Zusammenarbeit und die wertvolle Freundschaft, die sich entwickelt hat.

Ein Dankeschön an das Team vom Empire Verlag, der unseren Romanen in diesem Jahr ein Zuhause gegeben hat. **Thomas Seidl, Nicole Siemer,** unserer wundervoll gründlichen Lektorin **Caroline Wenner** und Korrektorin **Heidemarie Rabe.** Es ist ein gutes Gefühl, euch alle an unserer Seite zu wissen.

Ein dickes Danke an **Dr. Andrea Traxler, Laura Ohde** und **Bianca Kober,** die als meine allerersten Testleserinnen fungiert haben. Und natürlich – wie immer - Danke an meinen Mann **Rainer,** der mich still im Hintergrund unterstützt und motiviert, und mich im rechten Moment wieder in die Realität zurückholt, wenn ich total tief drin bin und die Zeit übersehe.

Ein herzliches Dankeschön geht nach Husum, an Schulrat **Thomas Nonn** vom Schulamt Kreis Nordfriesland, der mir freundlich Auskunft über die Anerkennung der österreichischen Ausbildung im deutschen Schuldienst gegeben hat. Und ein weiteres Dankeschön nach Innsbruck zu **Lukas Furtenbach** von Furtenbach Adventures, der bereitwillig meine Fragen zum Mount Everest beantwortet hat.

Und bei Euch, Ihr wundervollen Leserinnen und Leser, möchte ich mich ebenfalls von Herzen bedanken. Was wäre eine Autorin ohne Menschen, die ihre Bücher mögen und lesen? Vielen Dank für Eure zahlreichen Rückmeldungen und die lieben Worte, die mich motivieren, weiterzuschreiben.

Über ein persönliches Feedback oder eine Rezension würde ich mich auch dieses Mal wieder riesig freuen.

Erreichen könnt ihr mich über Facebook, Instagram,

meine Homepage: www.lottewoess.com

oder einfach per E-Mail: lottewoess@gmail.com.

Und natürlich freue ich mich, wenn Ihr auch weitere Bücher von mir lesen werdet.

Bis bald

Eure Lotte